U0902275

林辰著　王世家编校

鲁迅述林
秋肃集

林辰文集

贰

图书在版编目(CIP)数据

林辰文集. 贰/林辰著. —济南：山东教育出版社，2010
ISBN 978－7－5328－6247－4

Ⅰ. ①林…　Ⅱ. ①林…　Ⅲ. ①林辰(1912～2003)—文集②鲁迅著作—文学研究　Ⅳ. ①I217.2

中国版本图书馆CIP数据核字(2010)第042062号

编校说明

《林辰文集》共四辑。

壹 《鲁迅事迹考》《鲁迅传》

贰 《秋肃集》《鲁迅述林》

叁 《跋涉集》

肆 《诗农书简》

本辑收录《秋肃集》与《鲁迅述林》。

《秋肃集》 四十年代,作者在从事教学工作、研究考证鲁迅生平史料的同时也从事针砭时弊的杂文创作,发表在《新华日报》等报刊上。作者自己收藏的原刊文剪报、手稿计三十多篇,并列有篇名目录。五十年代初拟自编杂文集《秋肃集》,后未果。现编者根据作者亲拟目录,又作适当补充后代编成帙。

在作者收藏的剪报上,部分文章做了修订,修订的内容编者以校记附于篇末。集内各篇以写作时间为序排列。尚有几篇存目无文,暂付阙如,容后补遗。

《鲁迅述林》 为适应鲁迅研究工作深入发展的需要,反映国内鲁迅研究的主要学术成果,八十年代中期,人民文学出版社编印了一套鲁迅研究丛书,《鲁迅述林》为其中一种。在友人王永昌的协助下,作者从自己的著作中选出二十五篇,结为一集。一九八五年十月交稿付排,于一九八六年六月出版。

本书据人民文学出版社初版本付排,并据作者自用本订正了初版本的舛误之处。

《林辰文集》中的著作、文章多撰写、发表于上世纪四五十年代,有些标点和文字的用法不尽符合现行出版规范,整理、编辑加工中,为遵循原著,在这些地方的处理上适当变通了目前通用的出版规范,例如全书中的公历纪年均用汉字表述,本应用顿号的保留了作者使用的逗号,本应为“地”字的沿用了作者所用的“的”字,等等。如此处理,我们希望能将一份原汁原味的历史文献展现给读者。

目　录

秋肃集

鲁迅述林

秋肃集

斥菊池宽

最近，在《文摘》第十三号上，看到菊池宽的一篇短文：《东亚的和平》。

在日本新思潮派的作家里面，除了芥川龙之介之外，菊池宽要算我最熟悉的一个，但我不读他的作品，却已有两三年，只要一提到“菊池宽”三字，我的眼前便浮现出一个俗不可耐的市侩的脸嘴，再也不愿看他的东西了。然而，在日本法西斯强盗正积极进攻中国的今日，他却来高谈“东亚的和平”，因此引起了我的注意，我于是又读了他的这篇文章。

他这篇文章的大意是：“东亚和平这东西，由于多种势力的对峙，是绝不能产生的”，必须“有一大势力，才不能不有统一”，而这“招致东亚和平的大势力”，便是“日本帝国的势力”。他以为“这是过去历史所昭示的现实”，因为中国不能“忠实地认识这种现实”，反要“诱导欧洲列强的势力，以图牵制日本”，致使东亚和平永无实现的可能。因此，他遂得到这样一个结论：“除了中国痛改前非，与日本协心握手更生而为新国家外，便别无获得东亚和平的方法。”

但是，由我们看来，东亚和平之所以“不能产生”，其原因并不在多种势力的对峙，而是因为有日本帝国主义的存在。“过去历史所昭示的现实”，是日本对东亚和平的一贯的破坏，日本明治维新以来的一部向外开拓史，便是这一“现实”的最好的证明。所谓“日本帝国”，并不是“招致东亚和平的大势力”；恰恰相反，它是破坏东亚和平的势力。惟有打倒这种势力，使东亚各国共同建立在自由平等的基础上，然后和平乃可实现。菊池宽所说的“讨伐中国，使之深悟其非”以及“以日本为盟主，东洋的和平便可保持”等话，并不是“获得东亚和平的方法”，而是——把东亚“各种势力”完全践踏在“日本帝国的势力”之下的方法！

他故意歪曲了“历史所昭示的现实”，并进而诬蔑中国的抗战，是“以欧美的势力为背景”。中国在伟大的抗日战争中，诚然需要欧美列强的同情与援助；但这意思，并不是“依靠”欧美的任何国家，只不过是希望可由此而缩短斗争的过程，早日达到解放的目的。纵使没有他国的同情和帮助，但在日本帝国主义无厌的进攻之下，中国为了生存，也必然要发动神圣的抗战的。而且，我们相信，以中国一国之力，最后也必可打倒日本。从菊池宽这篇文章内所说的“容共抗日的中国一日存在，我日本便一日置于危险之中”这话看来，破坏东亚和平的日本强盗，已因我国的空前统一和坚强抗战而感到惶恐不安了。

总之，东亚和平无法实现的原因，是由于日本帝国主义的存在；因此打倒日本帝国主义，便是实现东亚和平的惟一的方法，而中国目前正运用着这一方法，以争取东亚和平的实现。这是世界有目共睹的事实，纵使菊池宽怎样的歪曲诡辩，也是无伤于这种现实的毫发的。

但是，文学家的菊池宽，为什么会发出这样无耻的言论来呢？这绝不是偶然的事情。我们得先明白他是怎样的一个作家，然后才能深切了解他这篇文章的出发点。

菊池宽在过去日本文坛上，是以独特的艺术手腕和清新的题材，见称于读者的名作家。自一九一六年，《新思潮杂志》第四次复刊以后，他的文名日渐增高起来，成为文坛注目之的。他所作的小说和戏曲，多至不可胜数。其中小说如《无名作家日记》，《若杉裁判长》，《忠直卿行状记》,《藤十郎的恋》,《兰学事始》,《在恩仇的彼方》;戏曲如《父归》,《玄宗的心情》,《义民甚兵卫》,均甚有名。但这些作品,除了令读者惊倒于他的技术的熟练之外,别无其他意义。他虽然高喊着“生活第一,艺术第二”,认为文艺作品除了“艺术的价值”以外,还应该有一种“生活的价值”(见《文艺作品内容的价值》,章克标译),但实际上,他的作品却正缺乏这种“生活的价值”,而带着艺术至上主义的色彩。他又因为要迎合一般读者趣味,常常在新闻纸上发表长篇的通俗小说,因此获得大量的稿费,成为日本文学界最富有的一人。在许多读者的心目中,他已经不是一个作家,而只是一个以贩卖小说为业的特种商人。我们只需一读他的《再和我接个吻》之类的作品,便也会发生同样的感觉。

这里,让我们引用宫岛新三郎的几句话罢。他以为菊池宽的作品,“差不多没有叫人深深地想想人间生活之根本,或与读者的心底以强烈的刺激一类的事。总之,是艺术至上主义的文学,是享乐艺术;既非暗示的艺术,也不是力的艺术。从而在现在,早已是无用的艺术的文学。……到头来,是要和资本主义社会之崩坏同时死灭的文学艺术”(见《现代日本文学评论》,张我军译)。这虽是寥寥几笔,但对于菊池宽的文学活动的评价,倒是十分中肯。像这样的作家,在本质上,和军事法西斯之间,并没有存在着多大的差异,因为他们同是霉烂的资本主义社会的产物。他之所以会发出“东亚的和平”一类的言论,实在是理所当然的事情。

除了菊池宽之外,“七七”以后,日本许多作家,如青野季吉,林芙美子诸人,都成了日本军阀的代言人,甚至连有名的人道主义作家武者小路实笃,也在侵略者的面前,提出了“恩威并用,使华人在精神上敬爱日本”的“开发华北”的“妙策”。但无论他们怎样的叫嚣,终无损于中国的坚强抗战,他们终将随着日本帝国主义一同毁灭在这次战争的火焰里!

一九三八年

从林房雄说起

五四以来的中国新文学，无论在描写的范围上，或表现的技术上，都或多或少地受到日本文学的影响。从自然派作家国木田独步，田山花袋诸人说起，许多日本作家的作品，都大量地被移植到中国来。其间最为我们所熟悉的，在先是夏目漱石，谷崎润一郎，武者小路实笃，有岛武郎，芥川龙之介诸人；但在稍后一点，有一个时期，这些作家的印象，却在读者脑里暗淡下去，另一批新的名字，代替了他们而在读者的心目中取得了地位。在这些新的名字之中，林房雄便是其一。

和村山知义，叶山嘉树诸人差不多同时，林房雄开始获得了一部分中国读者的注意，在当时的日本文坛上，他是作为一个社会主义的作家而存在的。他相信“文学的真的脚色，存于其为社会的促进力”。他的每一篇作品，他自己都以为是“企图着向那萎缩着，颓废着，陷于离开时代生活的可怜的现代日本的纯文学挑战之冒险的意志的成果”。大约就因为这原故，在当时的风气之下，他的作品才会在中国流行起来。他的长篇如《都会双曲线》，短篇如《茧》，《百合子的幸运》，《牢狱的五月祭》，《公园的密会》等，主题都是在表现日本社会的黑暗面及其不可挽救的种种危机。其中如《公园的密会》，写一个刚出了商业学校的青年，怀着凌云的壮志到了东京，以为在那里可以找到适意的工作，然而结果却只有当警察，三日一次的到某公园去执行派出所的勤务。这公园是以幽会著名的，年轻的警察在开始公园勤务的那晚，便怀着兴奋的心情，吹着口笛，在公园内巡行。他希望在什么地方发现一对“偷偷地靠拢在一起的男和女”。没有多久，他在一个铜像后面长凳上，发现了人影，他心脏鼓动地蹑上前去，霍的把怀中电筒开了，但是，在电光中爬起来的，是一个“衣服褴褛好像稻草人似的男子”，并不是什么艳装的男女。过了三天，到了轮着第二次勤务的时候，在园内钟楼的后面，他又发现了可怪的人影。这次使他惊讶了，在钟楼檐下的石板上蠕蠕地爬起了“干肺似的十来人”，向他哀求着：“请您慈悲点，至多三日有件把事做，除拜借公园之外，实在没有旁的方法……”。听着这样的话，年轻的警察只有默然走开了。到了第三日的晚上，他从公园入口处，跟踪着“斜戴着夏帽子的洋服和梳着耳隐头的擦着顽艳红粉的年轻的一对”，走向栗树的繁枝中去。在幽暗中，他看见两个睡着的人影。然而相隔不过五分钟，当他隐着靴声走过去，吆喝着突然把电筒晃亮的时候，那艳装的一对不见了，站起来的却是“穿着褴褛的短衣和束着油污的衣带的劳动者”，不住的给他赔罪：“呀！实在对不住。每日没点事做，除托庇公园之外，没有旁的法子。”这年轻警察从茫然中恢复了自己，他突然想到报上“失业者百三十万，截到今秋止，怕会达到二百万”的记载，他想起自己也是可悲的失业者中的一个，于是他明白一切了。由这个短篇，我们可以看出日本失业问题的严重。但最足以代表林房雄，而且他自己似乎也最满意的，自然是那篇作为集子名称的《牢狱的五月祭》。内容是叙述给日本政府用“违反战时维持令”的罪名，拘禁起来的囚人们，为了要求保释“为不流通的空气，不充分的日光，恶食，失眠，和日日只有五分钟的运动，把身子蠹蚀下去”的患病者而绝食的故事。就技术看，这是一个相当成熟的短篇；虽说有些地方还残留着他早期的新感觉主义的色彩。此外如《茧》,是写日本劳动民众的苦痛,《一束古典的情书》是写安南志士的反法运动。在这些文章里,他以他的生动之笔,描绘出了日本民众的生活的痛苦,代替了他们的反抗的呼号。对于殖民地的安南,亦予以深厚的同情。他在当时,实在是以一个坚定的勇敢的姿态,出现在读者面前的。

然而,有谁料得到呢?不到十年,号称"社会主义作家"的林房雄,现在却变成了日本帝国主义的吹鼓手。他适应着日本军阀的军事侵略,竭力提倡"爱国主义"的文学。他以为六百年以前,"时常顺着风渡到南支那海,劫略了大明国底岸"的倭寇"不是简单的海贼"。倭寇的劫掠行为,乃是"日本民族的活力底泛滥"。而"现在威严地压制着南支那海的"日本海军里面,"或许就有倭寇底直系子孙"。所以,由他看来,目前日本兽军在中国的种种暴行,自然也都是"日本民族的活力底泛滥"。而且,他还随着"皇军"一同到了上海。可惜的是,当中国空军飞往虹口投弹的时候,这位勇士惊吓得从旅馆的楼梯上跌了下来,不久,便乘着军舰回国去了。我们假若把他今日的这种种疯狂的言行,和他过去的文章对照起来,都怕要不相信这是出于一人之手罢?日本军阀使用着精良的飞机大炮,在中国各地肆行着轰炸、屠杀、焚烧、奸淫……种种暴行,而林房雄则以他的笔锋,配合着日本军阀的武器,向中国横扫过来,那效果是并不下于飞机大炮的。对于这"厚脸无耻"的东西(这四个字,是他过去的朋友,而且同属于战旗派的鹿地亘送给他的),我们实在有着说不出的憎恨。

然而,除了林房雄一类文化疯狗之外,在日本文学界,也还有着许多同情中国,反对侵略的作者。鹿地亘、池田幸子二位,便是最显著的例子。他们二人于三月中到达汉口,参加了我们反侵略的民族革命战线,国内报章杂志时常有他们或有关他们的文章,这里用不着多说。我们愿在这里提及的是一个女流作者长谷川照子,她在一篇题名《爱与憎恶》的文章里,这样的说:

夜里，枪炮的声音惊醒了我，眼睛再也合不上，便走到外面晒台上。西北天空呈着红色闪动的奇观，那火在一九三二年也曾这样的燃烧过，可是现在它不仅是威胁着上海北平天津等地方，而且威胁着整个中国，这保有四千年文化，曾经给日本文化很大影响的中国！这火，假如风吹起会更厉害些，将同辽远西班牙的火，汇在一起，会把全世界卷在可怕的火焰里去。

我从不会忘掉这紫色的火焰，使人出不来气息的，压制着日本——侵略者的国家，我的亲爱的祖国——的人民。

在我眼前仿佛现出了那些工人失业的面孔，他们正在咒骂着物价飞涨；我的耳里仿佛听到衰老农夫和农妇，他们因为自己的儿子丈夫被战争夺了去而颤动的啜泣，这一刹那，我立刻感到在日本的亲戚、朋友，都在这可怕的火焰之下……

我感到万分的悲痛。

我的内心在喊着：为了两国的人民，消灭战争罢！

但是我能期望今天中国就在卑屈的条件下，而达到那“虚伪的和平”吗？不！千万个不！中国人民应该以血和肉来换取自由的。……

如果可能，我情愿参加中国的军队。因为是为民族自由解放而战的，不是反对日本人民而是反对日本帝国主义的！更进一步说，它的胜利，也将决定东方辉煌的明日！

我用我整个的喉咙来唤醒日本的弟兄，不要白白地流血罢，你们的敌人不是在海的这边！

这完全是一种正义的呼声，由此可以看出一部分清醒的日本文化人的态度。不仅他们，我们还可以肯定的说，就是日本国内广大的被压迫民众，以及全世界爱好和平的人士，都是同情中国的抗战，站在我们这一面的。罗曼·罗兰，杜威，罗素，爱因斯坦诸人，已一再为了制裁日本，援助中国而大声疾呼地向全世界呼吁；在日本国内，反侵略的运动也正逐渐发展开来，蔓延于川崎，千住，神户，秋田……各地。最近，刚为津浦线的溃败，甚至连东京时时发生骚动的消息，我们也在新闻纸上见到了。

对于林房雄等人的狂吠，我们的最有力的回答，便是抗战到底！我们深信，在不久的将来，日本帝国主义及其大大小小的文化疯狗们，必然的要粉碎在伟大的中华民族的面前！

一九三八年

转 蓬

——纪念“一·二八”

一 再会,吴淞!

在“一·二八”的前几天,我住在上海天通庵车站附近一个朋友的寓里。那时,上海已呈现着紧张的形势,黄浦江里成列地停泊着日本军舰,公共租界的各要道上,时时巡行着一列列的日本海军陆战队,旅沪日侨几乎天天都在北四川路的日本小学里开会,要求他们的政府“出兵惩华”;在二十六日的午后,我和几个朋友在虹口一带,还亲眼见着日本浪人捣毁贴有爱国标语的中国商店,整个的上海,陷落在极度紧张的氛围里,有如到了大战的前夕。到我回到吴淞去的第二天的深夜,由天通庵一带传来的炮声,便把我从睡梦中惊醒;战争终于爆发了。到第二天的清晨,在中国公学门前,不知从什么地方弄来了一份报纸,上面载着我军在战事爆发后不久,即一度进占敌海军陆战队虹口司令部的消息,使我感奋得下泪。那时淞沪交通已完全断绝,许多住民和学生,都已离开了吴淞,但我们仍留在那里,每天在江边眼看着灰色的日本军舰,一艘艘鱼贯而入,舰上的大炮,都卸去了炮衣,炮口对着岸上,昂然地从吴淞炮台下驶过。吴淞江上的风物,原是十分优美的,那两天又逢着天晴,在日光下,江水闪着微微的金光,崇明岛浮在水天交界的地方,望去只是淡淡的一线;就在这样的背景下,敌舰旁若无人地划着水面向上海驶去。我站在岸上,对着这美丽的河山,又望着敌人的战舰心里真说不出的悲愤。直到二月初二日,才听从防守吴淞的十九路军士兵的劝告,离开了吴淞。

但向何处去呢?我们在先并非不知道吴淞的危险,但我们既没有在事先便躲向租界里去求庇于外人,到现在有什么安全的地方可走呢?我打算到南京去,有许多朋友却想从沪西方面绕回上海,大家都焦虑着前途的阻碍和经济的缺乏,但处在当时的情势之下,我们已没有从容考虑的余地了,只得把目的地暂定为嘉定。在临行前,我心里充满了依恋的情绪。在这美丽的吴淞海滨,我是曾经住了将近一年的。我眷恋着烟波上点点的风帆;眷恋着海滨的月色;眷恋着竹树缭绕中的瓦屋草舍……我频频在心里暗叫道:"再会,吴淞!"走了好远,也还不住地掉过头去。

二　嘉定三日

由吴淞启程时,我们一共有八人,[1]但沿途却会合了三四十个人。我茫然地随着他们向前走,心里起伏着错综复杂的种种念头,我不知今宵将宿在哪里,更不知道明日的命运。大约在下午四时左右,我们到达了杨行镇,借宿在一间小学里,几十个人分据了两个教室。那学校的当局,为我们弄来了一些稻草,在每间教室里各点一盏灯。我吃了由街上买来的两个馒头后,便倒在草地上滚了一夜。第二天的正午,我们到达[2]罗店,一条平坦的马路由镇上通过,上海嘉定之间的交通,当时还没有完全断绝,我们便从那里搭公共汽车到嘉定。

嘉定!当我们到达这尚残留着古风的县城时,我真抑制不住心头的跳动。真是预料不到,我竟会借着逃难的机会,跑到这历史上有名的古城里来了。在三百年以前，这个地方的民众，曾遭遇到异族一连三次的大屠杀。在强邻压境时而走到这个城市，真令人发生无限的感喟。我们在潇潇暮雨中，通过一些街道，[3]最后过了一座颇为高大的石桥，便到达县立民众教育馆。那地方似乎是由孔庙改建成的，我坐在一间过厅的廊下，对着阴霾的天空，任细雨一丝两丝的向面上打来，心里空洞洞的，连自己也不知道怎样安排自己。坐了好久，经同行的朋友们交涉的结果，才被邀到教育局里去，我们是正式被人视为难民了。

教育局在一条冷僻的街上，几层纯中式的房子，立在一道粉白的短墙中间。我们被"招待"在礼堂后一列长三间的屋内，里面空空洞洞，什么东西也没有，但地板上已铺着草荐，还有几床被条，据说这是特为前两日由这里过的学生预备的。局长是一个面孔团团的中年男子，他告诉我们嘉定县府为了救济从上海逃出的难民，已预备了相当数量的钱粮。果然，到晚餐时，我们的桌上便有油豆腐，炖白菜和两大碗汤，在流亡中的我们，真预料不到在那晚会有那么丰美的晚餐！饭后，我和几个同乡坐在草薦上，大家商议着明日的途程。我本是决定去南京的，但刚才从民教馆到教育局时，看着街上的壁报，知道停泊下关的敌舰曾开炮轰击南京。我不知道南京近日的情形怎样，也不知道京沪火车是否还依旧开行，要是南京不能去的话，那又得怎么办呢？有几个朋友仍想回上海去，但也不知路途上有无阻碍，大家都想不出一个适当的办法。

在春寒料峭里过了一夜。第二天，我们仍留在嘉定，局里的伙食便不如昨夜的来得丰美了。而且，我们想离开教育局一步，也必须要有出入证。我们有三四十人，而出入证只有两枚，所以要想到街上去走一次，也是颇为困难的，只好整天呆在局里。从这一点，我们已领略到难民生活的苦况了。

但是，就是这种生活，也是不能延长下去的，看那情形，倘使我们再住两天，说不定会发生绝粮的事；而且老呆在嘉定，也不是办法。在五号的早上，我们拿了嘉定县府一封免费的信，便坐上了到南翔去的小木船。

三 徒步在铁道上

南翔离上海不远，是京沪交通的要道。我们在嘉定一带，还不大嗅着战争的气味，但南翔却不然了。铁路上停着一列列的兵车，车站上拥挤着成堆的难民，在镇上和铁轨旁，时时可以发现灰衣的军士，随地都可以见着紧张严肃的战时景象。我们原是打主意从那里趁车赴苏州的，但在混乱的人堆里等了许久，也没见着车子的影子，在无可奈何中，只得向黄渡徒步走去。

夹杂在难民群里，我们循着铁路而进。在轨道的两旁，蠕动着三五成群的难民。他们有的背着小孩；有的挑着担子，上面放着包袱被褥甚至锅瓢等类破烂的东西；有许多衰老的妇人，也拐着小脚随在她们儿女的后边。我望着他们，深深地感到日本帝国主义的凶残和被压迫民族的悲哀，心里像有万千的毒蛇在咬着似的，说不出的悲痛和愤怒。几天来为着个人的安全而起的种种焦虑，在那时都消失了；在这样的时代里，受苦难的岂止我一个人么？

到黄渡时已是黄昏时候了。这是京沪线上的一个小站，[4]在那小小的月台上，依旧挤满了等候火车的难民，但车站的四周却是冷冷清清的，远近看不到一点灯火。我们鹄立在露天里，冷风一阵阵吹来，使人感到深浓的寒意，整个的身心像沉浸在万山深处的古潭里似的。等了许久，也不见火车到来，去问站上的职员，火车几时可到，他也没有把握，[5]直到深夜一时左右，火车才来了，月台上立刻骚动起来，大家争先恐后的向车门奔去。我们在人丛中挤了许久，始终没有办法，最后还是攀在人的肩头，从窗孔爬进车厢，里面已没有一丝隙地，我是不点地的被人架着，[6]在昏迷中到了苏州。

出了苏州车站，[7]在暗夜中，经过一条鹅石马路，便在阊门外的花园饭店住下来。这真是滑稽的事情，我们在流离中，竟住到苏州最高贵华丽的旅馆里来了。这是因为在饥寒中奔走了一天的我们，急于想找一个食宿的地方，花园饭店离车站最近，所以仓猝中便选定了它了。第二天，大家仍然会合着去寻觅住处，我们跑遍了教育局、青年会、苏州中学、中山体专，但都没有什么结果。我们在那短短的几个钟头里，对这有名的"天堂"，摄取了一个轮廓。这的确是一个充满东方情调的美丽的城市，可惜在那兵火仓皇的时间，我们都没有细细去领略的闲情。

终于到了南京。我借住在朋友杨君的寓里。总计起来，这次我流亡了一千多华里，受尽了饥寒的煎迫；而在吴淞出走时，又丢掉了许多珍贵的书籍和杂志，许多已发表和未发表的文稿，许多衣物用品……在那些杂志里，如《小说月报》、《北斗》、《新文艺》、《创作月刊》等，都是现在无处购买的；而那些文稿，自然更没有方法去搜求了。

这是日本帝国主义直接加在我身上的迫害！和我一样遭遇到这种迫害的我的同胞，更不知有多少。虽说已经过去了七年，但这些事还鲜明地保留在我的脑里；现在正是我们向日本强盗索取一切损失的时候了！

一九三九年一月

校　记：

本篇据作者存原刊文剪报排印。

[1] 原刊文此下有"其中除一个四川朋友外，都是贵州同乡"一句，被作者涂删。

[2] 原刊文为"我们到达了去岁曾一度成为战斗中心的罗店，我们已绕到上海的西北角来了"，其中数字被作者涂删。

[3] 原刊文此句下有"两旁住户和店铺的情况，和贵州许多县城没有什么大异

样”一句,被作者涂删。

[4] 原刊文此下有“离归有光先生的故居不远,他以前曾在这儿附近的安亭江上讲过学”一句,被作者涂删。

[5] 原刊文此下有“我们真焦灼极了”一句,被作者涂删。

[6] 原刊文为“我是不点地的被人架在人的屏风里”,其中数字被作者涂删。

[7] 原刊文此前有小标题“四　抵南京”,被作者涂删。

控诉篇

一个偶然的机缘，使得我滥竽在中等教育界里，于今瞬已五六年了。在这数年之中，我生活在青年学生的群里，和他们一同呼吸，一同悲喜，对于他们的生活和心理，我自信是颇为了解的。根据这数年的实际经验，我敢于肯定的说，青年学生们，在质地上，绝大多数都是优异可爱的。他们热情，坦白，爱真理，无成见。然而，无论在战前，或就在这抗战的紧张时期，我发现他们之中，除了一部分消沉麻木，每天只是浑浑噩噩的迎送着日子的学生以外，在大多数的学生中，竟然存在着一种不安的空气。他们沉溺在迷惘苦闷里，不满意当前的学校教育，各自憧憬着一个自以为合乎理想的地方，常常想离开学校，有些真的走了，但多数则辗转于甲校和乙校之间，像玻璃窗上的苍蝇似的乱闯，终无法摆脱苦闷。而我自己呢，在刚刚开始教师生涯的时候，我兴奋，我愉快，对工作抱着高度的热情；但时间一久，经历了许多事实之后，我所常常感到的，却一变而为悲哀，为愤怒！因为在名义上虽有“师”“生”之分，但我和学生们却呼吸着同一时代的空气，那些迫使学生走向麻木或苦闷的因素，对教师也不能毫无影响。现在因为看了孟季闻先生的《教育上的怪异现象》的通讯，我忍不住要在这里倾吐一下老早就郁结在我心里的话。

在最近半年中，[1]蔡孑民先生的逝世，又使人们追怀他长北大时的风度，因而热烈要求学术思想的自由。一向被人认为平稳持重的重庆《大公报》，也不断地发表了《几点教育意见》（三月十一日），《学校与学风》（四月二十五日），《青年的心》（五月四日），《论总考制》（六月一日）等社评，对于青年的麻木与思想自由问题，发表了许多痛切的意见。在桂林出版的《救亡日报》上，也刊载了《学术自由与麻痹》，《青年怎样不麻痹》等文章，而《中学生战时青年》等关心青年问题的杂志，也出现了许多同类的文字，如《学风卑劣化问题》，《教育上的怪异现象》（《中学生》）；《关于学潮》，《学生思想问题》（《战时青年》）等。这表示了社会各方面已关心到青年麻木或不安的现象，并已看出了发生此种现象的原因，乃在学术思想的干涉与统制，因而对症下药地提出了改革的办法。

综观各报纸刊物，都一致指出了我前面所揭举的事实："青年的心，在战争中渐渐学上麻痹、消沉、萎靡、偏激的毛病……在国家对外抗战，民族意识绝对一致之时，青年们反而感到思想的苦闷，就在学校里也会发生思想纠纷"（《大公报》）；"学校里因思想而引起的纠纷，不仅抗战以前才有，而是现在也有，并且纠纷之多，更甚于从前"（《战时青年》）；而至此之由，则在于"晚近的教育制度，师生之间显趋疏隔，人格感召的成分渐等于零"（《大公报》）；在于"当前教育界已经有人把人格感化当作陈旧方法，而采取了一些所谓政治手腕以及政治上常用的某些技术来代替它。在这里，青年们没有机会分别什么正确的与不正确的思想，因为他们没有自由研究的园地和自由研究的风气"（《中学生》）。大家都觉得："对于学生的思想行为最为有效的方法，是在师生间的精神和行为的悠久的感召，而却不宜统制与干涉"，"不可用警察的方式去监视学生的思想，以思想问题开除学生，实是一种悲剧"。（《大公报》）因而《大公报》所提出的主张，便是："树立教师的风格；给师生以自由的园地与空气！"《中学生》也主张："学校里面应该造成一种求知的空气，训育方面，应着重于师生人格的交融，彼此相见以诚，注意培养青年的正义感与廉耻心。"大家的措辞虽有文字上的不同，而其对于当前的青年学生界的麻木苦闷的事实，以及产生此种事实的根源，和解决的办法，见解却极其一致。众口一辞，是可以看出社会对这一事实的舆论的。

这些书报所说的，是真实存在着的事实；我们十分同意于他们的主张。但是，有什么具体的例证吗？也许还有人要发生疑问，以为是杂志报纸编辑人的危言耸听。这里，我们不妨看看一个侧身教育界的教师所举出来的事实。在《大公报》社评《几点教育意见》发表以后，接着三月十六日的该报上，便揭载了一位教师的读后感，里面有这样的一段：

> 最近我从一个国立中学里面来，里面特别有一些优秀青年，爱国家，爱民族，爱秩序，肯努力，肯求知。他们写壁板，他们跋涉几十里去宣传，这真是一些好学生。但偏偏就有的先生认为这是"危险分子"！于是有一位先生说了："什么演戏，什么宣传，这就救了国吗？唱什么歌，贴什么壁报，救国何不上前线去？看报纸就能念好书了吗？"这位先生上课是带着手枪的，诱迫学生与他合作是用金钱和酒肉的。于是一些最下流无所不为的学生，都收罗在他的门下了。这些学生就在班级里扰，迫害那些纯洁努力的学生。那位先生也就在学校里扰，迫害那些正直的先生。（吴伯威：《师资人格与善导思想》）

在三月二十七日的该报上，另一位教师又这样的说了：

> 在现在的自流井，有一位女校长训话："你们谁要反对我，我就认为你是汉奸，把你牺牲了！"又有一位师长说："爱看报纸的学生都靠不住！报告时事的先生有背景，学校里要不辞退，我就报告中央！""加重功课，使他们没有工夫看杂志看报！"学校里成了"打手养成所"，成了吃"抄手""回锅肉"专家，成了最好不要他们有思想（一位校长的名言）的木头棍子，成了"恋爱训练班"，成了"流氓狡诈欺骗收买的干训团"。真心想教点书的分子，只得走了改行！（荻花：《怕的是麻木》）

这里，我想添上一点我自己的见闻。几年以来，我在各地的中学里担任教职，也曾见着不少如孟季闻先生所说的"怪异现象"。记得在一个中学里，有一次，训育主任在降旗时向学生训话："人生有三大不幸，第一是面孔漂亮，第二是伶牙俐齿，第三是少年成名。"初听去简直莫明其妙，不知他何以忽然如此说，后来一经打听，才知道他是针对着一个初中的女生说的。这个十多岁的女孩子，连容貌也成为被调侃的资料的原因，是她在课外爱看一点书报。有一次检查到一封别人寄给她的信，据说末尾有"此致民族解放敬礼"数字，因而便被认为有被所谓"民先"诱惑的嫌疑。学校里经常举行着课外背诵（连物理化学也要背！），不准学生看《大众哲学》（据说这只是"骗钱的书"）；不准看《救亡日报》，甚至对巴金的小说也表示不大放心。在呈报到教厅去的概况表上，虽然也堂皇地填上了许多课外组织的名称，如读书会，时事座谈会，宪政座谈会等，但实际上，学生们在纪念周或升降旗时，终一个学期，没有听到一次时事报告。自然救亡工作更说不上，除了逢着什么纪念日，学校当局临时生拉活扯地叫学生演几幕剧，贴几张标语，藉以应应景儿，替学校撑面子。事过境迁，学生又被驱进读死书的圈子里去。又一个中学里，有一位教师，则在教堂上夸张敌人的强大，散布分裂的言论，常常说国内某地已经发生武装冲突，某地军民是“吃马屎”生活。又有一位教师，发现了一个学生在自习时偷着在厨房里打盹，他不用正当的惩罚，却用——读者诸君！你猜他用什么？他用他改演草的朱笔给这学生涂一个花脸。至于没收信件，体罚詈骂，那简直成了司空见惯的事。在学校里，甚至有一个学生因为看高尔基的《母亲》而被开除。这些先生们教育学生的方式是如此，而在教学生上也不能使学生心服。因为他们平素束书不观，很难接触到教科书以外的书本。有一位上西洋史的先生，在教室上对学生说：“我是学社会科学的，我不要天天看报，偶然翻一次，便可以知道以后数月的局势了。”但到后来当一个学生问他欧战在数月后将怎样发展时，他却用“这太深了，你们不懂！”来作回答。像这样，如何能得到学生的信仰！于是这些先生们对于不和他们合流的，为学生所爱戴的教师，便认为是“别有作用”，“讨好学生”，硬派为“×党×派”，随时都轮转着疑惧监视的目光，无论是在课堂上或在课余，他们都密探似的尾随着侦察着，有时甚至还施以恐吓。结果，纯正的教员和学生自然只有被迫害着离开了。

这是我耳闻目睹的事实。无数的青年，怀着满腔热情到学校里来，但他们所受到的，是书报的禁阅，是救亡工作的压抑，是教堂上的扯谈，是无聊琐事的浪费光阴，是是非黑白的颠倒，是对权威的滥用！这哪能不在他们纯洁的天真的心灵上烙下了创痕！日子久了，自然，少数凡庸的学生只有逐渐麻木消沉，而多数则难免于陷在苦闷不安的泥沼里了！

这一普遍存在着的严重可怕事实，在给与国家民族前途的危害，实非常巨大。我们必须正视它，迅速从根本上消灭它。消灭的方法是现成的，[2]也就如《大公报》所说：“树立教师的风格；给师生以自由的园地与空气！”这用不着害怕。[3]要达到这目的，并非沿用封建的权威去干涉箝制，这本书不准看，那件事不许做所能奏效的，必须把符合现实的正确道路指示给他们”，使他们“有机会分别什么正确的与不正确的思想”。(《中学生》)[4]具体的说，便是要改良课程内容，鼓励课外研究，提倡思想自由，推行救亡工作，这才可望培养出大批的国家栋梁来。

倘若还有人表示疑虑，那请在这里追念一下蔡孑民先生吧。蔡先生所持的教育方针是：“循思想自由言论自由之公例，不以一流派之哲学，一宗门之教义梏其心，而惟时悬一无分体无始终之世界观以为鹄。”他在长北大时，便真的能向着这方针迈进。据中委王崑仑先生说，当时北大在研究学问上，首先便教学生打破传统一尊的观念；同样功课，由几个主张相反的教员担任，他们不同的主张，悉得自由发展；学校中有许多性质不同的社团，有各种附设的事业机关，每个学生都有参加或不参加的自由。也许今天有人要以为这太纷歧放任了，然而所收的效果是怎样呢？王先生说：“也就因此，才使得学生能知道学校是自己的知识宝库，是自己生命的摇篮，是自己自由的乐园，于是爱学校如家，爱校长如母！”(《五四纪念忆蔡孑民先生》，见《中苏文化》六卷三期)甚且孕育了璀灿伟大的五四新文化运动！

写完了上面的话，我不禁痛快地呼一口气。好久便横鲠在喉管里的骨头，现在才全盘的把它吐了出来。我之所以这样详细地述说着各方面的意见，是因为一般青年，多被重压在考试和书报封锁之下，不易看到各种报纸杂志，我希他们由我这篇文章而能对教育上的这种“怪异现象”，得到一个“全面的”认识，知道是怎样的严重和普遍，知道要求学术思想的自由，并非一人之私言。数年以来，无数的青年同学，曾向我诉说学校教育的空虚无味，常想离开；有的又常在我的面前，皱着眉头，问我有什么解决苦闷的办法。但是，我能向他们说什么呢？听着窗外潇潇的雨声，我又不禁想起他(她)们来了。

由于服务学校的转移，许多同学现在和我已经隔着千万重的云山，我不知道他们近来的生活如何，还是和从前一样的苦闷么？为着他们和无数我所不认识的青年，为着许多正直纯洁被迫害着的教师，我把这篇东西呈送于全国人士的良心之前，作为我的控诉。

一九四〇年夏

（原载一九四〇年《中学生战时半月刊》第三十四期）

校　记：

本文据作者存原刊文剪报排印。原题目为《一个中学教师的控诉》，后改题为《控诉篇》。

[1] 原刊文此句下有“国民党参政会第五届大会通过了《讲学自由》的提案”一句，在修订稿上被作者涂删。

[2] 原刊文此句下有“那便是：切实执行国民参政会所通的议案”，被作者涂删。

[3] 原刊文此句下有“讲学和思想的自由，是决无背于三民主义的原则的。在今天，每一个教育工作者，都应使在校青年了解三民主义，效忠三民主义”，被作者涂删。

[4] 原刊文此句下有“如方东澄先生所说的现在许多学校对于学生思想问题的态度：‘他们宣扬三民主义的社会主义的思想好，并不能说明何以好。他们偶尔也提到来路货的社会主义的思想不好，也无能说明何以不好。’（见《关于学生思想领导的问题》，五月廿九日《大公报》）这结果，在思想的领导上自然不会得到实效。我们必须使他们知道‘何以好？’‘何以不好？’然后他们才会真正认识并实践三民主义。”被作者涂删。

略论宋玉的帮闲

屈原，是中国历史上第一个最伟大的诗人；宋玉，却是中国历代一般无聊文士的最初的始祖。

但是，向来屈宋并称，从来的读者往往都以一付同样的目光去看待这两个人。他们不仅认为宋玉在文学上足与屈原并驾齐驱，而且，在人格上，在思想上，也觉得两人之间并没有多大的不同。所以，郭沫若先生在他的《屈原》一剧里，把宋玉写成了一个无耻的文人以后，也不得不加以如下的声明：

> 我把宋玉写成为一个没有骨气的文人，或许有人多少会生出异议吧。不过我并不是任意诬蔑。司马迁早就说过："屈原既死之后，楚有宋玉、唐勒、景差之徒者，皆好辞而以赋见称。然皆祖屈原之从容辞令，终莫敢直谏。"再拿传世的宋玉作品来说，如像《神女赋》，《风赋》，《登徒子好色赋》，《大言赋》，《小言赋》等，所表现的面貌实在只是一位帮闲文人。

是的，把宋玉写成一个没有骨气的文人，一定有人"会生出异议"。因为从作品的渊源，时代的接近，和国籍的相同上着眼，许多人都会模模糊糊地把屈宋二人等量齐观的。但实际的情形到底是怎样呢？据我看来，宋玉的真实的脸嘴，实在和郭先生笔下所描绘者完全相同。

这，我们只需看一看宋玉的事迹和作品。

关于宋玉的生平，现在已无从详考。《史记·屈贾列传》和《汉书·艺文志》诗赋略，都没有详细说及他的生平事迹。据近人陆侃如氏的考证，说他的生年与屈原卒年同为一年，即纪元前二九〇年。因此，遂认为他和威、怀、襄三王无君臣关系，与屈原亦无师生关系。他在楚考烈王时曾为小臣，但不久即失职。其卒年为秦灭楚的一年，即纪元前二二二年。但陆氏的考证所根据的资料，只不过仅仅是《招魂》的乱辞。论证极不充分，连陆氏自己也承认只是"纯粹根据常理来推测的，毫无其他保证"。这样的"推测"，自然是很难得到完美的结果的。他对于宋玉生卒年代的考证（附带着屈原卒年的考证）都是大大地成为问题的，我们不好随便相信。这里，我们只能够从《史记》，《汉书》的寥寥的记载里，知道他和唐勒、景差同时，"皆好辞而以赋见称"。又根据王逸《楚辞章句》，《九辩序》："宋玉者，屈原弟子也"和习凿齿《襄阳耆旧记》"始事屈原"等话，知道他是屈原的学生。再据他自己所作的《九辩》，看出他是一个"悲忧穷戚"的"贫士"，有一个时期（不一定如陆氏所说在楚考烈王时）曾担任过一种职务（王逸说是"大夫"，习凿齿说是"小臣"），不久便"失职"了。此外的事迹和生存年代，在目前，我们都已不可得而详考了。

宋玉的作品，现存者计十四篇。但除了《楚辞章句》所载的《九辩》，《招魂》二篇以外，其余《文选》，《古文苑》二书所载的《风赋》，《笛赋》等十二篇，据许多人的考证（如刘大白、陆侃如等）都认为有伪托的嫌疑。但不管真是宋玉的作品也好，或是后人的伪托也好，在内容上，所讲的都是宋玉的事情，总不能说他们和宋玉是没有关系的吧。因此，我们可以经由这些作品，去认识宋玉的面目。

我们先看《九辩》。这是中国古代诗坛上最杰出的一首长诗。内述宋玉因悲愁而感怀身世，完全是作者自己的经历和牢骚穷愁的抒写。其中有些话是值得注意的，如：

> 何时俗之工巧兮，灭规矩而改凿；独耿介而不随兮，愿慕先圣之遗教。处浊世而显荣兮，非余心之所乐；与其无义而有名矣，宁穷处而守高。食不偷而为饱兮，衣不苟而为温；窃慕诗人之遗风兮，愿托志乎素餐。尧舜之抗行兮，瞭冥冥而薄天；何险巇之嫉妒兮，被以不慈之伪名！

根据这些话看来，宋玉也似乎是一个耿介、守义、值得我们尊敬的人。因此他和屈原一样，也常受小人的谗害，而且“尧舜抗行”数句，又完全是从屈原的《哀郢》中抄袭而来。这样，他的人格，宜乎和屈原一样的崇高辉耀了。然而，我们要在这里指出，这只是失意以后，乐得说说的好听的话而已。在这诗里，还有“怆怳圹悢兮去故而就新，坎廪兮贫士失职而志不平”，“太公九十乃显荣兮，诚未遇其匹合”，“无伯乐之善相兮，今维使乎訾之”等句，所以，这不过是“贫士失职”以后的“不平”的话罢了。没有“显荣”，因而便自鸣清高，这原是历代一般伪君子假隐士的惯技。我们再看看他的旁的作品，那便更可以得到证明。

在《大言赋》里，楚襄王对他和唐勒、景差诸人说：“能为寡人大言者上座。”他便说：

> 并吞四夷，饮枯河海，跋越九州，无所容止；身大四塞，愁不可长；据地盼天，迫不得仰。

在他的这个“大言”之前，唐勒、景差都失败了，结果是“宋玉受赏”；而一当楚王叫他们“为小言赋”时，他却又会说：

> 无内之中，微物潜生；比之无象，言之无名。蒙蒙灭景，昧昧遗形；超于太虚之域，出于未兆之庭；纤于毳末之微蔑，恒于茸毛之方生。视之则渺渺，望之则冥冥；离朱为之叹闷，神明不能察其情。二子之言磊磊皆不小，何如此之为精？

这里所说的“微物”，却又真真“小”到了无以复加，比景差所说的“体轻蚊翼，形微蚤鳞”以及唐勒说的“馆于蝇须，宴于毫端”的东西还要“小”，于是，他又压倒了景差、唐勒，而得到“雲梦之田”了。有一次，当楚王在“兰台之宫”，披襟当风，大嚷“快哉！”的时候，他又忙着凑上去，讨好地把风分成“大王之雄风”与“庶人之雌风”两种，说雄风中人，足以“愈病析酲，发明耳目，宁体便人”；而雌风则会“殴温致湿，中心惨怛，生病造热”。这一番阿谀的话，使楚王也不得不高兴的称赞他“善哉，论事！”这些都是毫无意义，无中生有的语言游戏或诡辩，他就是凭了这去博取楚王的欢心的。

除此以外，他还有一套专门的本领，便是在楚王的面前谈说女人。他常常说到的女性，有：一、巫山之女——见《高唐赋》和《神女赋》。二、东家之子——见《登徒子好色赋》。三、主人之女——见《讽赋》。

而他对于女人，又是最善于品头论足，绘声绘影的。他形容巫山神女：

> 其状峨峨，何可极言！貌丰盈以庄姝兮，苞温润之玉颜；眸子炯其精朗兮，瞭多美而可观；眉联娟以蛾扬兮，朱唇的其若丹；素质干之醲实兮，志解泰而体闲；既姽婳于幽静兮，又婆娑乎人间。

形容东家之子：

> 增之一分则太长，减之一分则太短；著粉则太白，施朱则太赤；眉如翠羽，肌如白雪，腰如束素，齿如含贝。嫣然一笑，惑阳城，迷下蔡。

而他又似乎常常“红鸾照命”，常为这些女子所垂爱。东家之子要登墙去偷看他；当他“出行”时，也会碰着“主人翁出，妪又到市，独有主人女在”的好机会，于是——

> 主人之女翳承日之华，披翠云之裘，更被白縠之单衫，垂珠步瑶，来排臣户，曰：“上客，日高无乃饥乎？”为臣炊雕胡之饭，烹露葵之羹，来劝臣食。以其翡翠之钗，挂臣冠缨，臣不忍仰视。

在这些事实里，活活地表现着的宋玉，实在只是楚襄王“倡优畜之”的一个巧言令色的无耻文人。他天资聪敏，富有才华，而又面目姣好，伶牙俐齿。他的职务是专门在楚王的面前凑趣讨好，插科打诨，看他对楚王说那些“大言”、“小言”，以及指指点点的讲述女人的那种情形，真不免要令人联想到后世权门里的清客们的吟诗作对，和陪伴公子出游的小丑们遇见女人时的挤眉弄眼。他的目的，自然是为了升官发财。在《韩诗外传》里，有这样一个故事：“宋玉因其友见楚相，楚相待无之以相异，乃让其友。”升官之志不达，便马上翻脸骂朋友。这真是怎样的一种人物！在《新序》和《襄阳耆旧记》里，也有着这同一故事的记载，想来，并非全然无因的吧。既不能立擢高官，欲“帮忙”而不可得，自然便只有“帮闲”了。于是，说笑话，谈女人，便成了他的专门行业。在《对楚王问》一篇里，襄王问他道：“先生其有遗行欤？何士民众庶不誉之甚也？”在当时可见有许多人对于他的卑劣轻佻的行为已经大大的不满意了。

也许还有人要说，既然宋玉的作品，只有《九辩》可靠，那就应该只相信这一篇，不应再据可疑的作品去考察他的为人。但是我们要问：假如宋玉果真是一个好人，假如《九辩》不是失意以后所说的漂亮话，那么，为什么在其余和他有关的绝大多数的文献里，他都是那么的无耻呢？《神女》、《高唐》等十来篇作品，纵令确是后人伪托，也终于不能否认是有关宋玉的文献吧？我们研究古人，除了他的著作以外，还得藉助于他人所作的传记和各种资料。《九辩》与《神女》等篇，在数量上是十与一之比，我们不能只完全相信一篇而抹杀了其余大多数作品。我们综合了这些东西来试一考察，对于宋玉，实在只能得到一个无耻文人的印象。

然而，两千年来，都是屈宋并称，这真是大大的玷污了屈原！郭先生的剧本，不但剥露出宋玉的真相，而且把屈原所受的这种玷污也给洗涤了。这真真是一件功德无量的事体！在今天，善和恶，是和非，圣佛与鬼魅，战士和苍蝇，我们是必须不爽毫厘地把他们分辨清楚的！

一九四二年五月三日　虎溪河

（原载一九四五年二月《文学新报》第一卷第五期）

补　记：

上文写成后，偶阅鲁迅的《诗歌之敌》一文，无意中发现这样的几句："豢养文士仿佛是赞助文艺似的，而其实也是敌。宋玉司马相如之流，就受着这样的待遇，和后来权门的'清客'略同，都是位在声色狗马之间的玩物。"又《从帮忙到扯淡》一文里，亦云："到得宋玉，就现有的作品看起来，他已经毫无不平，是一位纯粹的清客了。"鲁迅和郭沫若二先生的意见是这样的不约而同，足见宋玉之为帮闲，大约已可说是定论了罢。

一九四五年六月十八日端午节　补记

灯下杂记

十几年前，在故乡小学读书时，从一位老秀才的讲授里，我第一次听到“夺朱非正色，异种亦称王”那两句话。那时年龄还小，既不懂得什么种族思想，也不知道言论自由之可贵；只不过很欣赏这两句诗，以为作者原意，如果真在讽刺满清统治者，那实在很是巧妙。据说这诗的作者是沈德潜（归愚），他因此竟受到了戮尸的惨祸。但除了沈德潜以外，还有人也因为这两句诗而被处死。例如乾隆中叶，华亭举人蔡显，就因为所著《闲渔闲录》中引用这两句诗而被杀。由此可知这虽只是短短的十个字，但却造成了无数的悲剧。在每一个字上，是凝聚着许多人的血泪的。

清代初年，明亡未久，故老遗民，常想恢复明社，在一些人的诗文中，也确实还不时流露着河山故国之情。“夺朱非正色，异种亦称王”两句，纵然作者是老老实实地咏“紫牡丹”，毫无讥刺之意，但清朝的统治者，就字面曲加附会，锻炼周纳，也自然可兴大狱；因为满清统治者的天下正是从朱明夺来，而他又是汉族以外的“异种”。又如康熙时的庄廷鑨明史一案，为清初最残酷的一次大狱，据说书中从丙辰（明神宗万历四十四年，努尔哈赤称帝，建元天命，为清代立国之始）到癸未（明思宗崇祯十六年，明祚终于是年)都不书清代的年号,而于隆武永历的即位正朔,又必大书特书。在李如柏、李化龙等人的传中,有"长山衄而锐士饮恨于沙磷,大将还而劲卒销亡于左衽"等语,像这样明白质直地指斥满清统治者,眷怀明室,不像《紫牡丹诗》那样曲折含蓄的著作,自然更要被专制的清朝帝王看作悖乱谬妄,大逆不道,为了镇压一般士大夫眷恋故国,自然要采用严刑竣法,大肆屠戮。钱塘女吏陆莘行在所著《秋思草堂遗集》里,叙述阖家因庄氏史案牵连被祸始末,中有一段描写庄廷鑨等人被杀时的情形道:

> 诸人每名依次点出,朱右名临行,妻命婢进参汤一盏,饮之出;凌迟,三子斩,妻闻惊怖立殒,三媳给边(按朱为南浔富人,本与庄案无关,因与归安知县吴之荣有隙,被害。吴即庄案之出首人)。庄龙(按即庄廷鑨)父服毒先死,弟廷钺凌迟,钺妻潘氏给边,幼子亦斩(按仅四龄)。教谕本拟从轻,因藏史一部于米栈中,故亦斩,妻孥得释。花里茅氏,亦皆灭门。都守谭公(按即湖州太守谭希闵)莅任三月,以庄逃入太湖,论绞。……凡刻书钉书送板者,一应俱斩。一刻字匠临刑哭曰:上有八十之母,下有十八之妻,我死妻必嫁,母其谁养?言毕就刑。首滚至门前,忽然自竖,盖行刑之所,去家不远也。发庄龙冢……颜色如生,剑以刀碎其首,脑出。是时,天昏地暗,日色无光。

这是怎样恐怖的场面哟!像这样血淋淋的记载,我们今日读之,还不免毛骨悚然,深恨屠伯们的凶残和无辜者的可悯!这种屠杀扩张到了极致,于是甚至一些在意义和文字上都无隙可乘的诗文和它们的作者,也遭遇到了可悲的厄运。如胡中藻《坚磨生诗抄》中的"南斗送我南,北斗送我北","亦天之子亦莱衣"等句,我们看来,原是很平常的句子，没有什么可给人附会曲解。然而清朝的统治者，竟认“南斗”二句为“分提南北”，“天子”句为“悖慢”，而将胡杀害了。像这样的任意罗织，则无论任何摇笔杆的人——连文学侍从之臣在内罢——也都难逃罗网，因为在任何人的著述里，我担保一定可以找到和胡中藻的诗句相类似的文字，或从字音的相同，或从字形的相近，或从字义的疑似，总不难找到一种藉口。好在文字是不会说话的啊！

但是，这样凶残的手段，能收到它预期的效果吗？纵能取效于一时，也绝不能永久堵住人民的嘴吧。没有多久，在乾隆以后不过百余年，我们看到邹容、章太炎以及南社诸人的诗文了！

一九四二年

（原载一九四二年《抗战文艺》第八卷第一、二期合刊）

“英雄所见略同”

乡居无书，偶从旧杂志中得读周作文的《再谈油炸鬼》一文，不禁引起了我许多感想。他在这篇文章里，对于岳坟前秦桧夫妇的铁像，表示了反对的意见。他先替秦桧辩护，说：“秦桧原不是好人，但他只是一个权奸，与严嵩一样，（还不如魏忠贤罢？）而世间特别骂他构和，这却不是他的大罪。”以下便说：“有所怨恨，乃以面肖形炸而食之，此种民族性殊不足嘉尚。在所谓半开化民族中兴行种种法术，有黑魔术以伤害人为事，束草刻木为仇人形，禹步持咒，将刍灵大攻油煠或刀劈，则其人当立死。又如女郎为负心人所欺，不能穿红衫吊死去索偿于香闺中，只好剪纸为人，背书八字，以绣花针七枝刺其心窝，聊以示报。在世间原不乏此例，然有识者所不为，勇者亦不为也。小时候游过西湖，至岳坟而索然兴尽，所谓分尸秦桧已至不堪，那时却未留意，但见坟前四铁人，我觉得所表示的不是秦王四人而实是中国民族的丑恶，这样印象，至今四十年来未曾改变。……这种根性实在要不得，怯弱阴狠，不自知耻，（孔子说过，知耻近乎勇。）如此国民何以自存，其屡遭权奸之害，岂非所谓物必自腐而后虫生者耶。”

在“七七事变”前一年，正当华北局势十分危殆的时候，周作人便有这样的言论，真像是为他今日的行为预先作了辩解似的，这是多么偶然的"巧合"呀！有些事往往要放在今昔的对比上才会明白，在当时他固然隐蔽在"奠定思想自由的基础"，"反对思想奴隶统一化"的美丽的词令之下，来针砭他所谓的"中国民族的丑恶"，然而，曾几何时，这美丽的词令已被残酷的事实所戳穿，至今逆迹昭然，事实具在，我们纵然相信朱光潜先生所说的"明末东林名士逼阮大铖走上附逆的路"这句话，但也不得不"逼"周作人一下，把他看作现代文学界里的"秦桧"了。

秦桧之为"汉奸"，已是千秋定论。不仅如周作人所说只是一个还不如魏忠贤的"权奸"，纵令朱熹说他"归来主和，共初亦是"，甚至有人说："秦桧再造南宋，岳飞不能恢复。"(《七修类稿》引邱文庄语)但我们不能如周作人一样因为说这话的是"鼎鼎大名"的人，而竟相信他"不会大错"。秦桧主和，分明是受金人指使的，他之所以能带了妻子婢仆从容南归，便是金人有意纵他回宋，以作内奸的。这在当时已有人表示怀疑。而且，就当时的情势说，内则江南闽粤各地盗贼，已经岳飞、韩世忠等先后平定收抚，训练成为有用之兵，外则军事逐渐好转，岳飞有朱仙镇之捷，韩世忠有金山之捷，刘锜有顺昌之捷……胜利已经在望；而于此时，秦桧却极力主张议和，遂使南宋永无恢复的机会。我们今天无论就他主和的动机或当时的形势来说，"汉奸"二字之对于他，实在是最确切的称谓。

然而，在大敌当前的时候，周作人出来替秦桧辩护。真想不到，秦桧在千载之下，会有这么一个知己！

根据他自己对于秦桧的认识，周作人自然要反对给秦桧铸铁像了。但我们则以为给奸逆铸像，是和半开化民族的束草刻木为仇人形，或女郎剪纸为人的意义，是完全不同的。半开化民族或女郎，对于他当面的敌人无可如何，便只有刀劈木偶或针刺纸人"聊以示报"，此外便不再有其他的办法，这完全是消极的怯弱的行为。而给秦桧之徒铸像，其用意不仅在使人认识汉奸的面目，而且还希望引起一般人对于汉奸的憎恶，进而积极的去打击他们，消灭他们。两者是不容周作人混为一“例”的。而且，给秦桧一类的汉奸铸像，便算是“怯弱阴狠，不自知耻”，那么，历史上所艳称的凌烟画像，以及历来为勋臣烈士们竖立丰碑铜像，其动机和影响虽与铸逆两样，但却是出以同样的方式，难道也是“怯弱阴狠，不自知耻”的吗？

在此，令人最容易联想到的是：何香凝先生在《斥汪精卫》一文里说：汪在六年前说过“细细想来，秦桧算不得汉奸”的话。汪逆之同情秦桧，自然是理所当然，因为他正是秦桧的孝子贤孙，是和秦桧后先辉映，各有千秋的角色。何以同在抗战数年之前，周作人便和汪精卫异口同声的为秦桧呼冤呢？此中消息，真耐人寻味。这又是多么偶然的“巧合”呀！

周作人既然对于岳坟前的秦桧夫妇跪像表示异议，那么，对于目前遍及全国的汪逆铸像运动，也必然又要以为是半开化民族或女郎的行径而不住摇头吧。但我们的意思，以为给秦桧铸像，是应该的，尤其是今天给汪逆夫妇铸造跪像，更有重大的意义。因为汪逆实在是远驾秦桧而上的大汉奸，在历史上是前所未见的。抗战以来，一般人民虽已习见常闻“汉奸”二字，但还没有像对秦桧一样地对汪精卫之流给与强烈的憎恨，因此，把空洞的“汉奸”二字形象化，给大众以一个实体的印象，这是有利于抗战大业的。

秦桧——汪精卫——周作人，这三个人生不同时，而论调却极其一致，真是“英雄所见略同”。我设想，假如有一天，地下的秦桧，能够和汪周二人晤面的话，三位“英雄”一定要会心地相视而笑的吧。

一九四二年

（原载一九四二年《抗战文艺》第八卷第三期）

消夏录

天气炎热，每日头昏脑胀，汗流浃背，简直不能作事。偶忆古人的山居消夏诗："绿树阴浓夏日长，楼台倒影入池溏；水晶帘动微风起，满架蔷薇一院香。"真觉艳羡不置，现在的所谓读书人，大抵已无缘享受这种清福了 。

在溽暑中，我偶然也偷片刻安闲，擦一把汗，翻翻无聊的书报，算作消夏。最近看的是《宋史》，木版，字大，看去颇不费力。信手翻到苏轼传，在里面有如下一节：

> 徙知湖州，上表以谢。又以事不便民者不敢言，以诗托讽，庶有补于国。御史李定、舒亶、何正臣摭其表语，并媒蘖所为诗，以为讪谤，逮赴台狱，欲置之死。锻炼久之不决。神宗独怜之，以黄州团练副使安置。

这段话很引起我的兴味。我们平常提到苏轼，大抵只注意他的古文、诗、词、字，往往把这件事忽略了。这里所说的"摭其表语"，是指苏轼到湖州后所上谢表中的"愚不识时，难以追陪新进；老不生事，或能牧养小民"等语。"媒蘖所为诗"的"诗"，是指《山村五绝》诸诗。再考《续资治通鉴》，在宋纪七十四卷里，有更详细的记载：

> 御史舒亶言轼近上谢表颇有讥切时政之言，流俗翕然，争相传诵。陛下发钱以本业贫民，则曰："赢得儿童语音好，一年强半在城中。"陛下明法以课试群吏，则曰："读书万卷不读解，致启尧舜终无术。"陛下兴水利，则曰："东海若知明主意，应教斥卤变桑田。"陛下谨盐禁，则曰："岂是闻韶解忘味，迩来三月食无盐。"其他触物即事，应口所言，无一不以诋谤为主，小则镂板，大则刻石，传播中外，自以为能，并上轼印行诗三卷。

于是而苏轼下狱，虽有皇太后在神宗前的缓颊："闻苏轼以作诗系狱，得非仇人中伤之乎？裙至于诗，其过微矣。"又有张方平的上书："自夫子删诗，取诸讽刺，以为言之者足以戒，故诗人之作，其甚者以至指斥当世之事，语涉谤渎不恭，亦未闻见收而下狱也。今轼但也文辞为罪，非大过恶。"然而结果苏轼也还不免远谪黄州，他的兄弟苏辙和驸马都尉王诜等也皆受谴责——到底这几首诗是什么了不得的样子呢？我根据《续通鉴》所说，详细翻检《东坡集》，找出了舒亶所引为铁证的几首诗，现在且抄在下面：

山村五绝（录二）

老翁七十自腰镰，惭愧春山笋蕨甜。
岂是闻韶解忘味，迩来三月食无盐。

杖藜裹饭去匆匆，过眼青钱转手空。
赢得儿童语音好，一年强半在城中。

八月十五日看潮五绝(录一)

吴儿生长狎涛渊,冒利轻生不自怜。
东海若知明主意,应教斥卤变桑田。

(原注:是时新有旨禁弄潮。)

像这样的诗,只不过是作者退公闲居,随意讴吟之作;然而舒亶竟指"闻韶"二句为非盐禁,"儿童"二句为讥青苗,"东海"二句为斥水利。这明明是有意罗织,想置苏轼于死地。李定有一天对王安礼说:"轼与金陵丞相论事不合,公幸毋营解,人将以为党。"李定是控告苏轼的御史之一,他这话自然是出自肺腑,寥寥数语,已把苏轼这次获罪的个中因由说穿了。

所谓"金陵丞相",便是指的王安石。他是一个有诚见有魄力的政治家。他当政时推行的种种新法,如青苗、免役、保甲、市易、均输以及方田均税法、农田水利法等,现在看来,实是挽救宋代危亡的对症良药,但程颐、司马光、苏轼等人却独持异议,大加反对。而且到了后世,一般人的同情,也往往落在程颐等后面,他们不是以成败论人,便是说安石引用群小,而抹杀了新法本身的优点。我小时读苏洵的《辨奸论》,也觉得王安石不是好人,直到后来才渐渐改变了这意见。——但这些且暂置勿论,至于他因"论事不合"便嗾使舒亶、李定等以文字诬枉苏轼,那实在是不光明的卑劣可鄙的行为。

文与可在一首送苏轼的诗里谆谆嘱咐道:"北客若来休问事,西湖虽好莫题诗。"这实在是一般文人苟全性命的好法子。然而倘使大家都真的不问事,不执笔,那在文化上又将产生怎样的后果呢?

一九四三年八月

(原载一九四三年八月二十五日《新蜀报·蜀道》)

谈吴赤溟

书生是每每被人视为“百无一用”的，但事实上却未必尽然。试以明清之际而论，便有许多文弱书生平素虽不习军旅，而当清兵到时，却也能组练义军，奋起作实际的抗斗。有的虽没有亲历戎行，但在草野中也不忘恢复，或遍游边塞，窥察形势；或数文考献，纂修明史。在残酷的高压和严密的监视下，默默地寄沉痛的希望于将来。他们中有许多人，至今还时时为我们所称述所崇敬；但还有一部分人，身既被戮，著作又被焚禁，潜德幽光，无由表扬，为时虽仅数百年，但今天已不大有人提起他们了。例如吴炎，便是这些人们中的一个。

吴炎，字赤溟，号愧庵，吴县人。他在明代“身未尝膺一命”，但在明亡以后，却念念不忘于明代“三百年之积德累仁，丰功厚业及其所以废兴存亡之故”(见《答陆丽京书》)，立志纂修明史，把亡国的悲痛和恢复的希望托之于著作。他对当时一般名士如钱谦益、陆圻(丽京)等人都有“龙门(司马迁)兰台(班固)”的明代史事的纪载都不满意，他批评说：

有明一代纪载之书，舛错不伦。其成部者，如海盐吾学一编，文章简直，颇近陈寿。而未睹国史记，洪建间事多谬悠。其所为传,抑何似家状墓志删本也。太仓能驳海盐之失,二史考误援据甚核,及操笔纪述,又辄以己意高下其手,即如嘉靖以来首辅传,其生平得意笔也,而傅华亭(按指徐阶)江陵(指张居正)之事,溢美溢恶,多不足信。彼方身历其朝,目睹其行事,而犹若此,他又何怪。至如晋江之名山藏,盱江之皇明书,乌程之史概,率多嗜奇无识,引断失据,皆足以害史。而东莞陈氏通纪,闻之先正本出,梁文康介弟,托之子虚乌有之陈建,颠倒谬乱,天下之耳目,为其所簧鼓者,殆数十年。(《答陆丽京书》)

这里所说的“海盐”是指吴麟徵(字圣生),“太仓”指张溥(字天如),“晋江”指王慎中(字道思),“乌程”指温体仁(字长卿)。他们在当时的社会和学术上,都占有相当的地位,尤以张溥为复社领袖,王慎中为明代有数的古文名手,而吴炎对他们的著述都不免有微词。他既不满于别人的“以己意高下其手”和“引断失据”,所以他治史的方法和态度便较客观与谨严,他是:

读史以国史野史相证佐,为指摘其得失,阙疑存信。(同前)

在明代便能于正史之外,注意野史,实在是一种难能可贵的卓识。这正和三百年后的鲁迅的意见相同。鲁迅也劝人读野史,曾说:“野史和杂说自然也免不了有讹传,挟恩怨,但看往事却可以较分明,因为它究竟不像正史那样地装腔作势。”吴炎的注重野史,是为了可以和正史“相证佐”,便较分明较确切地去看史事,这正是鲁迅所说的意思。他为了搜集资料,常常写信探问远道的友人,例如:

阁下（按指尹洞庭）……举先皇帝（按指崇祯）龙飞首科，十七年间，自外吏以入郎曹，……其于中外交讧，用兵加饷，及庙堂议论矛盾，门户龃龉，所以寖微寖坏之故，阁下当历历于心，了了于口也。

又乙丙以后，三楚中贼祸最酷，熊督若何以抚败，武陵若何以战败，左帅之为功罪若何，其诸抚镇以下，监司守令，偾事死节降窜状若何？阁下又必历历于心，了了于口也。

楚地深山大泽，多名公卿，近时论者，谓自江陵后无相业，而当年言路，吹毛求瘢，不遗馀力，又未知数十年间，任事诸公，其负谤与不负谤足传者，几何人也？

某为江陵传，援据国史，揣摹情事，自谓颇能折衷是非；顾其父孙别山先生，殉节西粤，声称炳然，而道路辽阻，传述未详。阁下倘肯搜罗其事，远相邮致，以续文忠之后，固足增重本朝，亦阁下桑梓之光也。

又如何中湘崛强湘汉，屡折屡起，事虽不成，功不可泯。其所据何郡邑，其败何时，其相从将吏，死若生者何人，其死何日何地？某虽略见彼中纪载，然不得文献如阁下者为徵，终不敢据为实录。

阁下自云隐泾宁间，表里徽郡邱中丞金侍御起事始末，身在行间，自可烛照而数计也，阁下肯终诲之否乎？（《复尹洞庭书》）

由这封信，我们知道他所关心的，是“用兵加饷，门户龃龉”等事和流寇兴起时一般将吏“偾事死节降窜”的情状，尤其注意张别山（按即张居正之孙，名同敞，江陵人，于清兵入桂林时，被执不屈死），何中湘（何腾蛟，贵洲黎平人，以湖广总督起兵抗清，事败被杀），邱祖德（字念修，成都人，举兵宁国，被获磔死），金声（字子骏，休宁人，倡议徽州，后被杀于南京）诸忠烈的“起事始末”。这十分明显地呈露了他修史的苦心孤诣，和他的热肠满中坚苦忠贞的伟大精神。可惜他的著作并未完成，他自言：“数年孜孜仡仡，仅能于洪武一朝，得什之六七耳，建永以下，崇弘而上，方汗漫而不知所纪极。”他希望“天假之年，贾我馀勇，得差次成帙”（《答陆丽京书》）。然而不幸，书未成而身便遭杀戮了！

像他这样的人，自然为异族的满清统治者所难容。康熙二年，吴兴庄廷鑨明史案发，他因列名书中，便与一时名下士多人同被磔于杭州的弼教坊。死前一日，他告诉他的弟弟说：“我辈必罹极刑，血肉狼籍，岂能辨识，汝但视两股上各有一火字者，即我也。”这是怎样的悲惨啊！一介书生，竟为了不忘民族的生存，不甘异族的统治，便身蹈这样残酷的杀戮而不辞；千古最壮烈的事，实在没有再过于此的了！

吴炎以外，在明末清初，还有许多文人，民族意识都极强烈。即如顾炎武王夫之诸大师，也是在起兵失败，事无可为之后，才退而为宁静的学者的。这些人实在是天地正气的化身，民族国家的精灵，有了他们，然后中华民族才得延展发皇以至于今日。但顾、王等因得保全首领以殁，著作流传又广，所以极为后人所熟知，而吴炎一类的人被湮没了。阐扬潜德，实在是我们今日不容或缓的事情。

一九四三年九月十三日，中秋前一日写

（原载一九四三年九月二十八日《新蜀报·蜀道》）

作家的照片

在《晚报》上看到这样一条新闻：

> 《重庆屋檐下》，作家的房内有照片两张，一张系法国罗曼·罗兰，另一张是帝俄时代的奥斯托洛夫斯基，而有观众竟误会为苏联作家像，后经导演史东山引某观众上台仔细察后，始真相大明。

我不曾看过《重庆屋檐下》，不知道当时的实情是怎样。但从这段简短而巧妙的记事中，我也能隐约看出，为了舞台布景上两张装饰的照片，竟发生了一场风波。由“导演史东山”的不得不引这位“某观众”上台仔细察看一点上着想，这风波虽不算大但也不能说小；由新闻记者的不惜笔墨纪录此事一点上着想，这事虽小，但其中却不能说没有蕴藏着很大的意义。

但这区区两张照片何以竟作怪如此呢？一望而知，这症结是在于“苏联作家像”五字上，倘使不是“苏联作家”，则问题绝不会发生；不是一经验明确为“法国”和“帝俄时代”的作家之后，就天下太平了吗？

这令我想起鲁迅先生在一篇文章里所述的一个“童话”：

十余年前，有一个弄木刻的青年（按指曹白），忽然在一间美术学校里被捉将官里去了。他犯罪的证据，是几张木刻和几把刻刀。法官老爷指定了一张木刻人像，硬说刻的是苏联红军军官。结果，这青年辩解无效，糊里糊涂地被判处了几年徒刑。

但这已是十余年前的事了。在那些年代里，苏联红军军官自不用说，苏联的文艺作家和他们的作品，在中国，也正和苏联的其他东西一样，是遭遇着白眼的。有些人只要一见苏联作品，不问其性质如何，内容怎样，就战战兢兢，魂飞魄散。于是而千方百计，加以阻遏。在这种情形下，作品受阻碍，译者被迫害，读者惴惴不安，自然是意料中事。然而这究竟是过去的事了。不料时至今日，在朝野一片对苏亲善声中，竟还有人由对苏联作家照片的注意，甚而有神经过敏到一见外国人，就疑心是苏联人；一见外国作家像，就疑心是苏联作家像的人如这位“某观众”者，这实在是极其怪异的事情。

然而，无论如何，苏联作家们的作品，过去既已冲破重重困难，不断的流进来，传开去，则今后他们的作品，也仍将不断的流进来，传开去，实在是毫无疑问的。为了一张小小的照片，便在剧场惹是生非之徒，只不过自显其无聊和堕落而已！

一九四四年十月二十二日雨夜

儒林新史

科举时代，一般人读书的目的，是想用书本作砖块去敲开富贵之门。“十载寒窗”之后，幸而“一举成名”，便可出宰万民，从此荣华富贵，一生受用不尽。所以，当范进知道他自己中了的时候，无怪要欢喜到发狂，大嚷：“噫！好了，我中了！”

余生也晚，一出世便是民国，未及躬逢这样的盛事。虽说在家塾里曾读过几年经书，学过古文，做过对联；然而却没有学过八股文，试帖诗，自然更没有进过贡院。后来进小学，听说在我前几班的同学们，到毕业时，每人都穿着新衣，骑着大马，意气扬扬地在长街上疾驰一通，然后进入文庙，谒见孔圣。但临到我们这班毕业时，不知怎的，却没有举行过这样的盛典。我只收到一张上写着“捷报贵府大老爷×××经××县知事×考取高小第一名毕业”的红报条罢了。

然而，小学毕业，当时也似乎真是了不起。在街上遇见熟人，他们每每对我说：“恭喜，恭喜！小学毕业，资格已经是前清的秀才了！”

成了“秀才”之后，我选读了好几年的书，有些好心的人，希望我更由“举人”而“进士”，一天天地飞黄腾达，显亲扬名；然而我却误于“洋书”，惑于“新学”，走上了和他们的希望正相反对的道路，至今沦落江湖，衣食为难。想想古代读书人的幸运，真不免有"今不如古"之叹了。

叹气之余，翻翻报纸，无意中却在成都的一种日报上，见到这样一个好消息：

> 荣县通讯：废历八月二十七日，海内名诗人赵尧生（七十八岁）、刘树仙（七十八岁）、黄觉（八十四岁），率领全县残存的秀才二十馀人，于县文庙举行重游泮水大典，热闹空前，盛极一时。（三十三年十一月七日《华西日报》）

漪欤休哉！不图前朝盛事，又得重见于今日也！科举制度，废弃已经数十年；像清代那样的太平盛世，至今也不可复睹。在没有办法之中，只有以幻作真，权且在文庙里扮演一番，聊当过屠门而大嚼，也算过了一回瘾。只可惜这新闻过于简略，没有将当时的盛况详细写出。不过，就从这简略的记载中，我们也依稀可见那群白发长须的老翁，簪花披锦，眉开眼笑，在文庙里雍容笑语的情景了。

今之学子们，常常提倡文言，主张读经，而现在更有"海内名诗人赵尧生"先生等所举行的"重游泮水"大典，这实在不能不说是国家的一件祥瑞的事。我想，不久之后，大约我总可以追随在一群老头子和一群小老头们之后，高唱"春风得意马蹄疾，一日看遍长安花"的诗句了吧。快哉快哉！以后不用再叹"今不如古"了！

一九四四年十一月九日

一只"红色女高跟鞋"

中国女人的小脚，据李笠翁说，其为用是可以分作日夜两种的，"瘦欲无形，越看越生怜惜，此用之在日者也；柔若无骨，愈亲愈耐抚摩，此用之在夜者也"。然而慨自西风东渐以来，大家都已知道了缠足的为害，于是反对包缠，提倡天足，二十年来，许多女人的脚，已经和男人们的脚一样，大而且长了，除了走路之外，不复再供男人们的日夜赏玩了。可是把戏并不就此完结，国粹的绣花弓鞋刚刚脱去，欧化的高跟鞋却又穿起，足尖点地，后跟高悬，走起路来，虽已不是三寸金莲，但却一样的柳腰轻摆，袅袅婷婷，老远望去，像煞一个西方美人了。

不幸，有人却丢了这样的一只高跟鞋：

> 前于十一月十四日晚，在小十字附近遗落朱红色女高跟鞋一只，如有仁人君子拾得者，请送至机房街六号久康周君，薄酬国币二千元，决不食言。（十一月十七日《中央日报》第四版）

原来是成双成对的两只女高跟鞋，现在却失掉了一只，怎么办呢？而且是那么娇艳鲜美的"朱红色"的呀！[1] 于是，便只好悬了二千元的重赏。说来惭愧，对于女人的衣饰，我一无所知，既呼不出它们的名称，也说不出它们的价格，但从悬赏二千元，并且不惜花钱费神在报上大登启事这种种上想来，这一双“朱红色女高跟鞋”的身价大概总不小吧？

抗战以来，物价高涨，一般人民的生活程度都逐渐在下降，作家，教师，公务员，差不多已到了衣不蔽体，食不果腹的地步。他们终年难置一件粗布的新衣，甚至连置一双新鞋或新袜，也都变成了奢侈的梦想。数年以来，我在重庆曾见过不少文化界的朋友，从第一次会面起直到最近，我看见他们的身上，始终只是那么一套衣服，如果用“鹑衣百结”，“捉襟见肘”等话来形容，真真是一点也不过分。最近桂柳失陷，万千善良的人们，又都变成了金城江，独山，贵阳一带的难民，他们无亲故，无职业，在饥火的燃烧中，没有办法，只得解下身上的衣衫，脱下脚上的鞋袜，在街头摆成一个小小的地摊，或者送进拍卖行，贱价出售，再受一度商贾的剥削。看看严冬已渐渐到来，当他们少许的衣物当尽卖绝了的时候，真不知怎样忍受饥寒的煎熬呢！

另一方面，就在这同一时代，同一土地上，却有一种特殊的人物，依旧养尊处优，食珍衣锦，似乎战争与他们毫无关系。为了一只高跟鞋的遗失，他们便不惜大张其事地在报章上登广告，悬重赏。如果没有印在白纸上的黑字作为凭证，说出来恐怕有人是会要不相信的。

然而，我知道，这一只“朱红色女高跟鞋”，不过其尤小焉者耳！

一九四四年十一月二十二日

校　记：

本篇原刊文题为《红色女鞋》，后改题为《一只“红色女高跟鞋”》。

[1] 原刊文此句下有“杏眼圆睁，柳眉倒竖”一句，被作者涂删。

二臣的悲哀

明末清初的汉奸文人吴梅村，在三百年来的士大夫的心目中，往往出奇地得到了宽厚的原谅。他的汉奸地位，不特没有如与他合称“国初三大家”的钱谦益、龚鼎孳二人那样的确定，反而倒成了一个常常赢得人们同情的人物。这一半是因为他的出仕清廷，情形和钱、龚微有不同；一半则是因为他的诗文，迷惑住了后世的读者。许多人只要一和他的那种清才丽藻接触，便往往不觉陶醉，纵令明知其人有亏大节，但因为爱好他的作品的缘故，从而也包涵了他的人品，他便在这种情形下轻轻地得到了开脱了。

试读下诗：

误尽生平是一官，弃家容易变名难。
松筠敢厌风霜苦，鱼鸟犹思天地宽。
鼓枻有心逃甫里，推车何事出长干。
旁人休笑陶弘景，神武当年早挂冠。

（《自叹》）

这是吴梅村应清廷召命时途中所作。诗中运用“敢厌”，“犹思”,“有心”,“何事”等语,字字为自己解嘲,句句为自己留余地,含思宛转,音节悲凉。许多人读后,自然要说:“吴梅村原是出于不得已呀!”于是,不仅不加谴责,而且反要悯其遭遇,从心底涌起对吴的体贴了。

这显示了汉奸的花言巧语的作用。

然而,假使出于不得已可以作为辩解的话,那我们要问:当日同样在不得已的情形下,为什么会有许多文人崛起抗清,慷慨就义呢?为什么会有许多文人遁迹山林,终生不出呢?这些人并没有用出于不得已为藉口而投敌附逆。他在诗中用了陆龟蒙的典故,然而隐居甫里的陆龟蒙,不是曾拒绝了高士的征召吗?他在末尾自比于陶弘景,这明明是说:他自己在福王时已辞去官职,已非明之官吏,出仕满清,并非不忠于明室。他本意是叫人“休笑”,不知欲盖弥彰,反而在诗尾露出狐狸尾巴来了。

其实呢,一群汉奸们,大抵都是善于望风转舵,首尾两端。既工于卖国求荣,以享乐于生前;也工于粉饰洗刷,以求谅于后世。吴梅村的《自叹》,目的就在后者。这不仅吴一人为然,就连那明末头等汉奸文人钱谦益,他在南京自动上表,迎降清军,理应是没有什么不得已了,然而他在入清以后,却又常常不忘纂修明史,他希望有人著成一书,来“上答九庙,下诏来兹”,并在所用的印章上,刻着“鸿朗笺龄,白头蒙叟”八字。上句明明表示着大(鸿)明(朗)长寿(笺龄),下句则又自附于孤臣逸老。这意思很显然,也不外是想用以蒙混世人而已。

这是“二臣”的矛盾,也是“二臣”的悲哀。

但在今日看来,古人还实在未免淳厚一点。为吴梅村计,与其写什么《自叹》、《吊侯朝宗》、《贺新郎》一类的诗词来曲曲折折隐隐约约地表现他的不得已的心迹,倒不如明明白白说自己是“曲线救国”,或干干脆脆自称“地下工作者”,根本否认自己的一切罪过,并没有什么要求谅于人。这样,不仅可以得到一部分人的谅解,而且一定还可以更加飞黄腾达，大发表其升官布告。可惜吴梅村竟计不出此，从这一点着眼，他实在是太老实了。

不过，这也只是这样说说而已。无论手段如何，藉口怎样，汉奸们终是无法遁形的。记不清在什么笔记里，看到这样一则，说吴梅村在降清以后，有一次和诸名士宴集苏州某氏园的千人石下，正高兴间，忽然有人从园外投进来了一块石子，上面包裹着一张写就的诗笺，诗云："千人石下坐千人，一半清来一半明；寄语娄东吴学士，两朝天子一朝臣。"吴等遂沮丧而散。由这可见，人民的眼睛是如何的亮，警觉是如何的高，汉奸们无论要什么滑头，都瞒混不了他们。连对吴梅村都如此，对其他杀人如麻的元凶巨憝们自不用说了。

一九四五年十月七日

人品与文品

前几天写了一篇小文，里面指出了吴梅村曾以他的诗文博得了一部分人对于他的汉奸行为的宽恕；这使我深深地感到文字之不可靠，知人论事，实在不应仅仅以一点什么文字为凭藉的。

照道理说，文章本应该是作者整个人格的表现，观其文即可知其人；但这话只能语于少数的作者。对于某一些人，文章只等于魔术师手上的手巾，藉了这手巾，他们猎取了功名，博得了虚声，达到了各式各样的目的，而他们的真实面目则深藏在手巾的底里，使人一时不容易辨识出来。

我就以和吴梅村同一时代的阮大铖来说罢。我们在提到明代的戏曲时，总不能忘记他的《燕子笺》、《春灯谜》等剧。虽然复社的一百四十三人在《留都防乱公揭》里已经指出："至其所作传奇，无不诽谤圣朝，讥刺当世。如《牟尼合》以马小二通内，《春灯谜》指父子兄弟为错，中为隐谤，有娘娘济君子滩，末诋钦案，有饶他清算到底糊涂，甚至假口羯胡，为咒蹋天关陇驻山河饮马曲江波鼾睡朝元阁等诗。此其意抑又何为也。"然而当时以及后世的人，还很少不为他在这些传奇里所表现的才华和奇思幻想所倾倒，连政治上的反对者有时也莫不交口称誉。但假如我们想一想它的作者——这位魏忠贤的干儿，福王朝的权奸，便禁不住要引起一种像看见什么不洁之物一样的感觉。他的专权纳贿，诛锄异己，叛国投敌种种彰明昭著的罪恶且不说，我们来看一看他降清以后的行径罢。在庞树柏的《龙禅室摭谈》里，有下面这样一条：

阮圆海所撰《燕子笺》《春灯谜》，是称才调无双矣。昔圆海降后，从北军为前驱，帐中诸将，闻其有《燕子笺》《春灯谜》剧本，问能自度曲否？阮即起鼓板顿足而唱，诸将北人，不省南曲，乃改唱弋阳腔，始点头称善。呜呼！当其乌纱玉带，供奉南朝，可谓极风流一世矣。转眼沧桑，不免流落至此。邯郸才人，嫁为厮养卒妇，同一感慨也。钱饮光（按钱名澄之，桐城人，明代逸民，世称田间先生。著有《藏山阁诗文集》《田间诗集》等——林）《髯绝篇》中有句云："作歌劝酋饮，群酋饮必醒。争言梨园技，南来耳髯名。髯起顿足唱，仿佛昔家伶。"即纪此事。（《国粹学报》四十六期）

庞氏为晚清时人，故在这里只表示了沧桑的感慨，但从我们看来，这位给清军"为前驱"的汉奸的面貌，是怎样的丑恶啊！只要想想他那种"鼓板顿足"的情景，我是无论如何也不愿再读他的《燕子笺》了。

又如海藏楼主人郑孝胥，他在清末，正如吴梅村之在清初一样，实在可称为一代诗坛的冠冕。作诗之外，他又喜欢谈兵，光绪中曾率湖北武建军，督办广西边防。有人很歆羡边帅的威风，但他却说："何意以诗人而为边帅！"他有一首诗道：

高楼先生躭苦吟，廿年来往江之浔。何曾梦见烟瘴地，蛮荒一落颜为黔。连城三月脱鬼手，龙州还对山嵚嵚。边关形如马振鬣，戍卒状似猿投林。风情收拾付隔世，坐觉老大来相侵。岂无春花与秋月，路绝不到诗人心。终年望馕数不至，欲和乞食（原注：陶乞食人名）谁知音。此人此地宁足爱，庙堂用意殊难寻。天高非高海非深。平生诗人岂不贵，何以卑我空伤今。

在这诗里，他致叹于苦吟的诗人风情的消逝，念念不忘春花与秋月，似乎他将以诗人终老，然而他后来的出处又如何呢？他在《五十自寿》诗里说："读尽旧史不称意，意有新世容吾侪。"想不到他所追求的新世界便是溥仪傀儡朝廷所统治下的世界！

像这样的例子，真是举不胜举。我们随便还可以举出双照楼诗人汪精卫、苦雨斋主人周作人，以及梁鸿志、龙沐勋之徒。他们或以诗名，或以词称，但其实是，当他们在纸上那么写的时候，在心里也是未必那么想的。我们从他们的诗文上，可以很显著地看出人品和文品的分歧。自然，若从另一方面看，在这些胡言乱语上，也未尝没有作者的"人格"的烙印，因为这些所谓作品也正告白着作者的真实的为人。

现在，"反正"的通电，"某某仁兄久违"的信札，正满天飞舞，一定有人会临时赶造或把过去所写的什么东西举出来替自己洗刷；我们又将有许多慷慨激昂的诗文好看了。

一九四五年十月十八日

（原载一九四五年十月三十一日《大公晚报》）

“遍山屁股”说

数月前，在《大公晚报》上看到一篇岑穆君的通讯《黔北书简》，里面有如下一节：

> 某专员出巡各县，回来后作打油诗一首，中有警句曰：“若问此行何所见，遍山屁股遍山猪。”“遍山猪”指的是家家农户都养着猪，“遍山屁股”指的是老百姓们穷得没有裤子穿，光着屁股在山上割草。

看了以后，我心里很不舒服，一直过了好几日才渐渐忘却。但最近萨仪君在《一个数字引起的狂想》里，又提到“贵州绥远的农民光着屁股在耕田”的事，于是，这两句忘却了的“警句”，又令我想起来了。

我的不舒服，并非全为了那些人民的衣不蔽体的困苦，主要倒是由那位专员的诗句所引起的。因为贵州人民的贫穷，原是无足惊异的事，在积年的敲骨吸髓之余，人民怎能不贫穷呢？值得惊异的，是那位专员的态度。照道理说，为民牧者，纵不能有“民饥，如己饥之；民溺，如己溺之”的伟大襟怀，但“出巡”时目击民生疾苦，也应该对自己的责任有所反省，然而这位专员却还在人民的“屁股”上“打油”，而且语气是那么轻佻，态度是那么悠闲自若！多数人民的苦痛造成了他们少数人的幸福，想不到连“光屁股”也成了他们“风雅”的资料了！

其实，贵州并不全是像一部分人所想象的那么荒寒的，岑穆君的这篇通讯里，便曾说过：

> 春日里黔北高原的花开得像一片雪海，……在桐梓，在遵义，无数人家的院子里都种上一两株桃树李树或者梨树，四野里多的是樱花、铁角海棠、梅或杏，花开时节，连黄槐和梧桐那样缺乏风趣的树都绽开花朵了。于是，白的雪白，黄的鹅黄，红的猩红，绿的嫩绿，在川黔公路所蜿蜒经过的一个高峰“花秋坪”上俯瞰，暮春时节真是一个如锦世界。

像这样的一个花的世界，为什么会变成那么悲惨的“遍山屁股”的地狱呢？

过去有一位“诗人”被派到贵州去做官，他在赴任时作的一首诗里，有句云：“旷代二王吾所仰，龙标而后又龙场。”王昌龄曾被谪为贵州龙标尉，王阳明曾被谪为贵州龙场驿丞，这便是诗中所说的“二王”。看他的口气，简直以王昌龄和王阳明的继承者自居，但事实竟如何呢？他在到任后不久，由他派出去视察的一个亲信，便在省立医院闹了一场轰动全省的大贪污案，而他本人后来则是在人民额手称庆的情形下离开贵州的！

呜呼！风雅能诗的人如此之多，老百姓怎能不“遍山屁股”呢！

一九四五年十一月四日

（原载一九四五年十一月二十四日《新华日报》）

教　授

在一本旧书里发现这么一条剪报，题目是《北京学生关税自主运动之流血惨剧》：

> 十月二十六日上午九时（按为民国十四年），北京各校沪案后援会，北京学生联合会，北京国民外交代表团等，召集北京各校各团体，齐集新华门，对关税会议举行大示威运动。九时许，府右街，西长安街，新华门一带，警察密布，如临大敌，交通完全断绝。……共计到会者有百馀学校，约五万人之多。北大教职员学生为前导，一时呼声震天地。……警察以枪柄阻学生，并夺学生大旗两面，学生以旗杆还击，旋又有人拾瓦砖互击，两方激战半小时，计伤学生警察各十馀人。……北大教授徐旭生面部击伤。惨剧发生后，学生仍向前猛进，齐集天安门开大会。当推北大教授周鲠生为临时主席，报告反对关税会议主张关税自主之理由。当决议：（一）派代表赴警察厅谒见朱深，要求释放被捕学生。（二）学生大队仍继续出发，游行示威。……当推谭熙鸿，朱家骅等十一人为代表。……至游行大队由

天安门出发后，即出前门，经东珠市口，入崇文门，至东单牌楼而散。……

这是两年前剪存下来的。那时为了研究鲁迅先生在北京时的生活，我从旧杂志和旧报纸上搜集了一部分资料。这次游行，鲁迅并未参加，但北京有些报纸次日却说“北大教授周树人（即鲁迅）在游行时被打落门牙两个”，就因为和鲁迅有这种关系，所以我把它保留下来了。

记得当初看到这篇记载时，颇引起一些轻微的感慨。尤其刺激我的是“北大教职员学生为前导”，“北大教授徐旭生面部击伤”，“当推谭熙鸿、朱家骅等十一人为代表”等句。近几年来，关于大学教授的消息，除了很少机会以外，我们所能听到的，不是歌功颂德，铸鼎献赋，就是玫瑰蝴蝶，超人英雄，或从历史上东抄西摘以取媚权贵，或从经传中曲解附会以麻醉学子，至于为了什么“关税会议”之类的爱国运动而为游行前导，甚至被击伤面部的事情，真是久矣夫未之闻矣了。以今视昔，现在的学风实在是很古的。

然而终于传来了空谷的足音，这就是在最近昆明学生反对内战运动中各地教授们的严正表现。从联大教授的罢教一周，从费孝通教授在炮弹呼啸中高呼：“对抗增强的暴力声，我们只有提高了自己的声音！”从燕大秘书长沈体兰，金大教导长袁伯樵的参加成都各大中学生援昆明学生的游行示威等事上，都使人看出了五四时代的教授们的精神复活，虽经长期的压制，这种精神始终是不会永被扼死的。

但今日的统治者较之昔日的北洋军阀毕竟是“进步”了。他们之中有些人，过去便曾厕身学生的爱国行列，且为“前导”，现在摇身一变，而为可以驱使军警屠戮像当年他们自己一样的学生的权势者，根据经验，他们自然是深知学生运动的力量，所以防范压制之方也较前周密而残酷。对于昆明的教授们，除了施以殴辱外，他们的一家报纸还这样说：

> 八年以来，海内外交通备受梗阻，昆明的教授们苦于外国图书杂志报纸的难得，平心研究的教授们因为参考材料不够，不肯轻下判断，轻作主张。而哗众取宠与曲学阿世者乃得以信口开合，无人纠正。由此而大学里面，镇定的风度，坚决的信念，科学的精神，皆相随衰落。

这样，这次所谓“学潮”的责任，自然应归之于“一部分教授的指导和解释之不足”了。根据这话去看，今日昆明的教授们真是一钱不值，学识不足，人品也差，真是万死也不足以蔽其辜啊！

然而，教授之所以为教授的道理，是每一个真诚的有良知的教授所深切明白的，他们一定继承着五四的优良传统，把这些谰言践踏在脚下而奋然前行！有谁会理睬这种“信口开合”呢？

一九四五年十二月廿二日

顾亭林与黄培诗狱

谈清代文字狱者，往往只正面地注意统治者的杀戮之惨，株连之众，而很少提及在这种残酷政策下所必然发生的告讦诬陷之风。当时，在上的统治者既以严刑峻法来镇压人民的言论思想，在下的爪牙们，为了保持禄位和免于罪戾，自然要努力奉行，大肆吹求，而一般宵小则更得到了藉故敲诈和挟嫌诬陷的机会。于是，许多人便在毫无因由的情形下惨遭横祸了。如顾亭林在黄培诗狱里被诬告的事实，便是一例。

顾亭林在清兵南下之初，曾起义兵反抗；失败以后，窜迹南北，窥察形势，结交豪俊；五谒孝陵，六谒思陵，念念不忘恢复。像他这样的人，在清朝统治之下，自然随时都有被害的可能；但他在这些大节目上侥幸都没有发生问题，却反而以辑印逆书的罪名，被一个素不相识的姜元衡所诬，坐了将近一年的监狱。"姜元衡者，莱州即墨县故兵部尚书黄公家仆黄宽之孙，黄瓒之子，本名黄元衡，中进士，官翰林，以养亲回籍，揭告其主原任锦衣卫都指挥使黄培，见(现)任浦江知县黄坦，见任凤阳府推官黄贞麟等十四人逆诗一案。"这是康熙五年的事，本与顾亭林无干。但到康熙七年正月，姜元衡于审讯时，忽又供称有《忠节录》一书，又名《启祯集》，陈济生作，是昆山顾宁人到黄家搜辑刻印的。

他举出书中“黄御史(守昌,即坦之父)传”一篇,内有“家居二年,握发以终”一语,以为坦父不曾剃头之证。又举出“顾推官(咸正)传”一篇,内有“晚与宁人游”,“有宁人所为状在”等语,以为顾宁人搜集此书之证。这一方面是想坐实黄家的叛逆,一方面是想攀诬顾亭林及书内有名之三百余人,借此另兴大狱。其计果遂,则在庄氏史案刚刚过去五年之后,便又将发生大规模的流血惨剧。

其实,《忠节录》一书,本沈天甫、夏麟奇、吕中等人合伙伪造,“假已故陈济生(吴郡人,壬戌探花陈明卿之子,父子均好刻书)之名,而罗江南北之名士巨室于其中,以为挟害之具,又伪造原任阁辅吴甡一序,以骗诈其子现任中书吴元莱”。于康熙六年二月由沈天甫出首,诡称此书来历,系由一名施明者,由海外带来,而此施明已经逃走;又云编诗的陈济生亦早逝世,所说全无凭据。后经“刑部审得沈天甫等供称骗诈吴中书银二千两未给,将此书出首,欲图三品前程是实。”结果,沈天甫、夏麟奇、吕中、叶大等四人处斩。不料仅隔一年之后,姜元衡却又用此来诬陷顾亭林了。

当时,顾寄寓北京慈仁寺,闻讯后即离京赴鲁,于三月二日抵济南投案。“五月十九日院审,先取有同案中年老者四五人,保证黄御史曾已遵制剃头口供,次辨《启祯集》中有宁人字,无顾姓……惟问姜要顾宁人辑书实证,无词以对。”后经审明这就是沈天甫所伪造的书,姜元衡删去其中一部分,将原书三百余页变为一百余页,而称另是一书。但编著人仍是陈济生,删去的部分,便是一年前沈天甫出首状中曾经摘引过的部分,一望而知,两者同为一书。推姜元衡之意:“自知以奴告主之罪,律所不赦,欲别起一大狱以陷人,而为自脱之计”,故复将此书捧出,硬栽在顾亭林身上,说是他所辑刻的,实则与顾毫不相干。案情既经讯明,顾遂于同年九月二十日保出,虽说幸得昭雪,然而五十六岁的他,也无辜被囚系了近一年了。

由这可见,在人民思想被统制,言论出版自由被束缚的时候,告讦诬陷之风,是一定会兴起的。统治者的种种残刻卑劣的手段,实在直接助长了这种风气的猖獗。沈天甫,姜元衡二人,无疑从四五年前庄氏史案的出首人吴之荣的升腾,得到了莫大的鼓励。在这种风气下,许多流氓痞棍,挟害平民,骗诈银两,还可因而图得"三品前程",而一般善良的老百姓,则往往无端被祸,破产亡身。顾亭林的遭遇,还只是一个小小的例子而已。

关于《启祯集》事,缪荃孙的《艺风堂文别存》卷三《陈皇士大仆启祯两朝遗诗录跋》,曾有记述。但上引文句,则分见顾亭林的几封集外遗札,这不特是出自当事人的手笔,而且集内未收,至足珍贵;兹据《国粹学报》第六十九期所载引用。又《学报》第七期,有《王晓庵与潘稼堂手札》一篇,中有"石翁尊师有回札否?"句,该报记者"陈去病"按语说,石翁即顾亭林,顾有别字曰"石芦",王晓庵和吴赤民文内则称之。此足补年谱及诸家所略,而为现在许多人都不知道者,特附志在这里。

一九四六年三月二十二日

(原载一九四六年四月七日《大公晚报》)

以卵击石

鸡蛋的用途我所知道的是：一、孵小鸡，二、供人吃，三、在我的故乡，还流行着请女巫“烧蛋”治病的迷信，也可算是蛋的用途的一种。此外，大约还有别的什么用处吧，但我却不大清楚了。

最近，我才又知道了鸡蛋的一种新用途，就是：打人。

据报载：北平四十余文化教育团体组成的国大代表选举协进会，于二十一日在中山公园举行国大代表选举问题演讲会，被特务暴徒捣乱破坏，主讲人陈瑾昆、江绍原两教授及[1]其他参加者数十人，均被击伤。而在这些暴徒们所使用的武器之中，和砖块石片一同，便有鸡蛋一种。——“鸡蛋落在人的脑袋上，衣服上，立刻破碎，蛋黄流淌着。”这武器是相当厉害的。

鸡蛋打人，这的确是中国历史上的创举。

凡是一个头脑正常的人，一定只知道鸡蛋是营养的佳品，绝不会想到可用[2]作行凶的武器；这足见那些投掷鸡蛋的暴徒们的确大异于人。正如我们吃惊于希特勒之徒对付人民的手段的出奇和残忍一样，而不是眼前明明摆着事实，你简直不会想到世界上真会有这等事。一般人想不到的毒辣阴狠的办法，他们都想得出来；一般人使不出的卑怯无耻的手法，他们都使得出来，似乎他们的生理机构和人们不同似的；他们都到底也算是一个人么？

在这些被击伤的数十人中，江绍原教授是我比较熟知的一个。还在十余年前，我即读过他的《发须爪》和《血与天癸》两书，又经常在《语丝》上看到他的“小品”，在《贡献》上看到他的《国人对于西洋医学及医药的反应》等连载文字。他是国内有数的民俗学家，直到今日，《发须爪》等书，在同类著作中也还是稀有的佳著。民俗学本来是一门极冷僻的学问，江先生给人的印象又只是一位宁静的学者，想不到这次竟也被打伤了！

然而，鸡蛋之类，岂真足以打击民主的巨流吗？到了连一向埋首书斋的诚恳的学者们也不得不出而说话、出而挨打的时候，岂只鸡蛋，就是再好的外国器械怕也难以奏功。

我不禁想起了：——“以卵击石”的古语。

一九四六年四月二十六日深夜

（原载一九四六年五月七日《新华日报》）

校　记：

[1] 原刊文此句为“及美国新闻处平津分处处长福斯特等”，被作者涂删。

[2] 原刊文此句原为“可用来打人”。

中兴的将士

在《民主副刊》上看到丁易先生的《中兴的官吏》以后，不禁联想起了中兴的将士。

清代的军队，大体可分绿营与团练二种。前者为正规军，后者则为各地士绅所组织的地方武力。这两种军队，在性质和称号上虽不同，但其腐败散漫，无训练，无纪律，怯于作战而勇于害民，则完全没有两样。这种情形，就是所谓“中兴名臣”的第一号汉奸曾国藩也不能为之掩饰。他在给他的异族主子的奏折中曾说：“边兴以来，官兵退怯迁延，望风先溃，胜不相让，败不相救。”(奏稿卷二)在复刘詹崖函里，又说：“近年从事戎行，每驻军之处，周历城乡，所见无不毁之物，无不伐之树，无不破之富家，无不欺之穷民，大抵受害于贼者十之七八，受害于兵者亦有二三，喟然私叹行军之害民，一至此乎？”(书札卷十三)由此可见当时军队扰民之甚，但所谓“受害于贼者十之七八，受害于兵者亦有二三”，完全是他诿卸掩饰的狡辩，在一般人民的眼里，都是清清楚楚地知道“贼如梳，兵如篦”的道理的。就连曾国藩自己，在一封给张石卿的信里，也说民间有“兵勇不如贼匪之安静”(书札二)的话，足见老百姓的心眼是如何的雪亮了。

到了同治三年，官军攻占南京，完成了所谓“中兴”大业 ，但这是由于太平天国的内讧和外人的帮助所致，绝非官军之力，所以虽是在号称“中兴”之后，全国的军队，依然是，作战则望风先遁，害民则穷凶极恶，腐败庸懦，达于极点。例如司炳煃（字煜兹，贵阳人，著有《宁拙堂诗集》。）其《赠威宁总兵官曾协堂军门》一诗中所叙述威宁军队的情形：

> 威宁古乌撒，川滇黔连界。地多苗猓回，此曹压蜂虿。所以设重镇，实有深意在。庚午城陷后，卒伍无器械。龙树（匪名）与土目，纵横抗连帅。一日十数惊，十里千百怪。绿旗具名耳，胄士若乞丐。泛弁揣肥瘠，贼买大官卖。（镇辖十泛胥千把外委等职，自咸同年来，营无法制，龙树猓回各匪首，有百金奉镇帅者，遂使补充其职。）昏昏傀儡场，营制久败坏。……

庚午为同治九年，上距官兵之攻占南京，不过六年，正是所谓“中兴”的时期，而这诗就是这“中兴”时期的官军的写照。

既然绿营是这样徒具“虚名”，士兵是这样的穷如“乞丐”，保境安民，毫无用处，于是，各地乃相率组织了团练。但团练多为地方上的豪绅地主所领导，其腐恶并不下于官军，对于大多数的人民，仍只有害而无利。这种情形，可由赵旭（字石知，号晓峰，桐梓人，著有《播川诗钞》）的许多诗里看出来。如：

> 团民畏贼不畏官，练勇避贼还扰团。日银三分命岂卖？所冀掳掠周饥寒。雷台山上留旧瘢，万寿堂前列名单。乘机混饭入队伍，心既叵测言欺谩。平居性懒例饕餮，临敌势众常呼讪。贼之焚击有漏户，练所搜括匕箸殚。致民离叛每由此，冒功乃滥叨衣冠。养鹰已绝遂思飏，引虎自卫虞相

残。杀不足慑彼魂魄，赏不足暖彼肺肝。收已涣之民当犹易，用散募之练良独难。(《练弊》)

日银三分不尝有，练头扣折十虚九。辉煌一色换鲜衣，淫博更加烟与酒。问尔之财胡不竭？别有良图打起发。指民为寇任取携，多则瓜分少乾没。贼未入境村已烧，出队何曾经贼巢。管带闻之佯不晓，众说某公待人好！(《打起发》)

赵旭为咸同年间人，这两首诗描写当时团练的腐恶情形，可谓淋漓尽致。“贼之焚击有漏户，练所搜括匕箸殚。”“指民为寇任取携，多则瓜分少乾没。”其扰民，实在是远较当时统治者所咒骂的“贼匪”为尤烈的。

由上所述，可见当时的官军团练，实际只不过一批真实意义的土匪，而所谓“中兴”事业，也不过是驱使着这批土匪到处残害人民，糟蹋地方而已。

一九四六年五月二日

(原载一九四六年五月《新生代》周刊第三期)

纸帐和秧被

方敬先生在《一片痛苦》一文里，有这样几句：

> 这两年我在这里真也看见了民间的疾苦，他们住的是用茅草乱搭的尖棚，当然不会有什么窗户，门像一个黑洞似的，一有风雨，那堆破烂的草杆就像要完全坍下去的样子。他们冬天没有被窝盖，把春上插剩的秧苗做成蓑衣似的东西，在夜里聊以蔽体，他们身上一辈子没有挨过棉花。他们只靠一点粗砺的杂粮活命，没有尝过白米。在他们不管怎样拼命连衣食也无法顾到的时候，他们只有暗暗流着泪把自己的女儿卖给富人作丫头。（《新生代》第五期）

这里虽没有指明，但我知道这是说我的桑梓之邦的情形。儿时在故乡，我也曾亲见过用春上插剩的秧苗做成的秧被；那是一条长方形的草荐似的东西，但质地比草荐或蓑衣来得厚实，编织的工夫也比较细密。在我家对门的一家从远方逃荒来的姓陶的人家里，便把这种东西当做被盖，但在十余年前，它并不怎么普遍，回忆起来，除了陶姓以外，在我所有的亲族邻里之中，无论怎样，至少也总是有一床粗布的破棉被的。

秧被之出现于现代文人的笔底，大约只有方敬先生的这一篇文章。过去许多人的诗文，对它也未见什么著录。我只在清人余云焕（字凤笙，平江人）的《味蔬斋诗话》里，看到和它有关的这样一则：

> 黔省之纸帐秧被，命名最佳。纸帐出安顺县，以皮纸为之；秧被尤为创见。黔民贫苦少木绵，每以稻秧织成长幅，可以御寒，见诸诗者甚少。读《野古集》龚翊诗云："纸衾方幅六七尺，厚软轻温腻而白。霜天雪夜梦方长，严寒侵透孤眠客。老夫受用已多年，旧物宝爱同青毡。漫夸素缟出南海，不数文锦来西川。天寒得过我且过，无奈诸孙要伴阿翁卧。阿翁夜夜苦丁宁，莫学恶睡骄儿轻踏被。"翊为贵川省五开卫兵，靖难兵起，遁匿读书，荐松江太仓卫教授，不赴。卒年八十八。

这里，除了用稻秧织成的秧被之外，还提到我所从未见过的皮纸做成的纸帐。可惜对于两者都没有详细正确的记述。诗话作者赞美纸帐秧被"命名最佳"、"可以御寒"；而龚翊的诗，则更把纸帐写成那么软轻腻白，名贵非凡。淡淡几笔，便把许多冬无棉被，夏无纱帐的人们的苦痛美化了。这正如一般描写"田家乐"的诗歌一样，是不足使人置信的。

十几年来，东西飘泊，故乡秧被的影子早已淡然忘怀了，想不到在方敬先生的文章里又看见了它。余云焕的《味蔬斋诗话》刻于光绪戊申年，到现在已有四五十年了；几十年的时光竟不曾使秧被绝迹，这实在是可哀的事。而在看到方敬先生文字的前后，从故乡传来的，又尽是狐鼠的横行，鸮枭的怪叫，以及万千善良的灵魂的受难与呻吟。照这样子下去，那里的人民，恐怕有一天是会连一床秧被也没有的。

故乡啊！要何时你才能每一个人都有一条温暖厚实的棉被呢！

一九四六年九月二十日雨夜

边民丑恶论

前些时在报上曾看到大定边民观光团来渝的新闻，昨天在晚报上又看到贵州省主席电请有关机关“制止”该团“行动”的消息，据说是该团并未获主席允许即擅自出境，“泄露边民丑恶，有辱社会观听”，故应“予以制止”云云。

是的，贵州的——不只大定一县的——“边民”，的确是有许多“丑恶”的。例如：他们的突额凹目的相貌，诘屈聱牙的语言，奇形怪状的服装，迷信愚蠢的风俗，还有他们的简单原始的芦笙，土里土气的跳舞等等，无一而非“丑恶”，而这种种“丑恶”自然以不“泄露”为妙，“予以制止”，实在是最贤明，最适宜的措置。

认真说来，这种“制止”，由来已非一日了。自我黄帝战败蚩尤以后，苗夷即被赶往西南万山丛里，在恶劣的自然环境和种族的压迫下自生自灭，他们虽然也有呻吟，有反抗，但到现在已经奄奄一息，日近灭亡。许多天然的和人为的重山叠嶂“制止”着他们，使他们的“丑恶”，无从“泄露”，我们的“社会观听”也因而从不曾“有辱”，这情形已延续若干世纪了。

然而，十余年来的情形又略有不同，在若干场合，他们的“丑恶”，只要权势者高兴，也会奉命搬出来“泄露”一下的。什么要人过境，他们定会被召来吹芦笙跳舞，以表欢迎；每逢双十节元旦日之类的佳节良辰，他们也会被邀进戏院看一次电影，也许还会蒙恩颁赐半斤或四两食盐；甚至在一次全省运动大会里，听说还有两位苗族女郎被召进繁华的省会，烫了头发，穿上旗袍和高跟鞋，坐着小汽车进入会场，当她们高高地出现于司令台前时，曾赢得万人的鼓掌和欢呼。像这样，他们的“丑恶”又好像简直成了点缀升平送往迎来所不可或缺的珍宝了。当我初看到这次大定观光团来渝转京沪表演的新闻时，我以为也不外仍是这种老把戏，所以毫未注意；想不到却是未获“允许”即“擅自”出省的，与过去的点缀品不同，宜乎要遭到“制止”了。

我曾读过日人鸟居龙藏所著的《苗族调查报告》那样翔实正确的书；又曾听说在威宁石门坎，有法人特为“边民”设立的小学、中学、医院、教堂，有法国神父编著的《法国词典》；然而，这些对于我们都是不必要的，我们无需乎外人所从事的这一套“文化侵略”，我们只要“制止”他们“泄露丑恶”，慢慢地“同化于我”就行了。

这是十分妥当也十分有把握的办法。清初鄂尔泰“剿平”苗疆后所建立的那一对纪功铁柱，至今不是还依旧巍然矗立在贵阳的甲秀楼头么？

一九四六年十月二十三日

“喜　讯”

一般报纸的标题,大抵都是客观的电讯内容的提要;然而偶有例外,从上面也表现了记者的主观的看法,例如在征兵消息上,《大公报》有一次是:《令人忆起〈石壕吏〉:全国各地征兵》。《国民公报》有一次是:《本市一大喜讯:渝京沪征兵暂缓》。这两则标题上面的副题,便是超出电讯文字以外的记者的感想。假如报纸真足以代表舆论,那这两句话就不仅流露了记者们对这一新闻的感想和态度,而且无意中表现了大多数人民的心声。

关于抗战结束后的征兵的目的,国防部兵役局徐局长最近曾在南京招待记者有所阐述。他说:“征兵系国家经常之设施,其意义为锻炼国民体格,养成国民守秩序之习惯,非仅为国防及作战设想而已。”这自然是十分正大的理由,不待局长说明,小民原也是应该清楚的。然而,想不到在目前紧急征兵之下,许多报纸却不断揭载着各地壮丁逃亡,村里为墟的情形。据上海某报载,最近江阴便发生了两个壮丁上吊,一个壮丁断指的新闻。草野愚民,不知仰体上意,加意“锻炼体格”,反而自行摧残,有的效法新丰折臂翁自断手指,有的甚至还双双上吊,揆之“国家经常设施”的目的,这实在是纵令吊死万次也不足以蔽其辜的。

而且,这情形不仅止于适龄壮丁的本身,还蔓延及于他们的家属。据重庆某报的贵阳通讯，独山有一个壮丁，是挑柴到城卖，半途被抓去的，他的老头子从六十里外的乡下赶到城里，找了三天找不到，盘费用尽走不脱，便在一家饭馆的桌子角撞死了。自己撞死是不知注重"体格"，在顾客满座的饭馆内撞死是不知遵守"秩序"，看后真不禁令人掩"报"叹息。连老头子也如此，则在家中的少妇孤雏可知了。

在这样的情况下，《国民公报》的记者遂把暂缓征兵当作重庆"一大喜讯"。其实，这是不很可靠的。参照同日的《大公报》，本年缓征的只是京沪两地，并未包括重庆在内，然而，我宁愿相信《国民公报》的这标题；它多么急迫地反映了人民的要求啊！

由直接负责的人说来，"征兵系国家经常之设施"；但《国民公报》记者确把"征兵暂缓"当作"一大喜讯"。然则，在记者的心目中，岂不是把这一"经常设施"视为不祥之物吗？政府之所好，正是人民之所憎；人民之所喜，正是政府之所恶。一方面是朝令暮更，出尔反尔；一方面是呻吟委顿，奄奄欲毙。说"令人忆起《石壕吏》"其实还是不很切贴的；"天明登前途，独与老翁别。"石壕村的老翁究竟还不曾撞死在桌子角上！

一九四六年十月二十九日夜

（原载一九四六年十一月三日重庆《新民报日刊》）

“女闯将”云者

对于苏雪林女士，实在说，我早已没有在她身上浪费笔墨的兴趣了。下面的话，是看了《大公晚报》上的小观先生的《女闯将苏雪林》一文而发的。

二十年前，苏雪林以她的散文集《绿天》一书，步入文坛，以后又继续写了《棘心》，《蠹鱼集》，《青鸟集》等书，逐渐成为知名的女作者。但最近十年来，她转而致力于文史的研究工作，除了一本《屠龙集》和《偷头》等一二短篇小说以外，已不大看见她的创作。研究方面，她写了《李义山恋爱事迹考》，《唐诗研究》和《南明忠烈传》，前者对于研究李义山诗的人，颇有参考的价值，后二者则均平平无什么特点可说。到了今日，她所保留在读者脑里的，实在只不过一点模糊的历史上的影子而已。然而，现在却有人不切实际地过分夸张她，说在“当前文坛女将”里，“要找一个写作垂二十年，努力不懈，锋芒不减的女作家，应该首推苏雪林。”并说她和大多数“以纤细的感情写着作品”的女作家不同，她是“以批评家，而且以一员闯将的姿态步入文艺界。”其实，只要明了二十余年来中国文坛情形的人，都知道苏雪林虽以《绿天》稍露“锋芒”，但若干年来，早已“锋芒”大“减”，很少创作。而且书中各篇，如《我们的秋天》，《收获》，

《她的书橱》,《小小银翅蝴蝶的故事》等,或写海外生活,或写男女情爱,或写身边琐事,无一而非“以纤细的感情”写成的东西,和“大多数女作家”并无不同。至于说她是“批评家”或“闯将”,则更属奇怪之论,她是以散文起家,绝非“批评家”,更不是什么“闯将”的。

自然,在《蠹鱼集》和《青鸟集》里,曾夹杂着几篇关于作家和作品的文字,但那只是一些泛泛的读书随感,说不上什么批评。仔细想来,恐怕还是只有那篇尚未收入集子的《与蔡孑民先生论鲁迅书》,要算是她的唯一的“批评工作”了。在鲁迅生前,她曾写过一篇《阿Q正传及鲁迅创作的艺术》,将《呐喊》,《彷徨》分析和赞扬了一番(见《国闻周报》);在鲁迅死后,她却又写了这篇《与蔡孑民书》,将鲁迅大大咒骂了一顿。说鲁迅“心理失常,褊狭阴险”,“霸占文坛,密布爪牙”,“痛恶故国,输心××(日本)”,是“玷辱士林之衣冠败类,二十四史儒林传中无此尖刻小人”。此外,又痛骂“鲁党”,“左派”,“反动势力”,并对蔡元培亦大施恫吓:“吾人正需要一内可促现代化之早成,外可抵抗强敌侵略之中心势力,而左派乃欲于此时别作企图,肇分裂之祸,为强敌作驱除……先生身为党国元老,设共党夺取政权成功,先生安归?”(见《奔涛》半月刊)像这样的文字,只不过是泼妇骂街而已,与批评自然无涉!除此之外,还剩下几篇如《从军运动》等充满了“领袖!领袖!”的娇呼的文字,我实在想不起她曾做过什么“批评工作”来。

有趣的是,“闯将”一词之被应用于文艺,正是由那位为苏雪林用尽人间一切恶毒下作的话语去咒骂过的鲁迅。在《论睁了眼看》一文里,鲁迅说:“世界日日改变,我们的作家取下假面,真诚地,深入地,大胆地看取人生并且写出他的血和肉来的时候早到了;早就应该有一片崭新的文场,早就应该有几个凶猛的闯将!”“没有冲破一切传统思想和手法的闯将,中国是不会有真的新文艺的。”明白了鲁迅说这话的意义以后,再看看苏雪林的勋业,她果足以称为“闯将”吗?

苏雪林将往哪里“闯”?

挟着文艺的敲门砖，她已经“闯”进了大学之门，而数年来，她又正站在崇楼杰阁的朱门兽环之前了，我们从她的《与蔡孑民书》，《从军运动》，《学生与从军》，《南明忠烈传》自序等文里，已听见了那清脆的剥啄之声了！

一九四六年十二月十二日深夜

（原载一九四六年十二月二十六日重庆《新民报日刊》）

［附录］

女闯将苏雪林

小　观

提起当前文坛的女将，北方有个丁玲，南方有个冯沅君，在这南北之间（留在华西华东的暂且不谈），要找一个写作垂二十年，努力不懈，锋芒不减的女作家，应该首推武大教授苏雪林（即绿漪，苏梅）。

我觉得苏雪林可以说是新文学运动以来女作家群中最勇猛的人物，大多数女作家，都以纤细的感情描写着作品，很少从事批评工作的，但苏雪林却是以批评家，而且以一员闯将的姿态步入文艺界。

五四运动以后，现在大写旧诗词的易君左，当时以易钺的笔名在北京大学写其家庭问题的文章，因为他公开地批评了他那名士气派的父亲易实甫，一时被青年捧为"家庭问题专家"。这位易先生有一位湖南老乡很爱舞文弄墨，在北京自费出了一本诗集，四处送人，苏雪林读到那本所谓"诗集"，忍不住写一篇文章痛予批评，中有警句曰："像这样的诗集，只配拿去包花生米，上毛厕……"云（大意如此）。易钺看后大为这位老乡鸣不平，在他所编的一个副刊上化个假名撰文反攻，除了捧那位老乡一场之外，因为探知写这篇文章的是女师大的一个学生，又讥讽道："出风头不是这样出法，不如脱去裤子，到北京城里遛一趟，才更惹人注意。"这篇文章一登，读者哗然，认为这种批评道德太要不得了。由很多人出面进行交涉，似乎胡适等人也牵入漩涡，对这位谩骂者进行调查，结果查出原来就是"家庭问题专家"易钺，大家群起而攻，易先生终于走出了北京城，自是苏雪林的名字渐为时人所知。

平心而论，苏雪林也是个尖刻的批评者，不过批评得入情入理，有时较能令人心服罢了。她的《沈从文论》中说："王统照的文字应割去几斤肥肉，沈从文的文字应该抽去几条懒筋"，传诵一时。她批评鲁迅"廿四史儒林传中无此尖刻小人"，但另方面，又大赞《野草》。她的批评态度我不尽同意，但是我承认她是新文艺运动史上一员女闯将，她执教武大已经十多年了。

关于"女闯将"

白　华

林辰先生看了《大公晚报》上小观先生的《女闯将苏雪林》一文后，在十二月二十六日的《新民报日刊》上写了一篇《"女闯将"云者》。拜读了以后，便使我也忆起了这个所谓"女闯将"的滥竽大学国文教授的苏雪林。让我也来饶舌几句吧。

民国二十七年，我很侥幸的考上了因抗战关系而内迁四川嘉定的武汉大学。怀着一颗希望的心，想在这堂皇的学府里，求得一点高深的知识，哪知事与愿违，希望竟成了失望！这原因：一方面当然怪自己的天资的疏劣，另一方面，何尝又不是教师的不良呢？单就苏雪林来说吧，她虽然是一个留学生，又是一个女作家，可是，我领教了一年的结果，我总觉得她对于旧文学，相当的"没有抓拿"；尤其是对于文字学和文学史方面，简直幼稚得可怜！这并不是作者打她的"翻天印"，事实上，她的旧书也许太读少了。记得有次上课时，一位同学偶然问她文起八代之衰的是谁？她居然不能回答这一个简单的问题；还有某同学的作文上有"反家""孰视之"等字样，她竟很冒失地在"反"和"孰"字旁，打了一个"×"，改"反"为"返"，"孰"为"熟"，她并不知"反""孰"为本字，"返""熟"为俗字，当那位同学向她举出《孟子》上"良人出则必餍酒肉而后反""发乘矢而后反"，《史记·淮阴侯列传》"于是信孰视之"等例子，向她质问的时候，她只"嘻嘻！也许可以这样写"就了事。"嘻嘻"，这差不多可以说是她的惯技，每当她讲解困难时，总爱"嘻嘻"的。可是，当她对你"嘻嘻"的时候，你总得当心！因为你得九十五分，也许就在那时候决定。有位高年级的同学告诉我："你切莫要为难她呀，她最是爱打九十五分的。"我很感谢这位同学，知道了这个利害，纵然有许多疑难，都不敢向她发问，上课时，总是小心翼翼的，于是我的国文，终于 PASS 了。

据说她是女界同胞第一批留法的，《收获》一文，正是她留学之时的暑期作品。那时因为女子留学的还不多，所以回国后，顿使文艺界视为"珍宝"（林辰先生谓其以《绿天》稍露"锋芒"，也许正是那些时候）。继后，因为伙同着陈源一起骂鲁迅，更见出风头；陈源也因为感德于她，当了武大文学院长后，才把她聘来做国文教授。她现时用的一部《十三经注疏》，都是作者亲自见她在嘉定才买的。

对于她的作品，作者"浅见"得很，不曾拜读过许多，除了看过《棘心》与《青鸟集》而外，所谓以之露"锋芒"的《绿天》散文集，也不曾见到内容。近年因为过粉笔生涯的关系，在中学的国文课本上，还见过她的《秃的梧桐》和《收获》，我也同林辰先生的感觉一样，都认为“平平无什么特点可说”。如果以与她所骂的鲁迅相较，那才是“小巫见大巫”哩！她骂鲁迅“心理失常，褊狭阴险……”，还倒好像是为她自己写照。

她何尝不是一员“闯将”？她“闯”着了一个好的环境；“闯”着了一个留法的好机会（据说第二天考法文，头天晚上才学法文字母去考的），回国后，更“闯”着陈源在骂鲁迅，于是硬着头皮“用尽人间一切恶毒下作的话语”，“闯”进陈源的队里，以“泼妇骂街”的方式，向中国的高尔基破口大骂。不是一员“闯将”，她哪有这样的胆量？不是这几“闯”，又哪能“闯进大学之门”？

一九四六，十二，二十，丁白沙

不与同中国

北平美军强奸北大女学生的暴行发生以后，很快便激起全国人民的愤怒和抗议，这是很自然的。在对日战争结束后的一年余中，驻华美军在各地杀戮童叟，强奸妇女……的种种罪行，已经层出不穷，罄竹难书，而现在竟公然在学府林立，文化名都的北平强奸大学女生了，这实在不仅是对受害的沈女士一人的侮辱，而是对全中国的侮辱，每一个有民族自尊心的中国人，自然要引起无比的愤怒。然而，当事件发生以后，平市当局竟于深夜以电话通知各报请勿发表，直到无法隐讳之后，官方的通讯社才迟迟发表出来，但语焉不详，最初连“女生”也不肯说，仅期期艾艾地说是“女同胞”；其后，在北平学生集会商讨罢课抗议时，又遭受特殊人物数十人的捣乱；而在北大更出现了一种壁板“情报网”，竟谓“此次强奸事件系延安方面所施行之苦肉计”，并张贴“罢课罢，史大林的信徒！”等标语。同时，北大校长胡适又出来说：“此事纯系法律问题”，对学生的罢课游行，表示“惋惜”。训导长陈云屏则又说：“该女生不一定是北大女生，同学何必如此铺张？”看了这一连串的消息以后，真使人悲愤填膺，眥裂发指。奴才们的无耻，可说已到了无以复加的地步！

美军之为美军，我们原是认识得很清楚的。他们对我们横施侮辱和损害，也原是必然的意料中事；最出人意外的，是那批生于斯食于斯的中国人(?)，竟会千方百计地替美军掩盖开脱，不许被损害者呻吟一声，甚至恶毒地嫁祸给自己的同族的人。卑劣无耻，异想天开，实在远远超出于一个正常人的意想之外——"一二·一"惨案，李、闻被刺及其他类似事件发生，许多人都预想得到，必然会嫁祸于共产党，但是，谁想得到，此次女生被奸污，竟也会说是"八路同志引诱美军成奸"呢？倘不是完全失去人性，是决不会涉想及此的。他们实在丢尽了往祖列宗的脸，丧尽了人类的尊严。他们虽然是曾称为人的动物，但何尝真正是人？他们简直是禽兽，不，禽兽以下的无以名之的东西！

然而，这些东西的行为，是决不会收到什么效果的。他们造谣歪曲含沙射影的那一套黔驴之技，早已骗不了人。恰恰相反，正因为有他们这种无耻的活动，才明白地道破了美军敢于在中国无恶不作的根本原因。要不是有那些黄脸干儿，美军决不会久不撤退，长在中国横行。所以，这次事件，决不如胡适所说，只是一个"法律问题"，而实在是一个不折不扣的"政治问题"，绝非道歉惩凶所能了事，美国必须立即改变其错误的对华政策，撤退全部驻华美军。否则同样事件，今后一定还将层出不穷。

就这给我们指明了中国人民反对美军暴行的正确的方法和道路。

让那些文文武武的美国人的奴才们滚开罢。北大同学抨击陈云屏："如果被奸者是你妈，你也不过问吗?"这质问是严正而沉痛的，但也不免显得有点隔膜。凡属奴才，必然的逻辑是：即使被奸者是他的妈，他也不过问的，[1]这还用得着问么？

一九四七年元旦日

(原载一九四七年一月四日《新华日报》)

校　记：

[1] 下句原刊文为"因为这样一来，他们便正好找着了洋爸爸。"被作者涂删。

我想起“荆生”

最近先后遇到两位朋友，他们都对我说：你写点关于胡适的文章吧。我都摇摇头回答：算了罢，我不屑骂胡适。

不过，由于他们的提起，却使我想起了历史的残酷。十余年前，当我还是一个初中学生时，为了买《胡适文存》第一二集，我不惜把东西送进高柜台的当铺，正如许多青年一样，那时我是把胡适看成一尊偶像的。然而，没有多久，作为五四时代资产阶级代言人的胡适，便现出了无聊无耻的本相。他先在“整理国故”的美名之下，向旧文化旧思想偃旗息鼓，从战斗中收了兵，接着便提倡“好人政府”，利欲熏心频频向政府暗送秋波，他用先造反后招安的办法，写了《知难行亦不易》、《从新文化运动观察国民党》等文，把国民党大大骂了几顿；果然，不久京沪报纸上便出现了胡适将任立法委员的消息，大约是因为还价过低，官位太小之故，他结果并未就任。但此次虽然没有做官，他以后却改变了攻击的态度；有一次，甚至露骨地对上海《字林西报》记者发表谈话说：“任何一个政府，都应有保护自己而镇压那些危害自己的运动的权利。”到了“一二·九”运动时，北平及全国各地学生在严重的民族危机之前，掀起了反日救国的怒潮，而胡适却以北大文学院长的资格，劝阻学生罢课游行。后来，抗战终于爆发了，他突然受命出使美国；这在他说来，真应该感谢日本人，要是没有日本人的侵略，他多年来便想做官的欲望，怕不会终于得偿的。他在八年之间，托庇美国，远离祖国的烽火，不但没有和全国人民共分抗战的苦难，反而在太平洋学会上发表谬论，说东北本是满洲人的根据地，中国只不过保有宗主权，曾引起舆论及一部分参政员的指斥。直到抗战胜利，他才从美国翩然归来，出长北大，最近更荣任“国大”代表，并被选为主席团主席，几度招晏，受宠若惊，感恩之余，便在会中大卖气力，风头十足。他会罢回北平，正是北大女生沈崇女士被美兵强奸的后数日；以常情论，身为北大校长的他，对于北大女生的被污，应表示如何的愤怒！照中国固有的看法，师长之于学生，正如父兄之于子弟，关系是极为亲密的。然而，胡适却在全国人民的悲愤与抗议声中，冷冷地说：“此事纯系法律问题！”他反对牵涉到政治，他对学生的罢课游行，“至为惋惜！”倏忽十余年，仆地几跟头，当年五四运动的健将，便变成了如此卑劣龌龊的蛆虫！

只要稍稍知道胡适这一连串的发展的人，总会实实在在地觉得：五四时代的胡适已经早死了！不必盖棺，即可论定，对于像这样已死未埋的行尸走肉，还骂他干什么？我不屑骂胡适！我只想起了林琴南笔下的“荆生”。在当年文学革命论战里，林琴南用小说来辱骂他的论敌的办法，自然是不足为训的；然而，时至今日，那位从天而降，在陶然亭里一掌把“狄莫”（《荆生》中射胡适的人物）连眼镜也打掉的“荆生”，真令人不胜怀想了。[1]

一九四七年一月四日

校　记：

[1] 此句后，原刊文尚有“对付今日的‘狄莫’，实在用不着‘荆生’！”被作者涂删。

吐沫集

小　事

蜀都中学董事长（闻又系上海商船学校校长）周均时，在重庆市中等学校校长联谊会上发表谈话说："我们需要美国，美军奸淫是件小事，我们不要小题大做。"

是的，强奸一区区女生，自然是件小事。

但什么是大事呢？

那自然是周董事长或校长肉袒牵羊，率领着他的姊妹、妻子、女儿，去恭请美军奸淫了！

浩浩荡荡，大事大事。

三　吴

吴开先：在中美人民发起和响应"美军退出中国周"时在上海发动"欢迎美军驱华运动"。

吴铁城：在同一时间里，对记者谈："中国人民敬爱美军，试执一三尺童子而问之，必高翘指姆曰'顶好！'"

吴国桢：在上海美军刺伤车夫程荣芳后说：凶手“系一渔船工匠，并非水兵。甚为寻常，不必重视。”

呜呼，姓吴的三“贵”！

私　人

行政院为美兵强奸女生事“指示”教育部及各地方政府：“北平两美兵犯有奸污中国女生情事，……此事为该犯事美兵之私人行为，中美两国间之友谊自不应因此而受损害，任何人亦不应以此种私人行为为借口，而有损侮我友邦或友邦人民之行动。……遇有可能越轨行为，应负责阻止。”云云。

强奸之事，既是“私人行为”，无损两国“友谊”：那么，倘真有深受美国文明洗礼的“任何人”，竟也对“友邦人民”来这么一两次“私人行为”，大约也没有什么了不起吧？

然则何事可以算作“越轨”而加以“阻止”？

对于本国女性的被奸，口口声声说是“私人”小事；对于“友邦及友邦人民”，则口口声声说是“不应损侮”。一副无耻的奴才相，表现得何其淋漓尽致！

鹦　鹉

“人权论是从鹦鹉开头的，据说古时候有一只高飞远走的鹦哥儿，偶然又经过自己的山林，看见那里大火，他就用翅膀蘸着些水洒在这山上，人家说他那一点水怎么救得熄这样的大火，他说：‘我总算在这里住过的，现在不得不尽点儿心。’”

胡适在《人权论集序》里，曾经从《栎园书影》引用了这个动人的故事。那时，他还在提倡人权。

但是，当他“高飞远走”了几年，“偶然”回到自己“住过”五十多年这片土地时，他不惟没有如鹦鹉一般“用翅膀蘸着些水洒在这山上”，反而帮着别人来放火了。

“何以人而不如鸟兽乎？”不幸我们的博士竟不如这只鹦鹉！

一九四七年一月五日

谈"筹安"一丑

——拟刘师培的墓志铭

刘申叔的《左盦全集》,听说在三年前已经出版了,但我还没有见到。我只零零碎碎地读过他的一些文章,印象并不深刻,因为我对于他的文学见解,不尽同意,什么"文""笔"之分,也不感到兴趣。内中只有一篇《书曝书亭集后》,却是我所注意的。他这样批评朱彝尊道:

> 秀水朱氏,博极群书,虽考古多疏,然不愧博物君子。夫朱氏以故相之裔,值板荡之交,甲申以还,蛰居雒诵,高栗里之节,卜梅氏之居,东发深宁,差可比迹。观于马草之什,伤满政之苛残;北邙之篇,吊皇陵而下泣。亡国之哀,形于言表,此一时也。及其浪游岭峤,回车云朔,亭林引为知音,翁山高其抗节,虽簪笔佣书,争食鸡鹜,然哀明妃于青冢,吊李陵于虏台,感慨身世,迹与心违,此一时也。至于献赋承明,校书天禄,文避北山之移,径夸终南之捷,甚至昭车秉节,朵殿承恩,仕莽子云,岂甘寂寞;陷周庾信,聊赋悲哀,此又一时也。后先异轨,出处殊途,冷落青门,忆否故侯之宅;萧条白

发，难沾处士之称。此则后凋松柏，莫傲岁寒；晚节黄花，顿改初度者矣。秋风戒寒，朗诵遗集，因论其行藏之概，以备信史之采焉。

朱彝尊生于明崇祯二年（一六二九），明亡时仅十五岁，康熙九年（一六七〇）入京，康熙二十二年（一六八三）入直南书房，其人其事，自不能与顾亭林、黄梨洲诸老相提并论，但与钱谦益、龚鼎孳之徒比较，似乎总有些区别，而刘申叔在这篇书后里，对他竟深致不满。这看去虽觉稍苛，但实在反映了清末一部分革命的知识分子的意见。在那排满运动风起云涌的时代，连朱彝尊这样的人也遭遇到非议了。

但是，谁想得到，写这篇《书曝书亭集后》的刘申叔，其后来的行为，竟堕落到比朱彝尊还不如万分的地步呢？

刘申叔（一八八四——一九一九）名师培，一名光汉，号无畏，江苏仪征人。三世都以传《左传》《春秋》著名，他对古文经学，造诣也极精深。论文以骈文为文体的正宗，和他的乡先辈阮元的主张略同。他早岁参加光复会，先后任《俄事警闻》，《警钟日报》编辑，《国粹学报》撰述。丁未（一九〇七）春偕其妇何震（号志剑）赴日，又加入了同盟会。常用笔名“韦裔”在《民报》上发表鼓吹革命的文字。后又创办《天义报》，提倡社会主义学说。有一段时间，他曾和章太炎同住一处，为了辩论，章常常不穿衣服，便闯进他们夫妇的房中来。（见孙伏园《惜别》）这时两人交谊颇笃，在学问文章、革命业迹上，他也几乎与章氏齐名。这可说是他一生中最光辉的一个时期。

但后来刘申叔为了想引日人和田三郎、北辉次郎二人为同盟会干事不成，又因与章太炎、陶成章意见不合，他对同盟会便渐怀二志。这时，正值清政府用黄金白刃诱胁党人，他的妻子何震和姻戚汪公权又从中怂恿，“阴置毒欲死太炎，共获上赏”（见刘成禺：《洪宪纪事诗本事注》）。事败，他遂于戊申年（一九〇八）偕何、汪回沪，成为了端方的密

探。关于他此后的行为,在一本中国革命史上曾有一段记述:

> 己酉年(一九〇九——林)夏,党人陈其美、张恭、王金发、周淡游、褚辅成等在海上有所计划,事为刘光汉、汪公权所闻。光汉鼓吹排满有年,为有名之文学家,时任《民报》撰述,以为其妇何震所挟持,且与章炳麟、陶成章意见不合,遂变节归上海,密充江督端方侦探;至是乃以所得报告端方,端向英租界当局交涉,派巡捕查抄党人机关,捕去张恭一人,周淡游、褚辅成以变服工人得免。王金发怒(王即鲁讯著作中所曾提及的"王都督"——林),挟枪见光汉,将杀之,光汉惧,许以必为保全张恭,恭因不死(恭字伯谦,号同伯,金华人。被囚四年馀,光复后始得释。——林)。光汉由是不敢再至上海。(据宋云彬《从章太炎谈到刘申叔》转录,原文未注明出自何书)

刘申叔虽免一死,但后来汪公权却被杀了(此君丁未年在东京时,曾与鲁迅、许寿裳、陶冶公、陈子英等,从孔特夫人共学俄文)。在汪被杀之以后,章太炎曾写了一封信劝刘申叔,开始便替他着想,曲予原谅:"与君学术素同,盖乃千载一遇;中以小衅,翦为仇雠,岂君本怀,虑亦为人诖误。兼以草泽诸豪,素昧问学,夸大自高,陵蔑达士。人之践忿,古今所同,铤而走险,非独君之过也。"接着动之以情,谦抑自处:"仆之于君,艺术素同,气臭相及。猥以形寿有逾,恒人视之,若先一饭,精义冥思,亦有多算。君雅好闻望,不台于先我,自谓文学绪业,两无独胜,怀此觖望,弥以恨恨。然仆岂有难蔽之志哉!学业步骤,与年相将,悠悠之誉,又非由己。畴昔坐谈,盖尝勤攻君过;时有神悟,则推心归美。此盖朋友善道之常,而君岂忘之耶!"最后则希望他设法自拔,迷途速反:"君虽纡离鞅绊,素非愚闇。……洁身远引,虽无其道;阳狂伏梁,为之由己。盖闻元朗冲远,皆尝为凶人牵引矣,先迷后复，无减令名。……然则唐棣之华，翩然如反，未之思也，何远之有！"这信真是尽情尽义，恳挚委婉到万分，但刘置而不答，终不悔悟。到辛亥四川保路风潮起后，他甚至随端方入蜀了。

民国以后，他的堕落更愈陷愈深。当袁世凯阴谋称帝时，他攀缘为参政，并与杨度、孙毓筠等人，组织筹安会，为袁氏进行阴谋的策动机关。又著《君政复古论》，强词夺理地替袁氏制造理论根据。他说：

> 天祚有圣，纂作民主，悬三光于既坠，扬清风于上列，万姓廓然，蒙庆更生。……顾复虚建极之尊，遵与能之典，宸位旷而不居，皇统替而弗续。是盖继变化之后，示拨乱之法，深惟厉揭随时之法，以慰远方瞻望之观。非谓王政乏致治之图，世及非经国之术也。

既然"王政"有"致治之图"，"世及"乃"经国之术"，那足见君主政体的优良了。所以，接着他便说民初数年间的扰攘，"失不在人而在于制"，结论自然只有变民主为君主，劝袁世凯"正受始之大统，乘握乾之灵运，用协大中之法，俾抑祸患之端"了。

当他为参政时，住北京某胡同，屋宇宏丽，兵士数十人持枪环守。他每日回家，士兵必举枪高呼"刘参政回府！"声音从胡同口直传到大门，他的妻子何震便凭栏相迎，日以为常。刘成禺《洪宪纪事诗》中有一首即记此事：

> 千枝灯帽白如霜，郎照归朝妾倚廊；
> 呌起守关银甲队，令人夫婿有辉光。

丑态可掬，令人作呕！只可惜随着袁世凯的失败，他的荣华转眼便消歇了！

像这样，由同盟会会员一变而为端方的密探，再变而为袁世凯的走卒，真是每况愈下，充分表现出他的无定见，无节操。然而，端方既被杀于先，袁世凯又失败于后，他虽善变，结果也是徒劳。我们现在看来，他当年批评朱彝尊的“后先异轨，出处殊途”，“后凋松柏，莫傲岁寒；晚节黄花，顿改初度”等话，简直可以一字不易地用来作他的墓志铭了！

一九四七年五月一日改作

（原载一九四七年五月十一日《大公晚报·半月文艺》）

严复小谈

今年夏天，写了一篇关于刘申叔的文章以后，接着就想谈谈严几道，但不料没有多久，生活上便突然发生变化，流离颠沛，未遑着笔。看看一年将尽，再拖延便不能在年内写成了，现在且来随便写下一些吧。

严几道在近代中国文化史上，是一个值得纪念的首开风气的人物。他先后译了《天演论》、《原富》、《群学肄言》、《法意》、《社会通诠》、《名学》诸书，在清末的思想界曾发生过重大的影响。他自定“信、达、雅”三事为译书的标准，每译一书，必将原著“全文神理，融会于心”，然后下笔。对于一切名词术语，又必经再三考虑，“一名之立，旬月踟蹰”，态度极为认真。他的译文，曾被桐城派古文家吴汝纶誉为“骎骎与晚周诸子相上下”，使当时一般读惯古文顽固守旧的士大夫，也能够很顺利地读下去，知道除了中国的圣经贤传之外，西方还有哲学伦理政治经济等等新的学术思想。这功绩是很不小的。

但是，我在这里并不想讨论严几道的翻译。一年以来，不知怎样，我常常想起“筹安会”的诸君子：现在只不过想来谈谈关于严复列名发起“筹安会”的事而已。在我的手边，有一篇严璩作的《严复先生年谱》，对着这“年谱”，我最注意的是看他如何记述他的父亲参加“筹安会”一事。在民国四年条下记云：

项城袁氏有称帝之意，屡遣人来示意，府君告之曰：“吾固知中国民智卑卑，号为民主，而专制之政不得不阴行其中；但政体改变已四年矣，袁公既有其实，何必再居其名。且此时欲复旧制，直同三峡之水，已滔滔流为荆扬之江，今欲挽之，使之在山，为事实上所不可能。必欲为之，徒滋纠纷，实非国家之福，不特于袁氏有大不利也。”迟未数月，又遣人前来，敦请府君以一篇文字表示劝进之意，府君知其意坚决，无从挽阻，乃慨然曰：“吾所欲言者，早已尽言之矣，必欲以吾为重，吾与袁公交垂三十年，吾亦何所自惜。顾吾生平不能作违心之言，欲吾为文，吾无从著笔也。自是之后，闭门谢客，不愿与闻外事。”

这里，除了一番冠冕堂皇的议论而外，对于“筹安会”却一字不提，只以“闭门谢客，不愿与闻外事”十字轻轻掩饰过去。子为父讳，自然是不足为异的。可惜的是严几道之参加“筹安会”，在历史上却是铁一样的事实。当民国四年，袁世凯阴谋称帝，嗾使杨度等组织“筹安会”，在发起六人中，皇皇然列在第三名的，便是严复的名字！这是无论如何也掩盖不了的。也许有人说这是出于被迫，非其本心；但主要还是由于他的认识不足，脚跟不稳，畏缩懦怯之故。我们且来看他对于袁世凯的认识是怎样吧：

今大总统雄姿盖世，国人殆无其俦。顾吾所心憾不足者，特其人忒多情，而不能以理法自胜耳。

大总统固为一时之杰，然极其能事，不过旧日帝制时，一才督抚耳。欲与列强君相抗衡，则太乏科哲知识，太无世界眼光，又过欲以人从己，不欲以己从人，其用人行政，使人不满意处甚多，望其转移风俗，奠固邦基，呜呼！非其选尔。顾居今之日，平情而论，于新旧两派之中，求当元首之任而胜项城者，谁乎？此国事之所以重可叹也！

这是由他给熊纯如的两封信里摘录出来的，曾发表于《学衡》杂志第七期。他虽然认为袁世凯“太乏科哲知识，太无世界眼光……用人行政，使人不满意处甚多”；但还不能深刻认识袁世凯的专制凶残的面目和阴谋窃国的野心，甚至反而承认袁“为一时之杰”，“雄姿盖世，国人殆无其俦”。认为“于新旧两派之中，求当元首之任而胜项城者”还无其人。既然如此，那结论自然要以为还是只有一个袁世凯好些了。这样，当袁世凯称帝时，他虽然未见得完全赞成，但他决不会反对，却是可以断言的。那么，再一经杨度等人的诱胁，他怎么会不参加发起“筹安会”呢？

在《年谱》里说严复死前，曾手缮遗嘱，内列三事：一、中国必不灭，旧法可损益，必不可叛；二、新知无尽，真理无穷，人生一世，宜励业益知；三、两害相权，己轻群重。许多人在关于严复的文章里，都喜欢提到这几句话，但我却想暂时存疑。因为照中国的老例，子孙给祖先作的“行述”、“年谱”之类，往往充满不合事实的溢美之辞，大都是不可靠的。

我们就严几道一生的行径看，他的参加“筹安会”，实在是不可避免的必然的结果。他在译《天演论》时，常说“尊民叛君，尊今叛古”，而后来却日趋于“尊君叛民，尊古叛今”；一八九九年他译约翰穆勒的On Liberty为《自由论》，一九〇三年却改名为《群己权界说》，特避去“自由”二字而不用。他本相信进化学说，但在文学革命时代，却认为废弃文言，提倡白话，是“遗弃周鼎，实此康匏”，是一种退化。凡这一切，都可以看出他的前后矛盾，游移模糊。像这样既无清楚的认识，又无坚决的意志，一旦临到紧要关头，自然不免畏怯动摇，终至为威武所屈了。

在清朝末年，严几道的确可以算是一个学通中外的人，可惜竟至连最后一点做人的道德也不能保持，真不知那学问有什么用！然而，像他那样的所谓“鸿儒”“贤达”，古今来又何只少数呢！

一九四七年十二月四日夜

“圣德”一例

在《希望》第二集第三期上郑达夫先生的《关于几个女人的是是非非》一文里，看到所引《宋人轶事汇编》卷十八采自《樵书》的一条，节录如下：

> 姚叔祥《见只编》云：余尝见吾盐名手张纪临元人《宋太宗强幸小周后》粉本：后戴花冠，两足穿红袜，袜仅至半胫耳。裸身凭五侍女，两人承腋，两人承股，一人拥臂后，身在空际。太宗以身当后，后闭目转头，以手拒太宗颊。有元人题云：“江南剩得李花开，也被君王强折来。怪底金风冲地起，御园红紫满龙堆。”盖以靖康为报也。……

这所谓小周后即南唐李后主的继室，称之曰“小”，盖别于后主后昭惠周氏而言；昭惠早死，后主纳其妹为后，这就是小周后。马令《南唐书·女宪传》云：

> 后主继室周氏，昭惠之母弟也。……自昭惠殂，常在禁中，后主乐府词有“钗袜步香阶，手提金缕鞋”之

类，多传于外。至纳后，乃成礼而已。翌日，大宴群臣。韩熙载以下皆为诗以讽焉，而后主亦不之谴。

由此可见小周后和李后主的情爱，在今传后主词中，一定有一些是为她而作的。但想不到后来亡国以后，她却遭受了这样的凌辱。试将这条笔记还原成为一幅“粉本”，那全身裸体——“袜仅至半胫耳”——的少妇的挣扎，和那野兽一般的男子的横暴所构成的画面，纵令是在千载之下，也要令阅者疑心身在地狱，不相信人间有这等事。又叶梦得《避暑漫钞》引龙衮《江南录》云：

李国主小周后，随后主归朝，封郑国夫人，例随命妇入宫，每一入，辄数日，出必大泣，骂后主，声闻于外，后主多宛转避之。

这段文字比较含蓄，但可和《樵书》所记相互补足。参照之下，便可以知道她被截留在宫中“数日”间所受的凌辱磨折，以及她“出必大泣”的原因了。我先前对《江南录》所述实在也不十分了了，因为我是不知道有这件事的。

但我却知道这位宋太宗的一些别的事情。例如用牵机药毒死小周后的丈夫李后主；在“烛影斧声”中杀死他的阿哥赵匡胤等等。连自己的阿哥他也要用斧子劈死，那么，“强幸小周后”，自然算不得什么一回事了！

然而，无须翻书也可以知道，这位宋太宗——这个恶棍，在正史上，是一定被描写得“圣德巍巍”的。用不着再引那些讴歌赞颂的文句；单看他的谥法，不正是叫做“太宗至仁应道神功圣德文武大明广孝皇帝”吗？

一九四八年七月

（原载一九四八年七月二十七日《新民报》）

冤哉,“小朋友”!

新年到来,重庆每一所市立中心学校,都在校门外附近墙壁上贴了些大红色纸条的标语,上面不外是写着“打倒……”“拥护……”之类无啥道理的口号,只有第六区中心学校,却另外别出心裁,在校门口贴了一副长联,道是:

四十二位教职员意志早统一久欲齐驱前线扫平蛮横匪寇

千六百名小朋友力量已集中甚愿共赴沙场光复锦绣山河

其余的中心学校,因为是官立,贴贴标语,原不过是奉命而行的一种例行公事。[1]独有这学校出类拔萃,与众不同,来了这一套令人叫绝的新花样。平平仄仄,虚虚实实,着实不差;尤其是上联的内容,壮志凌云,殊堪嘉尚!贴出之后,上司点首,行人注目,自然是不用说的。我从那纸幅的大红颜色上,仿佛已经看见了校长先生的得意的笑容!

然而,我又觉得那纸幅上的红色,好像是用许多人的鲜血染成,每一个字上都显露着杀气。我不禁打了一个冷战!

这“四十二位教职员”(其实只是校长和作这对联的人),要“齐驱前线”,就让他们“齐驱前线”好了,这原是他们自己的自由,旁人不能说什么。但是,下联既说到“千六百名小朋友”“甚愿共赴沙场”,我却要在这里问问这些“小朋友”:你们到底真的“愿”也不“愿”?

我要为他们呼冤,因为他们都只不过是从四五岁到十二三岁的孩子!

二十年来,在所谓“党化”教育之下,已不知遭踏了万万千千的青年和少年!在“国定”的教科书上,在“纯正”的教师口里,他们所得到的只是“指鹿为马”的欺骗;在教室内,在宿舍中,他们所受到的只是“钉梢”“失踪”的恐吓。而校外又有许多“特种”和普通的形形色色的网罗,在向他们张着大口![2]多少年轻的心灵在受着磨难,多少稚弱的身体在受着拷打!现在是,连这一个学校的“千六百名小朋友”也不能幸免,说要躯之“共赴沙场”了!

请想一想在“风悲日曛”,“蓬断草枯”的“沙场”上,一群孩子正在冲锋陷阵,血肉横飞的情景……我想起一位可敬的朋友的一个十岁上下的女孩,便是在这学校里。我又想到我的一个六岁的孩子,他虽不在这学校读书,但同样也是在官立的中心小学。他的学校门口虽没有贴着这样的对联,但我却也十分担忧。看着他那无识无忧的小模样,我真不忍心让他给那些豺狼吃掉!

然而,我知道,我的担忧是白费的,历史不会停顿,那批连几岁的孩子的意志也要奸污的卑劣者们,是不能在神圣的教育机关里盘踞多久了。用不着三年五年,在不久的未来,我的孩子及其同伴们,就会踏入宽阔光明的地方去!

一九四九年元月二十二日

(原载一九四九年二月十二日《西方夜报·方生》)

校　记:

[1] 此句下原有“不足为奇”四字,被作者涂删。

[2] 原刊文此句下有“尤其是最两三年来”,被作者涂删。

“名贤”一例

蒲松龄的《聊斋志异》一书，有但明伦，吕湛恩诸家评注，但我仅看过但明伦的评本，那是商务印书馆的铅印本，中学时代从亡友邹仲伊兄处借得。他的评注说些什么，至今一句也记不得；但我从那时起，却因此书而记住了但明伦的名字。

去年八一九“限价”时，在商务买了一册凌惕安编著的《清代贵州名贤像传》，在第二卷里，便有但明伦的一篇传和一幅像。我因很早便知道他，所以首先挑看了这篇传文。但名明伦，字云湖，贵州广顺人，嘉庆己卯进士，曾任监察御史，山东盐运史，江苏常镇通海道，两淮盐运史等职。他生平最重要的事迹，便是鸦片战争时代在扬州筹办防御一事。据《像传》说：

> ……旋擢江苏常镇通海道……斯时英人扰粤窥浙，沿海戒严，明伦于严寒霜雪中，躬历海堧，得大江险隘处曰鹅鼻嘴，是长江第一门户，以置矿（按，为礮字之误——林）添兵请于大府，牍凡五上，卒不得用，时道光二十一年冬也。次年二月，授两淮盐运史，莅任即设立公局，首先捐廉，以为细民倡。修城浚池，团练乡勇，如临大事，时英船犹在乍浦吴淞游弋也。旁观或议其张

> 皇，乃布置粗定，而六月八日英船即由鹅鼻嘴扬帆直上，陷镇江，城距扬仅四十里，居民闻江上炮声不绝，人心惊恐，迁徙纷纷。……英船塞瓜洲，距由关大江横梗，乃于三坌河以漕艘数千只载土石沉之。排钉大桩，作梅花状，埋铁锚以钩其船。岸左右伏乡勇，地中暗设地雷地炮，而城外堵御之具亦备。又复开放人字等坝，河水陡落数尺。英人果以杉板船数百只来犯，至三坌河，阻浅却退。运筹决策，悉如所料。……七月英船退出江口，收复瓜洲，水陆两路皆告肃清。扬州自英船入江，相距仅数十里，已仓皇播迁，人无固志。迨镇江陷，瓜洲失，英人至三坌河，烽火近在肘腋，而土匪四处劫掠，内外交急，危如垒卵。赖明伦坐镇从容，声色不动，安内则抚民以恩，惩暴以猛，御外则明阻其路，暗防其攻。自六月八日英人入江，迄九月一日英船全数退出，五十馀日饱经忧患，而卒安堵如故。……

根据这个说法，英人之未入扬州，似乎全赖但明伦的种种布置；他的梅花桩铁锚之类，果然发挥了不可思议的效力，挡住了船坚炮利的强敌。在鸦片战争的整个战役中，这真可以说是一个奇迹。也正因此，但明伦便取得了被后人尊为“名贤”的资格。

但是，我最近偶然翻看梁章钜著的《浪迹丛谈》，在卷二《颜柳桥》一则内，却看到这样一段记载：

> 道光二十二年六月初七日，英夷兵船闯入圌山关，将犯扬州。周子瑜观察札委馀东场盐大使颜柳桥（崇礼）驰往招抚。柳有胆略，素喜任事，遂与办事商人包恪庄计议，禀商但云湖都转，许即相机办理。颜即于初八日随带羊酒鸡豚等物，赴瓜洲渡江。至象山，绛道瞭望，值夷船飞帆驶进、势

> 其凶猛。象山与焦山紧对，颜伺其抵焦山码头，以礼招呼，效郑商人弦高故事，头顶说帖，跪献江干。因得上夷船，见其头目郭士利，引于郭富相见，词色慷慨，晓以敬天心保民命诸语，郭漫应之。次日，复载金币等物，以婉词导之。时夷人已将瓜洲民房佔据，并遍树赤帜，将江路全行堵截，无一民船往来。而火轮船及三板船已有七八十只，尽拦入金山北固之麓。颜闻郭酋主战，噗酋主和，正在设法谋见噗酋，而镇江已破。……（颜）因吗利逊见噗酋，吗能通汉语，颜晓以战争之害，和议之利，转述之于噗酋，始有献银百万不入扬城之议。归复于包，包为转请于都转。时城中人人危惧，移徙者十之七八。颜复上夷船，嘱吗酋与噗酋允为减银数。往复数四，议定给洋银五十万元，每元作银七钱一分，遂面与噗酋定约。旋即分次送给，而扬城安保无恙，居民亦旋定安辑矣。……是役固由但云湖都转，周子瑜观察之主持，而颜与包之功亦不可没也。……

这样看来，"英夷"之不犯扬州，全由于颜柳桥的"随带羊酒鸡豚等物头顶说帖，跪献江干"，"给洋银五十万元，每元作银七钱一分"所致；和但明伦的梅花桩之类，毫无关系！我先前因为对于但的事迹不甚了然，于他并无爱憎可言；由于物以稀为贵，在过去并不多见的黔籍人的著作中，他的《聊斋志异》批注，曾经在我少年时代的心里留下了印象，所以，甚至可说我对他还多少保持着一点好感。但是现在从这儿记载里的"禀商但云湖都转，许即相机办理"，"包为转请于都转"等句，知道他的确是这次肉麻无耻的辱国事件的"主持"人，我不禁以有这样的同乡前辈为耻了！

但现在却居然有人尊称他为"名贤"！

一九四九年七月

（原载一九四九年七月三十日《新民报》）

“亦何益哉!”

八月二十七日,是教师节,又是至圣先师孔子的二千五百年诞辰。这天中午,我们全家到民众电影院看《街头巷尾》,想不到出现在银幕上的,却是一个失业的小学教师踏三轮车的故事。一年到头,我难得看一两回电影,这回偏偏选中了这个节日去看了这样情节的片子,真好像故意和佳节捣乱。其实是,那天的天气并不太热,孩子们也很久没有上过大街,一时兴来,带他们到电影院走走,不过是想使那些寂寞的小小的心舒展一下而已。

回到寓里,人很疲倦,待到孩子们都已睡觉,我才慢慢恢复了精神,坐在桌前,点一支烟,拿过当天的报纸,看看大字标题,这就看到了吴宓先生的《孔子圣诞感言》。吴先生是名教授,是“学衡派”的主干,这是我很早就知道的;慨自《学衡》杂志停刊以来,我除了偶尔在报上看到他在这里那里讲《红楼梦》以外,真是久矣夫没有看到他的文章了。现在见了这篇大作,自然是不会放过的,于是一口气读下去,读着读着,就读出了这样的一段:

> 五四运动之另一主要主张,亦即五四运动领导者之一大功罪,厥为废文言而立白话。此举既成功,中国之青年男女以及全国人民,皆不复能读文言书,不复能

> 写文言信，不复能阅文言报纸杂志。于是而中国政治统一之基础失，于是而中国历史文化之统系亡，于是而中国人之生活及教育全失其理想之成分，而美术文学专门之损失不与焉。尽废文言而专用白话之危险，学衡杂志中曾反复痛切言之。……自文言始废，白话初兴，迄今正三十年，而我中国之大多数男女国民，以不解文言之故，皆未尝读孔子之书。举凡孔子所删述之群经，记载孔子言行最真切之论语，以及赞释孔子之书自大学中庸孟子以下，试问今之学生曾读过者几人？平日但习闻近人有意无意诋毁孔子之语，而盲从涂说。……吾夙认为中国政治可以改革，社会可以改革，然废除文言推行白话，实万万不可，而为中国近五十年中最不幸之事。经此以后，孔子固仍为世界之圣哲，然与中国人之特殊关系（譬如家人父子受业师生）则断绝矣。

照这样看来，“中国政治统一之基”等等的得失，皆系于文言的废兴；不幸而文言废，于是便产生了吴先生所说的一串“于是而”，以及还没有算在内的美术文学的“专门之损失”了（“专门之损失”旁应加浓圈！）。由这可见文言是何等的关系重大，而白话又是何等的罪孽深重！但要下断语，我以为，还应该先看看五四运动以前，“中国之青年男女以及全国人民”，是否皆能读文言书，能写文言信，能阅文言报纸杂志？倘回答是不能，则吴先生笔下随三个“不复能”一转而来的三个“于是而”便失其依据，而文言的宝贵和白话的罪恶，并不如吴先生所言，也就不辩自明。至于说三十年来“我中国之大多数男女国民，以不解文言之故，皆未尝读孔子之书”那倒大概是可信的吧。不过，在文言未废，白话未兴的三十年前，“我中国之大多数男女国民”又何尝“皆读孔子之书”呢？那原因，就正在“以不解文言之故”！既然如此，可知纵在文言盛行的三十年前，孔子与中国人（应该说绝大多数的中国人）的“譬如家人父子受业师生”的“特殊关系”，是否存在，还是问题，则将所谓“则绝断矣”的责任归诸白话，实在是莫须有的事情。

这些都是老话了，“学衡”诸公早在“虽三皇寥廓而无极，五帝搢绅先生难言之”一类的文言妙句上栽过跟斗，现在何苦再来攻击白话；要不是“孔子圣诞”给了吴先生一个借题发挥的机会，我想，他大概也未必会出来说这些话的。这就应该再看看他的另一段文字了：

> 凡各派之所以痛诋孔子者，其事皆孔子当年之所不及知。即知之，亦绝不能负责。盖后世利用孔子者或误解孔子者，其言其行，而非孔子之言行。倘必问罪，请直捕罪人，而勿归狱于孔子。孔子初不冀他人之崇敬，又岂能禁后世之利用与误解？凡被（彼）崇敬孔子，利用孔子，误解孔子者，皆当自己负责。吾尤盼世人明白率直，自言其所主张：“吾主张如何如何，吾反对某事某事……”而不必集矢于孔子，或以孔子为护符，徒使孔子受累，而淆惑世人之观听，亦何益哉！

这真是至理名言，字字中肯，句句痛切。若干年来，孔子的确被利用被误解得太厉害太可怜了！许多人各各依照自己的心思欲求，或者给孔子披上袈裟，或者给孔子穿起道袍；有的在孔子的脸上施朱，有的在孔子脸上傅粉，完全遮没了孔子的真面目真人格。吴先生的这段文字，叫出了孔子两千年来所受的冤抑，戳穿了那些自命尊孔的人的险恶，真正再痛快没有了！可惜，就全篇论，这段文字，和上下文实在显得很不调和，因而也便令我有了另一种想法：就是：“吾尤盼世人明白率直，自言其所主张"："吾主张读经，吾反对白话。"倘不如此，而只是弯弯曲曲，躲躲闪闪，乘圣诞之日，假尊孔之名，在什么纪念文字里，趁机攻击白话一顿；那其实也仍然是"以孔子为护符，徒使孔子受累，而淆惑世人之观听"而已——"亦何益哉！"

一九四九年八月

（原载一九四九年八月三十一日《新民报》）

我含着热泪欢呼

平生一大愿望，就是：亲见蒋介石国民党匪帮的灭亡！现在，由于我神武英勇的人民解放军的胜利推进，这愿望竟得实现于一旦；这又是我平生一大快乐！

对于人民解放军的期待，我们真正是计日而待的。凭着报上的消息，凭着主观的揣度，时时在心中计算着日子：中秋总可以来吧；年底总可以来吧，日日夜夜，分分秒秒的等待着。眼见人民解放军，以雷霆万钧之力，扫荡着蒋介石匪军，自东往西，自南到北，有时真不免有点“奚为后我”的抱怨，深深体会了“如大旱之望云霓”这一譬语的意义。当解放军进入川东酉秀一带以后，这期待的心情，更紧张急迫。国民党“中央社”的消息，纵然明知其不可靠，但我们也想从反面，从它字句的罅隙里，寻出一点实情。我们的眼，我们的心，紧紧地注视着，追随着解放军的胜利的脚步，希望他早日到临重庆。而现在，继全国若干城市之后，重庆终于挂遍了解放军的旌旗！这是旋转乾坤的大事情！这是近百年来，千万仁人志士所追求的崇高理想的实现！我竟能及身而见，躬逢其盛，这怎能不令我兴奋、狂欢、喜极而泣！

十二月一日，我在璧山，几天以前，国民党军队过境逃窜，大小车辆，日夜不绝，从那怆惶狼狈的样子，大家都知道解放的日子，就在眼前。这天下午三时左右，远远听见一阵步枪的声音，同院的有人说："解放军来了！"接着便听见一连串的爆竹声。有人已经开了大门，于是我们一家五口，妻带着两个孩子，我抱着小的一个，直向小东门外的车站飞奔。经大街，许多店铺门前，都插着红色的三角旗，铺板贴满"欢迎人民解放军！""毛主席万岁！"的标语，门口站着男女老幼，大家都已忘了几天来为蒋匪溃军逃走前的焚掠而生的恐惧，脸上带着笑容。到了车站，我才看见一列列戴着五星红帽徽的解放军。啊，这是我一生永远难忘的一刻！我仔细端详，的确不错，是他们来了！我想一个个地吻他们的满载风尘的面额，我想一个个地拥抱他们！我拦住他们中的一位，急不择言地说："同志，辛苦了！……我们盼望你们好久了！……"

感动的泪水，在我的眼眶里打旋，我不能再继续说下去。这时老百姓们，东一堆，西一群地围着他们，说长问短；男女学生们的歌声，夹在远远近近的爆竹声里，此起彼伏。我兴奋地摇着一个个孩子们的双臂，对他们说：

"好了！我们的军队来了！蒋介石强盗已经打跑了！……"

不管他们懂与不懂，我必得把我对于解放军的欢欣和对于匪帮的憎恨，传达给他们。因为这是贯穿着后世千百代的巨大无比的事情。

"好了！"是的，这简捷的话语，没有丝毫夸张的意味。由于中国共产党的正确领导和人民解放军的英勇奋战，我们，我们的万代子孙，都已获得了生存和发展的保障。以后，[1]全国人民都将在中华人民共和国里，过着民主、自由、幸福的生活！而解放军到临的一天，便是我们迈向这种生活的第一天！这怎能不令我兴奋、狂欢、喜极而泣呢！

一九四九年十二月七日

（原载一九四九年十二月《新华日报》复刊号）

校　记：

[1] 原刊文此句下有"即将不会再有饥馑，不会再有贫困，不会再有失学、失业"，被作者涂删。

《秋肃集》后记

王得后

林辰先生寂寞谢世倏忽一年了。他是我们研究室八个顾问之一,是魂归道山的第七个顾问。北京鲁迅研究室成立于一九七六年初,不到三十年,第一任主任兼北京鲁迅博物馆馆长的李何林先生离开了我们,常惠,孙用,曹靖华,唐弢,杨霁云,戈宝权,林辰诸位顾问先生先后逝世,第一批从全国各地借调的和正式调入的研究人员,死的死,走的走,退休的退休,如果不计较辈分,真令人有"故人云散尽,余亦等轻尘"的哀痛和孤凄。何况,八个顾问只剩下周海婴先生一人,年过古稀,挣扎着写了一本回忆录,严肃地正误是好的,然而,竟至于是非蜂起,跳踉叫嚣不绝于耳,其中竟然就有研究室的专业人员;寥寥几个将死未死的第一批研究人员,高升的,退休的,人五人六的,庄严挣扎的,各各依自己的秉性"向死而生"。历史有本来面目么?人有本来面目么?倘若有,又在哪里呢?我不知道。我感觉到的,我看到的人们的生活,依旧是鲁迅在《故乡》中所说的:或"辛苦展转而生活",或"辛苦麻木而生活",自然,更有"辛苦恣睢而生活"的阔人在。从鲁迅到现在,一百多年了,中国经历了两次世界大战,两次国内革命,鲁迅所希望的,鲁迅终身为之奋斗的:上述三种生活之外的,"他们应该有新的生活,为我们所未经生活过的""新的生活",并未出现。欢呼“盛世”的人是有的,但正式的“实现了小康”的公告还没有发布;脱贫扶贫的政策是有的,但去年的“贫困”人口“增加了”八十万。我天天读报,《人民日报》以下不止三五种,二十多年来,我第一次读到贫困人口增加的报道,一反过去年年“脱贫”上百万的喜报。我相信这是近乎真实的报道。我在凄苦中感到一丝希望。我想起了鲁迅的《论睁了眼看》。他告诉我们:“世界日日改变,我们的作家取下假面,真诚地,深入地,大胆地看取人生并且写出他的血和肉来的时候早到了;早就应该有一片崭新的文场,早就应该有几个凶猛的闯将!”“没有冲破一切传统思想和手法的闯将,中国是不会有真的新文艺的。”是的,我知道我多疑。我知道还有曲折。我知道这不是一声春雷。但是,“于无声处听惊雷”,不亦快哉?

林辰先生的《秋肃集》是一声春雷。不读《秋肃集》不但不足以认识林辰先生,简直可以说,决不会懂得林辰先生的心的。特别是我,而且我相信像我们这样一辈的后学大抵会有同感的。

我认识林辰先生是在研究室的第一次顾问会上。那是一九七六年初夏,总之,“四五运动”已经过了。在西皇城根二号,研究室借住的人大常委会的一座楼房的会议室里。顾问们都来了;惟有曹靖华先生除外,后来知道那是有意不来的,是一点点个人的脾气。我们这一群借调来的研究人员被介绍给顾问,他们都欣欣然,喜形于色,和蔼地同我们握手,亲切地寒暄鼓励。顾问们轮流讲话,现在我是一句也记不起来了。印象最深的是,唐弢先生拄着拐杖,未开口已经满头大汗,频频用手绢擦头和脸。他当时因心脏病住院刚刚出院,特意要来与会。因之我们感激之外,担心着他的健康。

不久,李何林先生派我参加《鲁迅全集》注释的讨论,我每天清晨从西皇城根到虎坊桥人民文学出版社“鲁迅著作编辑室”的会场去参加讨论,晚上下班回到西皇城根。讨论由严文井先生主持。那是以“红皮本”《二心集》为试点,逐篇逐条讨论的。特别是对于每篇的“题解”，争论最多。有时一个上午乃至一整天修改不了一篇“题解”。最后终于决定修改体例，不要“题解”；这很引起李何林先生的反对，但回天无力。就是在这段日子，我有幸常常得见林辰先生。他原是在人民文学出版社任职的，是“鲁迅著作编辑室”的资深编辑，是前辈。林辰先生给我的印象，是质朴方正，博闻强记，沉静寡言，言必中肯，和蔼宽厚，是一个潜心研究学问的学者。后来我们研究室特批从香港、台湾订购的书籍和报刊到了。我从曹聚仁先生的《鲁迅评传》上读到，“我相信一个最适当的写（鲁迅）传的人，倒是林辰。（孙伏园也说，他私心希望这位未来的传记作家是林辰。）”这评价是高度推崇。他的意思，不仅是学识，史识，才力，功力，尤其关乎文风和人品。我早拜读过林辰先生的《鲁迅事迹考》，还是开明书店“民国三十八年一月再版”的本子。他在那个时候搜集到那么丰富的资料，考证的严谨，思路的精细，叙述的平实，实在是堪称经典之作。但那时我没有脑袋，毫无主见，不懂世事，把课堂上听来的，教科书上背下的，报刊社论宣称的，统统当作唯一的马克思主义的“放之四海而皆准”的真理，因之总以为林辰先生学术有余，思想不足，近乎一个埋首“窗下”的纯正的学者。

现在完全不同了，我拜读了《秋肃集》。

《秋肃集》是一本杂文集，是林辰先生在刚刚解放的一九五〇年下半年或一九五一年上半年拟编的，可惜未果。他还向他的老朋友贺远明先生解释过书名的由来：“‘秋肃’本之鲁迅先生《亥年残秋偶作》‘曾惊秋肃临天下’句意。”（引自贺先生致王世家学兄信）集中收录一九三八年到一九五〇年的杂文三十三篇。

我不是说写杂文就好。杂文和杂文不同；恰如作者都是人，人和人不同一样。但是，林辰先生的杂文是鲁迅品格的杂文，“是对于有害的事物，立刻给以反响或抗争，是感应的神经，攻守的手足。”这就显示出林辰先生不但是潜心于文化研究的学者，同时是一位关心世事，“敢说，敢笑，敢哭，敢怒，敢骂，敢打”的挣扎着要活下去的人。

我这里的几个“敢”字，固然是引用鲁迅对于人们的期望的话，但不是套话，不是虚语，是可以和《秋肃集》中的杂文一一对应的。

首先是对于日本侵略者及其帮凶的怒骂和打击，请读《斥菊池宽》，《从林房雄说起》，和《转蓬——纪念“一·二八”》，以及对于附敌投敌的古今汉奸的抨击的篇章吧。《转蓬》所记述的从上海逃难经过嘉定到南京的苦难历程，至今读来催人唏嘘。侵略者所造成的血和泪的苦难，永远是一页历史教科书，令人牢记并给人教训：民族的生存，民族的正义，民族间的和平共处，当属自然的起码的人权。林辰先生是个有血性的人。这也使我更加切实地懂得，在鲁迅研究室举办的讨论现代文化人和周作人的座谈会的发言，那是带着民族的和他自己的血泪的心声啊。

揭露，控诉，抨击外来的侵略者及其帮凶是正义的，是必须的；然而，诚如鲁迅所指出：

> 用笔和舌，将沦为异族的奴隶之苦告诉大家，自然是不错的，但要十分小心，不可使大家得着这样的结论：“那么，到底还不如我们似的做自己人的奴隶好。”(《半夏小集》)

林辰先生在这方面显示出他完整的理性和全面的正义。他抨击国民党对人民的奴役，特别抨击了国民党在学校的“党化”即“奴化”的教育，那题目就作《控诉篇》。他的愤怒，正直和勇敢可想而知。但林辰先生决不是逞一时之快的人物，他有卓越的见解。在一九四九年元月写的杂文《冤哉，“小朋友”！》中，他抨击一所“中心学校”的所谓“四十二位教职员意志早统一欲齐驱前线扫平蛮横匪寇　千六百名小朋友力量已集中甚愿共赴沙场光复锦绣山河”的春联，不但指出：“历史不会停顿，那批连几岁的孩子的意志也要奸污的卑劣者们，是不能在神圣的教育机关里盘踞多久了。用不着三年五年，在不久的将来，我的孩子及其同伴们，就会踏入宽阔光明的地方去！”更以惊心动魄的想像发出呼吁：“请想一想在‘风悲日曛’，‘蓬断草枯’的‘沙场’上，一群孩子正在冲锋陷阵，血肉横飞的情景……”“娃娃兵”是人类战祸中最残酷最惨无人道的灾难。可是，这却是我们悠久传统文化中“汪踦卫国”的所谓优秀基因。让孩子从战争中走开，尽一切力量让孩子在战争中保有安全，避免遭受战争恐怖对幼小心灵的蹂躏，更别说战死沙场，是起码的人道，人类基本的良知吧。林辰先生这一思想是深邃的，是超前的；不但在中国，同时在全世界都是超前的。

最后，关于“敢笑”。《秋肃集》中最后一篇杂文，《我含着热泪欢呼》，作于一九四九年十二月七日，中华人民共和国已经宣告成立，作者在重庆璧山盼望解放，迎接解放的情景和心情，写得真是细致生动而激情澎湃。文章劈头就是：“平生一大愿望，就是：亲见蒋介石国民党匪帮的灭亡！现在，由于我神武英勇的人民解放军的胜利推进，这愿望竟得实现于一旦；这又是我平生一大快乐！”然后是在急切盼望中产生的“有时真不免有点‘奚为我后’的抱怨，深深体会了‘如大旱之望云霓’这一譬如的意义”。然后是迎接解放军进城：“到了车站，我才看见一列列戴着五星红帽徽的解放军。啊，这是我一生永远难忘的一刻！我仔细端详，的确不错，是他们来了！我想一个个地吻他们的满载风尘的面颊，我想一个个地拥抱他们！我拦住他们中的一位，急不择言地说：‘同志，辛苦了！……我们盼望你们好久了！’……”(删节号原有)最后林辰先生展望道：“我们，我们的万代子孙，都已获得了生存和发展的保障。以后，全国人民都将在中华人民共和国里，过着民主、自由、幸福的生活！而解放军到临的一天，便是我们迈向这种生活的第一天！这怎能不令我兴奋、狂欢、喜极而泣呢！”这是真的心声，不仅林辰先生老一代如此，就是我这样当时年仅十五的一代，也是这样地兴奋，由衷地随喜高唱“解放区的天是明朗的天，解放区的人民好喜欢”的。

感谢王世家学兄精心编辑、校勘，将《秋肃集》的原刊文和林辰先生编辑时的删除文字一一加注复原。使我们看到，在上文的“以后”之后，删除了“即将不会有饥馑，不会有贫困，不会再有失学、失业”一句。林辰先生毕竟阅历丰富，理性十足，当狂欢的“急不择言”的情绪过去，不到一年或刚过一年编辑这本杂文集的时候，他已经清醒地认识到：要消除“饥馑”“贫困”“失学”“失业”不会是“即将”的现实。他是多么冷静而又敏感啊。可惜的是：林辰先生的杂文，到一九五〇年戛然而止。我们失去了一个具有鲁迅品格的杂文家。然而，林辰先生从此潜心于学术研究，主要是潜心于《鲁迅全集》的编辑和注释，使我们多一个资深的杰出的鲁迅研究专家。我想：林辰先生的放弃杂文，正是他成就为大学问家的条件吧？

感谢世家学兄不弃，在编竣《秋肃集》之后命我作序；作序岂敢，写下我拜读后的心得，聊作“后记”吧。但愿他日地下拜访林辰先生，他不至于让我就座之后，用他那浓重的贵州口音说：“得后同志，难为你了，费心了，可是，你没有写好啊。”

二〇〇四年七月三十日星期五

鲁迅述林

关于《古小说钩沈》的辑录年代

《古小说钩沈》，在《鲁迅全集》里面，是一部冷僻的书。因为比较专门和并未完成（连各书作者的姓名也未写出），读起来很是困难。所以一般熟读鲁迅小说和杂文的人，未必对此书予以注意。但在鲁迅的学术方面的劳绩中，此书和辑录《唐宋传奇集》、补校《嵇康集》等，同样是重要的收获；而且是汉魏六朝小说的宝库，研究鲁迅治学精神和成绩或研究中国小说史者，都不可不读。可惜在一般关于鲁迅的文章里，对这书都缺乏充分的论述；就连辑录的时间，到现在也还是一个问题。

《古小说钩沈》辑录于何时？许寿裳著的《鲁迅年谱》未有著录，其他有关鲁迅的著述，亦从无记载。在《鲁迅三十年集》第一函的纸套上面，此书"著作年代"一栏，也是空白。偶然有一二人在什么文章里顺便提及，但也各执己见，异说纷纭。有谓系辑录于一九二一年（民国十年）前后在北京大学教授中国小说史时者，如郑振铎云：

> 为了教授中国小说史，他便从根本上做工夫起，《小说旧闻钞》和《古小说钩沈》、《唐宋传奇集》等等，都是在那个时候辑的，都是为完成《中国小说史略》而辑

的，都是写作《中国小说史略》的副产品。(《鲁迅的辑佚工作》，见《文艺阵地》二卷一期)

这是在鲁迅逝世二周年时说的话；十一年后，他依旧维持着这个意见，在《中国小说史家的鲁迅》一文里，又这样说：

民国九年(一九二〇)的秋天，他兼任北京大学及北京高等师范学校的讲师，他教的就是《中国小说史》。异常得学生们的欢迎。他的在北京的教书工作，做了六年(林按：一九二〇——一九二六)。《小说旧闻钞》这几部书(林按：据上文是指《旧闻钞》、《唐宋传奇集》、《古小说钩沈》三书)当都是在这个时间以内的几年完成的。(《人民文学》创刊号)

还有说是辑录于一九二六年(民国十五年)冬季在厦门大学时者，如日人小田岳夫云：

鲁迅在厦门住了不到半年，这期间曾经辑成的《汉画象考》和《古小说钩沈》二书，他希望能够在学校里出版。(《鲁迅传》范译本五八页)

对于这两种说法，我都不能同意；因为时间都嫌太晚。郑氏之说，距真正辑录时间，大约晚了十年。其实，除《小说旧闻钞》是鲁迅“在北京大学讲中国小说史时所集史料之一部”(该书再版序言)以外，《古小说钩沈》和《唐宋传奇集》，都不是在那个时候辑的，也都不是为完成《中国小说史略》而辑的。实际是：鲁迅早已辑录这些书于先，对中国小说素有研究，然后他才到北大去讲授小说史的。周作人在《关于鲁迅》一文内说：“豫才因为古小说逸文的搜集，后来能够有小说史的著作。”这对于两者的因果先后，说得很是明白。他的这个“预备”或“长编”的工作，实在开始得很早，在先并没有想到后来会去教什么小说史。至于小田氏的意见，则更迟了十余年。他的材料的来源虽没有注明，但无疑是《华盖集续编》的《厦门通信(三)》。但这篇通信的原文是：“我最初的主意，倒的确想在这里住两年，除教书之外，还希望将先前所集成的《汉画象考》和《古小说钩沈》印出。”这明明白白是说“先前所集成”，不知怎样，一到小田氏的笔下，却变成了“这期间曾经集成”的了！

此外，王士菁的《鲁迅传》，在说到鲁迅到北大教小说史时，说：“对于这一门学问，在这之前，鲁迅已经比任何人都下了更多的工夫了。”(一一二页)这是正确的。但他又把鲁迅辑《古小说钩沈》的时间，放在一九一二年五月至一九一八年之间(七五页)，却不免还是晚了一点。

我的意见，以为鲁迅辑录此书的时间，是在清末民初。唐编《鲁迅全集补遗》内，有一篇《古小说钩沈・序》，原发表于民国元年(一九一二)二月的《越社丛刊》第一集上；连序言在这时都已写好并已发表，足见此书的辑录工作，必着手于民元以前。鲁迅在一篇文章里曾这样说过：“六朝小说……我据别本及自己的辑本，这工夫曾经费去两年多，稿本有十册在这里。”(《华盖集续编・不是信》)所以倘若把这篇序言的写作时间，“姑从发表年月，定为一九一二年”(唐弢：《全集补遗编后记》)；又从序言写作时间，加以推算，则“两年多”的工夫，是上起一九〇九年(宣统元年)六月归国以后，下迄一九一一年末(宣统三年)或一九一二年初(民元二月前)。在序言里有这样几句：“又虑后此闲暇者尟，爰更比辑，并校定昔人集本，合得如干种，名曰《古小说钩沈》。”由“又虑后此”句看，足证在民元二月以前，这书便已“比辑并校定”成功了。再看许著《年谱》，对于谢承《后汉书》、《会稽郡故书杂集》等，均有著录，何以对《古小说钩沈》独独一字未提呢？那就是因为此书在一九一二年前便已经辑成了之故。原来《年谱》的主要材料是《鲁迅日记》,而日记始于民元五月抵京之日(见年谱凡例),此书在抵京以前,已经完成,故日记中并无记载,《年谱》因之亦未著录。又周作人《关于鲁迅》云:"归国后他就开始钞书,在这几年中不知共有若干种。……其次是辑书,他一面翻古书钞唐以前小说逸文,一面又钞唐以前越中史地书……其所辑录的古小说也已完成,定名为《古小说钩沈》。"由此也可见在宣统元年"归国后这几年中",此书的辑录工作已经开始并已完成。由这种种论证,我推断在民元(一九一二)之初,这书已大部完成了现存的形态。以后虽或有增改,但必不多。

不过在这时候,还未经最后整理。各书作者姓名及时代,都未注明;亦未依作者先后编排;没有分卷,《〈唐宋传奇集〉序例》:"先辑自汉至隋小说,为钩沈五部讫。"可知他是本拟分为五部的;也没有详尽的序跋(如《故书杂集》每种前的序或《唐宋传奇集》后的《稗边小缀》)。可惜最初曾想用周作人的名义木刻不成,以后又没有闲暇来整理,所以始终没有达成定本的规模。现在,是永远没有法子来补成这一切了!

一九五〇年九月二十九日,重庆械园

(原载一九五〇年《人民文学》第三卷第二期)

《古小说钩沈》所收各书及其作者考略

鲁迅先生辑录的《古小说钩沈》是一部具有重要学术意义和价值的书。过去致力辑佚工作的人，大抵都只知注意经史诗文，偶然有一二人兼及小说，也不过寥寥数种，成就不大。鲁迅的《古小说钩沈》则是大规模的专门辑录小说，其收罗之宏富，采辑之审慎，校订之精确，都可说是前无古人。这实在是一种垦荒的工作。我们有了这部书，便可以同时得到许多久已散佚难于搜求的古小说，可以从其中看出我国隋唐以前小说的面貌及其发展情况（自然还得加上其他现存汉魏六朝小说）；这对于研究中国小说史和文学史的人，固然极为重要，不可或缺；就是对于一般爱好古典文学的人，其中有一部分也可以供他们选读欣赏。

但是，此书在鲁迅生前并未最后整理完成。书中既无辑例，也无序跋（后来发现的序文，并未印入书中），全书所收三十六种小说，除少数标明作者的四五种外，绝大部分都不著作者姓氏，关于作者生平事迹，更无一字说明，我们在看了书名之后，往往茫然不知道是何时何人所作。对于鲁迅辑录此书的年代和他辛勤搜采的经过也毫无所知。这实在是一个最大的遗憾。我们在阅读《唐宋传奇集》时，可以从卷末《稗边小缀》中，知道各篇作者的生平事迹和有关作品本身的文献；读《会稽郡故书杂集》时，可以从每种前的序言分别知道各书内容、作者事略、史志著录等等，然而，这些在《古小说钩沈》中都没有。这书虽辑成很早，但最初想自刻未成，以后又未交书店出版，因为他恐销路不佳，不愿书店折本，在厦门大学时，希望能由学校印出，但也没有实现。这样一再迁延，遂使他没有将全书整理成为定稿，永远给我们留下一个遗憾！

此书在鲁迅逝世以后编入一九三八年出版的《鲁迅全集》，我们才有读到它的机会。由于当时艰难的环境和时间所限，在编入时也没有作过整理或附加说明。在全书所收三十六种小说的编次上，也显得很零乱，还需要再加研究。这里，我想先谈谈鲁迅辑录此书的年代和提供一点有关各书内容及其作者生平事迹的资料，以供读者参考。

关于《古小说钩沈》的辑录年代，过去因无文献可征，迄无定论。以前曾经有过这样一种意见，以为鲁迅辑录此书的时间，是自一九二〇年至一九二六年他在北京大学等校教书的数年之间，是为讲授中国小说史而辑，因此并说《古小说钩沈》是《中国小说史略》的副产品。我觉得这种意见并不准确，按之实际情况，这种推测距鲁迅辑录此书的时间，大约晚了十年，而且所谓“副产品”的说法，也显然是倒因为果。我们知道鲁迅对中国小说已先下过多年辑录研究的功夫，决不是到教书时才来临渴掘井。那样巨大的工作，也决不是为了教书可以赶做成功的。周作人在《关于鲁迅》一文中曾经这样说过：“归国后他（鲁迅）就开始钞书，……其次是辑书，他一面翻古书钞唐以前小说逸文，一面又钞唐以前越中史地书……其所辑录的古小说也已完成，定名为《古小说钩沈》。”由此可见《钩沈》的辑录工作是鲁迅一九〇九年六月自日本归国后就开始的，而且是和《会稽郡故书杂集》同时进行。又鲁迅自己在一篇文章中曾说：“六朝小说，……我据别本及自己的辑本，这工夫曾经费去两年多，稿本有十册在这里。”（《华盖集续编·不是信》)据此推算,鲁迅在辑录此书上所费的“两年多”的工夫,应包含上起一九〇九年六月下迄一九一一年末或一九一二年初。由后来发现的《古小说钩沈·序》已经在一九一二年二月的《越社丛刊》上发表一事看,更可以证明这个推论。

为此问题,我在一九五〇年曾写过一篇短文,根据以上资料,推论此书是在上述数年之内所辑成。但当时不过是一种推论,还不敢十分肯定。在《鲁迅日记》出版以后,从其中便发现了确切可信的资料了。

《鲁迅日记》第一册(壬子、一九一二年)中有这样两条:

> (十月)十二日,晴。……晚得二弟所寄小包二,内《古小说钩沈》草稿、越人所著书草稿十册。……七日付邮。
>
> (十一月)二十三日……晚得二弟所寄书三包,计《小说钩沈》草稿一叠。……十八日发。

这是直接有关《古小说钩沈》辑录年代的重要资料,现在还很少有人注意。据《日记》,鲁迅是一九一二年五月五日到北京的,同年十月、十一月由绍兴家中寄来《古小说钩沈》草稿,可见此书在一九一二年五月未来京前早已辑成。又据许寿裳所述,一九一二年一月一日,南京临时政府成立,不久,鲁迅即应蔡元培之招,由绍兴前往南京,四月中回绍兴,五月初由上海乘轮北上(参看《鲁迅年谱》及《亡友鲁迅印象记》第十节);这样,鲁迅在南京不过三月,时间很短,许寿裳说他在南京时曾往图书馆借抄《沈下贤集》,但没有说及《钩沈》中的任何一种。由此可见,《古小说钩沈》必辑录于一九一二年一月到南京以前,即自一九〇九年六月归国至一九一一年末这“两年多”的时间之中。

以上是关于此书的辑录年代问题。以下拟略考各书内容及其作者。在全书所收三十六种小说的作者中,除沈约、曹丕、颜之推等三四人为我们所熟知以外，其余诸人，即使史书中有传，一般读者对他们也不大了然。这里拟就现有资料，按现行本编列次序，将他们的生平事迹、史志著录、写作时代及有关文献等等，略作说明。

青史子 周青史子著。《汉书·艺文志》小说家类著录五十七篇，班固自注说："古史官记事也。"青史子当为周人，鲁迅在一九三二年开列的译著书目中，说明《古小说钩沈》是"辑周至隋散逸小说"（见《三闲集》）；周代小说即指《青史子》，但不能确考其为何时。

《青史子》的内容，就现存遗文看，都是关于古代的"礼"的记事，和后来所说的小说绝不相同。章太炎《诸子学略说》论"小说家"说："周秦西汉之小说，似与近世不同，如《周考》七十六篇，《青史子》五十七篇……与近世杂史相类；比于《西京杂记》、《四朝闻见录》等，盖差胜矣。贾谊尝引《青史》必非谬悠之说可知。"（见一九〇六年《国粹学报》第二十一期）鲁迅《中国小说史略》第三篇也说："遗文今存三事，皆言礼，亦不知当时何以入小说。"

《隋书·经籍志》子部小说家类共著录二十五部，其中无《青史子》名；仅于《燕丹子》下附注说："梁有《青史子》一卷……亡。"《隋志》所谓"梁有"或"梁目"，都是据梁阮孝绪所撰《七录》而言，阮录作于梁武帝普通（五二〇——五二六）中（《七录序》有"普通四年……始述此书"语，见《广弘明集》卷三）；可知在此时《青史子》尚存一卷。与阮孝绪同时而稍长的刘勰，在所著《文心雕龙·诸子篇》中有"《青史》曲缀于街谈"的话，说明他也见过此书。但到隋代便已佚亡。清马国翰《玉函山房辑佚书》中有辑本一卷，收二则。鲁迅《钩沈》本共辑得三则。

语 林 东晋裴启著。《隋书·经籍志》子部小说家类《燕丹子》下据《七录》附著十卷，题"东晋处士裴启撰"。

裴启，字荣期，河东人。《世说新语·文学》篇载："裴郎作《语林》，始出，大为远近所传，时流年少，无不传写，各有一通。"又《轻诋》篇刘注引檀道鸾《续晋阳秋》云："晋隆和（东晋哀帝年号，公元三六二年）中，河东裴启撰汉魏以来迄于今时言语应对之可称者，谓之《语林》。时人多好其事，文遂流行。"后来因被谢安诋为记载失实，大受影响。《世说·轻诋》篇记其经过云："庾道季（龢）诧谢公曰：裴郎云：'谢安谓裴郎，乃可不恶，何以为复饮酒。'裴郎又云：'谢安目支道林如九方皋之相马，略其玄黄，取其儁逸。'谢公云：'都无此二语，裴自为此辞耳。'庾意甚不以为好，因陈东亭（按王珣，字元琳，封东亭侯）《经酒垆下赋》，读毕都不下赏裁，直云：'君乃复作裴氏学。'于此《语林》遂废。"但梁时尚存十卷，到隋代才散佚不传。

《语林》有清马国翰《玉函山房辑佚书》辑本二卷，明人编《五朝小说》中亦有《裴氏语林》二十则。鲁迅《钩沈》本共辑得一百八十则。

郭　子　东晋郭澄之著。《隋书·经籍志》子部小说家类著录三卷，题"东晋中郎郭澄之撰"。两《唐志》小说家类并同。

郭澄之，字仲静，太原阳曲人。刘裕（宋武帝）引为相国参军，晋安帝义熙十二年（四一六）八月，刘裕北伐姚秦，他曾随军出征；次年八月克长安，生擒姚泓，刘裕更欲西伐，召集僚属会议，意见不一，次问澄之，他不回答，但西向朗诵王粲诗："南登霸陵岸，回首望长安。"（按见粲著《七哀诗》）刘裕便决定南还。他后来位至相国从事中郎，封南丰侯，卒于官。《晋书》卷九十二文苑传有传。

《郭子》，《隋志》不著注者，两《唐志》题"贾泉注"；马国翰辑本序云："其注《唐志》题贾泉，未知何人也。"按贾泉应作贾渊（四四〇——五〇一）。唐人因避李渊讳，改渊为泉。《南齐书》卷五十二贾渊传云："贾渊，字希镜，平阳襄陵人也。……孝武（宋孝武帝刘骏）世青州人发古冢，铭云：青州世子，东海女郎。帝问学士鲍照、徐爰、苏宝生，并不能悉。渊对曰：此是司马越女嫁苟晞儿。检访果然。由是见遇。敕渊注《郭子》。”宋孝武帝于公元四五四至四六四年在位，贾渊注《郭子》当在此数年之间。

郭澄之除《郭子》外，尚有集十卷（见《隋志》引阮录），隋世已亡。《郭子》有清马国翰《玉函山房辑佚书》及《无一是斋丛抄》（清刊本）辑本各一卷。鲁迅《钩沈》本共辑得八十四则。

笑 林 魏邯郸淳著。《隋书·经籍志》子部小说家类著录三卷，题“后汉给事中邯郸淳撰”（按应作魏给事中）；两《唐志》小说家类著录并同。

邯郸淳，一名竺，字子叔。颍川人。汉献帝初平（一九〇——一九三）中客荆州，后归曹操。曹丕、曹植兄弟争相延致，曹操叫他往见曹植，两人纵谈至暮，座上其他的人都默然不能应对。曹丕即位，于黄初（二二〇——二二六）初以淳为博士、给事中。事迹附见《三国志·魏志》卷二十一王粲传裴注引鱼豢《魏略》。

《魏略》说邯郸淳“博学有文章”，他最著名的作品《孝女曹娥碑》，曾被蔡邕称为“绝妙好辞”。《后汉书》卷一一四《曹娥传》注引虞预《会稽典录》说：“上虞长度尚弟子邯郸淳，字子礼（按《世说》捷悟篇注引《会稽典录》，亦作子礼，与《魏略》异。鲁迅《小说史略》从《曲录》），时甫弱冠，而有异才。尚先使魏朗作曹娥碑……朗辞不才。因试使子礼为之。操笔而成，无所点定。……其后蔡邕又题八字曰：‘黄绢幼妇，外孙齑臼’。”这篇碑文，现在还保存在《古文苑》中。

邯郸淳，除《笑林》外，尚有集二卷（见《隋志》及两《唐志》）、《艺经》一卷（见《玉函山房辑佚书》）。《笑林》有《玉函山房辑佚书》辑本一卷，鲁迅《钩沈》本共辑得二十九则。

俗 说 梁沈约著。《隋书·经籍志》子部杂家类著录三卷。两

《唐志》未著录。

沈约(四四一——五一三),字休文,吴兴武康人。宋文帝元嘉十八年生,宋元徽末为尚书度支郎。齐初,为步兵校尉,后出为东阳太守,累官司徒左长史。入梁,为尚书仆射,封建昌县侯。迁尚书令,加特进。梁武帝天监十二年卒。《梁书》卷十三、《南史》卷五十七有传。

沈约是我国六朝时代著名的作家和学者,历仕宋齐梁三朝,深通当代典章制度。又精于声律,著《四声谱》,对当时和后来的诗文影响很大。他的著作除《俗说》外,尚有文集一百卷、《迩言》十卷(以上见《梁书》本传)、《杂说》二卷、《袖中记》二卷、《珠丛》一卷(以上见《隋志》)。清姚振宗《隋书经籍志考证》以为《迩言》不载《隋志》,而《俗说》及《杂说》以下三种又不见于本传,合起来又适为十卷,因疑《俗说》等四种"似即《迩言》之篇目"。这话虽不能确定,但从书名看,《俗说》、《杂说》等,似与《迩言》为同一性质的作品。此外,他又著有《宋书》一百卷,现传于世。

《俗说》,梁有五卷(《隋志》据《七录》),隋代仅存三卷,至宋又仅残存一卷(见《宋志》小说家类)。清马国翰《玉函山房辑佚书》杂家类有辑本一卷。鲁迅《钩沈》本共辑得五十二则。

小　说　梁殷芸著。《隋书·经籍志》子部小说家类著录十卷,题"梁武帝敕安右长史殷芸撰"。两《唐志》同。

殷芸(四七一——五二九),字灌蔬,陈郡长平(今河南西华县)人。生于宋明帝泰始七年,齐永明(四八三——四九三)中,为宜都王(萧铿)行参军;入梁,历任昭明太子(萧统)侍读,西中郎豫章王(萧综)长史,领丹阳尹丞。普通六年(五二五),直东宫学士省。中大通元年卒。《梁书》卷四十一有传。(《南史》附见卷六十殷钧传)

考豫章王萧综于梁武帝天监十三年(五一四)迁安右将军,领石头戍军事;十五年(五一六)迁西中郎将,又迁安前将军,丹阳尹(据

《梁书》卷五五豫章王综传）。殷芸本传虽未述及任安右长史，但据豫章王事迹，再参照《隋志》题衔，可知殷芸先任安右将军豫章王的长史，以后再随豫章王转任西中郎长史、丹阳尹丞。《小说》之作，当在天监十三四年（五一四——五一五）他任安右长史的时候。

他是梁代重要的作家之一。当时萧统以皇太子之尊而爱好文学，所以东宫中文士群集；殷芸便是和萧统关系很深的一人。他与同时著名文人刘孝绰、王筠、陆倕、到洽等，同在东宫，很受萧统的礼重，殷芸与王筠更同"以方雅见礼"（参看《梁书》卷三三刘孝绰、王筠传）。在萧统编辑《文选》时，殷芸和刘孝绰、王筠等人，可能都是实际参加编选工作的人。他又和裴子野、刘之遴、刘显、顾协、阮孝绪等以文字相交好（参看《梁书》卷三十裴子野传），这些人都是当时的著名作者，裴子野著有《类林》（见《新唐志》小说家类）、刘之遴著有《神录》（《古小说钩沈》有辑本）、顾协著有《琐语》（见《隋志》小说家类）、阮孝绪著有《高隐传》（见《隋志》杂传类），都是属于小说方面的著作。这可见当时写作这类小说的风气很盛；殷芸的《小说》便是在这种风气下所产生的同性质著作中的一种。

《小说》，《隋志》云"梁目三十卷"，《七录》作者阮孝绪与殷芸同时，所述自极可信。但隋唐志及《宋史·艺文志》都作十卷，可知至隋代即已散佚大半。明初陶宗仪编《说郛》，采集此书，题下亦注十卷（据涵芬楼印本），此后即未见传本，仅见于宋晁载之辑《续谈助》及原本《说郛》中。鲁迅《钩沈》本共辑得一三五则。

水　饰　隋杜宝著。《隋书·经籍志》子部小说家类著录一卷，不著撰人。

《钩沈》本《水饰》出自隋杜宝所著的《大业拾遗》，《太平广记》卷二二六伎巧类《水饰图经》条引《大业拾遗》云："炀帝别敕学士杜宝修《水饰图经》十五卷，新成，以三月上巳日会群臣于曲水，以观水饰。

有神龟负八卦出河授伏羲。黄龙负图出河。玄龟衔符出洛水。……屈原沉汨罗水。巨灵开山。长鲸吞舟。总七十二势，皆刻木为之。”下文又云：“宝时奉敕撰《水饰图经》，及检校良工。图画既成，奏进。敕遣宝共黄衮相知，于苑内造此水饰，故得委悉见之。”由此可见水饰为黄衮所造，而《大业拾遗》中所载七十二条文字，则为杜宝得见水饰后所记下来的“七十二势”的名称。据此，则《钩沈》本所收《水饰》作者自应为隋杜宝。

近人孙楷第以水饰为隋代的傀儡戏（见《傀儡戏考原》一九、三九页），若然，则《水饰》所记即隋代傀儡戏的七十二种剧目。[①]鲁迅《中国小说史略》第一篇论《隋志》子部小说家类说：“其所著录，《燕丹子》而外无晋以前书（按尚有《笑林》一种为晋以前人所著书），别益以记谈笑应对，叙艺术器物游乐者。”《水饰》即“叙艺术器物游乐者”中的一种。

杜宝，隋学士，入唐官著作郎。余事不详。

《水饰》过去有马国翰《玉函山房辑佚书》辑本一卷，撰人径题隋杜宝。

列异传　魏曹丕著。《隋书·经籍志》史部杂传类著录三卷，题“魏文帝撰”。《唐志》杂传类著录三卷，《新唐志》入小说家类，一卷，撰人均题张华。

关于本书作者，鲁迅《中国小说史略》第五篇曾指出：“文中有甘露（按为魏高贵乡公年号，当公元二五六至二六〇年）年间事，在文帝后，或后人有增益，或撰人是假托，皆不可知。两《唐志》皆云张华撰，亦别无佐证，殆后有悟其抵牾者，因改易之。”但《隋志》杂传序中有“魏文帝又作《列异》，以序鬼物奇怪之事”的话，可见《隋志》作者确认此书为曹丕所作。且两《唐志》在后，又“别无佐证”，当以《隋志》为较可信。

曹丕（一八七——二二六），字子桓，沛国谯（今安徽亳县）人，曹操次子。汉献帝建安二十五年(二二〇)受"禅让"而即帝位,在位七年卒。事迹具见《三国志·魏志·文帝纪》。

《列异传》久已不传。明胡应麟以《通考》及《宋志》皆不载此书,说它大概在宋代即已佚亡。(见《少室山房笔丛·二酉缀遗》)鲁迅《钩沈》本共辑得五十则。

古异传 宋袁王寿著。《隋书·经籍志》史部杂传类著录三卷,题"宋永嘉太守袁王寿撰"。《唐志》杂传类作《石异传》三卷,袁仁寿撰;《新唐志》入小说家类,书名撰人并同《隋志》。

袁王寿字里事迹,均无可考。姚振宗《隋志考证》引《册府元龟》又有袁生寿撰《石异传》三卷,书名撰人互有不同。姚振宗以为"魏晋皆有石异之事",书名或以《石异传》为近似,但亦未能确定。

此书久佚,唐宋类书中亦不见征引,鲁迅《钩沈》本辑得一则。

甄异传 东晋戴祚著。《隋书·经籍志》史部杂传类著录三卷,题"晋西戎主簿戴祚撰"。《唐志》杂传类、《新唐志》小说家类并同。

戴祚,字延之,江东人。晋末从刘裕(宋武帝)西征姚泓(见《水经》洛水注及唐封演《封氏闻见记》卷七),刘裕克长安,以刘义真为安西将军领护西戎校尉(见《宋书》卷六十一庐陵王义真传);戴祚应即为刘义真西戎校尉府主簿。《水经》洛水注云,刘裕军次洛阳,曾命参军戴延之与府舍人虞道元穷览洛川,探测水军可通到何处,延之至檀山而返。由此知他从征时任刘裕参军,刘裕东还后始留任西戎主簿。他根据行役中见闻,曾著有《西征记》二卷(见《隋志》、《唐志》地理类)及《洛阳记》一卷(见两《唐志》地理类)。

《甄异传》在清陶珽重辑《说郛》及《龙威秘书》中各存五则(后者据前者复刻),但都舛讹不足信。鲁迅《钩沈》本共辑得十七则。

述异记 齐祖冲之著。《隋书·经籍志》史部杂传类著录十卷。《唐志》杂传类、《新唐志》小说家类并同。

祖冲之(四二九——五〇〇),字文远,范阳蓟人。祖台之的曾孙。宋文帝元嘉六年生,曾任娄县令、谒者仆射,入齐为长水校尉。齐东昏侯永元二年卒。《南齐书》卷五十二、《南史》卷七十二均有传。

他是我国历史上著名的大科学家、大数学家,现在在国际上也很有名。他创造或改作的东西,有新历法、指南车、欹器、水碓磨以及能"日行百馀里"的千里船,又"以诸葛亮有木牛流马,乃造一器,不因风水,施机自运,不劳人力"(见《南齐书》本传)。在数学方面,他尤其有特出的成就,他是世界上第一个把圆周率数值推算到小数点以后七位数字的科学家,还注释过《九章算经》,编写过一部《缀术》(五卷),《隋书》评论他的研究成果时,称之为"算氏之最者也"。

梁代有祖冲之集五十一卷,至隋已亡(见《隋志》别集类)。《述异记》亦久不传,鲁迅《中国小说史略》第五篇说,现行任昉《述异记》是唐宋间人袭祖冲之的书名伪作的(按鲁迅在本篇中误记祖冲之为晋人),由此可知祖书早佚,否则不致有人袭用其名。鲁迅《钩沈》本共辑得九十则。

灵鬼志 东晋荀氏著。《隋书·经籍志》史部杂传类著录三卷,题"荀氏撰"。《唐志》杂传类、《新唐志》小说家类并同。

荀氏名号里贯均无考。书中曾述及晋安帝义熙(四〇五——四一八)中事,当是东晋末年人。原书或为分类记述,各有篇名,《世说》方正、容止等篇并引《灵鬼志·谣征》,《谣征》当即其篇名之一。鲁迅《中国小说史略》第五篇,曾举其中记外国道人入小笼子一则,以作六朝志怪小说受印度影响的例证。

《灵鬼志》在清陶珽重辑《说郛》中存有一卷,误题荀氏为唐人。鲁迅《钩沈》本共辑得二十四则。

志　怪　东晋祖台之著。《隋书·经籍志》史部杂传类著录二卷，《唐志》杂传类、《新唐志》小说家类并作四卷。

祖台之，字元辰，范阳人。官至侍中、光禄大夫。《晋书》卷七十五有传。

祖台之生平事迹，《晋书》本传所述过于简略；同书卷七十五王国宝传曾叙及台之事："国宝素骄贵使酒，怒尚书左丞祖台之，攘袂大呼，以盘戋乐器掷台之；台之不敢言，复为粲（御史中丞褚粲）所弹。诏以国宝纵肆情性，甚不可长；台之懦弱，非监司体：并坐免官。"由此可知祖台之曾任尚书左丞，并可约略窥见他的为人。考王国宝于东晋孝武帝太元（三七六——三九六）中任中书令，于太元末免官，则台之任尚书左丞，亦必在太元中。其任侍中、光禄大夫，当在晋安帝（三九七——四一八年在位）时了。

祖台之著作，除《志怪》外，梁代尚有集二十卷，《隋志》著录十六卷；两《唐志》并作十五卷。《志怪》久佚，清陶珽重辑《说郛》中有《志怪录》逸文八则，题"□祖台之"。鲁迅《钩沈》本共辑得十五则。

志　怪　东晋孔氏著。《隋书·经籍志》史部杂传类著录四卷，题"孔氏撰"。《唐志》杂传类、《新唐志》小说家类并同。

孔氏名号无考。书中有"卢充"一则，内述卢充与女鬼幽婚生子，"其后生植，为汉尚书；植子毓，为魏司空，冠盖相承至今"；《世说新语·方正》篇"卢志"条，记陆机骂卢志（卢毓之孙，西晋时为中书监）为"鬼子"，刘孝标即引此则作注，可知作者孔氏为东晋人。又《太平广记》卷二七六引有"晋明帝"一则，末注"孔约《志怪》"，据此更可考知孔氏名约。但仅此单文孤证，未敢遽定。清章宗源《隋书经籍志考证》于此书下引《文苑英华》所载顾况《戴氏广异记序》称"孔慎言《神怪志》"，但又指出《世说》注及《初学记》等书引《孔氏志怪》，皆"不著慎言名"，未加推论；而丁国钧《补晋书艺文志》却说："《文苑英华》载顾况《广异记序》称孔慎言《志怪》，疑即此书。”秦荣光《补晋书艺文志》亦同此说。今按《文苑英华》卷七三七顾况《戴氏广异记序》云："国朝燕公《梁公四记》……孔慎言《神怪志》……互相传说"，顾况所称"国朝"指唐朝，燕公指张说，则孔慎言明明为唐人，书名也不一样，两者是不能混为一谈的。

孔氏《志怪》过去无辑本，鲁迅《钩沈》本共辑得十则。

神怪录 撰人不详。史志中亦未见著录。

鲁迅据《北堂书钞》一三六引存其书名。《钩沈》本共辑得二则。

按《书钞》所引"吴详"一则，《御览》引作《志怪》(本书《杂鬼神志怪》中亦收此则)，李瀚《蒙求注》所引"王果"一则，书名作《神怪志》。大概因其书名相近，故收入此书。

神　录 梁刘之遴著。《隋书·经籍志》史部杂传类著录五卷，《唐志》杂传类、《新唐志》小说家类著录并同。

刘之遴(四七七——五四八)，字思贞，南阳涅阳(今河南镇平县)人。生于宋顺帝昇明元年，起家宁朔主簿，历任征西鄱阳王(梁武帝弟萧恢)长史南郡太守，后为都官尚书、太常卿。梁武帝太清二年侯景乱，之遴避难还乡；湘东王萧绎(即梁元帝)因嫉其才学，在他西上至夏口时，用毒药将他杀害。《梁书》卷四十有传。(《南史》附见卷五十刘虬传)

刘之遴早年以文章见知于沈约、任昉，和当时著名文人裴子野、刘显、殷芸等都很有交谊。(参看《梁书》卷三十裴子野传、卷四十刘显传)《太平御览》卷三七〇引《三国典略》说他"右手偏直，不得屈伸，每书则以纸就笔。"[②]但他却写了很多文章，本传说他有"前后文集五十卷行于世"，《隋志》著录前集十一卷，后集二十一卷；《新唐志》著录前集十一卷，后集三十卷，久佚。《神录》一书，《钩沈》本共辑得三则。

齐谐记 宋东阳无疑著。《隋书·经籍志》史部杂传类著录七卷，题"宋散骑侍郎东阳无疑撰"。《唐志》杂传类、《新唐志》小说家类并同。[1]

东阳无疑生平无考。姚振宗《隋志考证》引《广韵》东字注："宋有员外郎东阳无疑撰《齐谐记》七卷"。所谓员外郎，即员外散骑侍郎的简称，在南朝为正员以外的官。又马国翰辑本序云："无疑不详何人……何氏《姓苑》云：东阳氏出于东阳郡。可考者仅此。"东阳郡郡治在今浙江金华，故此书后来被收入《续金华丛书》中。

《齐谐记》久亡，宋陈振孙《直斋书录解题》卷十一于吴均《续齐谐记》下说："《唐志》又有东阳无疑《齐谐志》，今不传。"可知此书在赵宋时即已亡佚。清马国翰《玉函山房辑佚书》中有辑本一卷。鲁迅《钩沈》本共辑得十五则。（以后又有胡宗楙辑《续金华丛书》本，一九二四年刊行。）

幽明录 宋刘义庆著。《隋书·经籍志》史部杂传类著录二十卷，《唐志》杂传类、《新唐志》小说家类，均作三十卷。

刘义庆（四〇三——四四四），彭城（今江苏铜山县）人，南朝宋宗室。生于晋安帝元兴二年，宋武帝永初元年（四二〇）袭封临川王。文帝元嘉元年（四二四）为散骑常侍、秘书监；后历任丹阳尹，荆州、江州、南兖州刺史，元嘉二一年卒。《宋书》卷五十一宗室传有传。

关于《幽明录》的内容和性质，鲁迅在《中国小说史略》第五篇中曾有扼要中肯的说明："临川王刘义庆……有《幽明录》三十卷，见《隋志》史部杂传类（按《隋志》原作二十卷），《新唐志》入小说。其书今虽不存，而他书征引甚多，大抵如《搜神》、《列异》之类；然似皆集录前人撰作，非自造也。"同书第七篇论及《世说新语》时，又这样说："《世说》文字，间或与裴郭二家书所记相同，殆亦犹《幽明录》、《宣验记》然，乃纂缉旧闻，非由自造；《宋书》言义庆才词不多（按原作"文辞"），而招聚文学之士，远近必至，则诸书或成于众手，未可知也。”这里虽是就《世说新语》立论，但也同样说明了《幽明录》的性质；后来在《选本》一文中，也说它“是一部钞撮故书之作”（见《集外集》）。

刘义庆的著作，除《幽明录》外，尚有《宣验记》三十卷（详后）、《小说》十卷（见两《唐志》小说家类）、《徐州先贤传赞》九卷（见《隋志》杂传类，《宋书》本传作十卷），而尤以《世说新语》一书为最著名。《幽明录》过去有清钱曾《述古堂丛抄》及胡珽《琳琅秘室丛书》辑本各一卷（后者据前者校刻）；在原本《说郛》、《五朝小说》及重辑《说郛》中都各有零星的辑集。鲁迅《钩沈》本共辑得二六六则。

鬼神列传　谢氏著。《隋书·经籍志》史部杂传类著录一卷，题“谢氏撰”。《唐志》杂传类、《新唐志》小说家类，均作二卷。

谢氏名号时代，一无可考。《鬼神列传》、《隋志》列于殖氏《志怪记》之前；《新唐志》列于荀氏《灵鬼志》与《幽明录》、《齐谐记》之间，作者当为晋宋间人。其书早佚，鲁迅《钩沈》本辑得一则。

志怪记　晋殖氏著。《隋书·经籍志》史部杂传类著录三卷，题“殖氏撰”。两《唐志》均未著录。

殖氏名号无考。鲁迅《中国小说史略》第五篇论晋志怪书时曾举其名。《志怪记》过去无辑本，鲁迅《钩沈》本辑得一则。

集灵记　北齐颜之推著。《隋书·经籍志》史部杂传类著录二十卷。《唐志》杂传类、《新唐志》小说家类，均作十卷。

颜之推（五三一——？），字介，琅琊临沂人。梁武帝中大通三年生。元帝即位江陵（五五二），以之推为散骑侍郎。周军破江陵，由梁归齐，武平三年（五七二）参加编撰《修文殿御览》，四年（五七三）待诏文林馆，后为中书舍人、黄门侍郎。齐亡入周，大象末（约五八一）为御史上士。隋开皇中(约五九二)卒。《北齐书》卷四十五、《北史》卷八十三均有传。

颜之推的著作,除《集灵记》外,尚有《冤魂志》三卷(见《隋志》杂传类)、文集三十卷(见《北齐书》本传),而尤以《家训》七卷(见两《唐志》儒家类,本传作二十篇)为最著名。《集灵记》久佚,鲁迅《钩沈》本辑得一则。

汉武故事 齐王俭著。《隋书·经籍志》史部旧事类著录二卷,不著撰人。两《唐志》故事类著录并同。

王俭(四五二——四八九),字仲宝,琅琊临沂人。宋文帝元嘉二十九年生,历任秘书丞、司徒右长史、义兴太守;入齐,为左仆射,领国子祭酒,丹阳尹,太子少傅。齐武帝永明七年卒。《南齐书》卷二十三有传。(《南史》附见卷二十二王昙首传)

本书作者,隋唐志均不题撰人,北宋王尧臣等撰《崇文总目》著录五卷,才说是班固所著。鲁迅《中国小说史略》第四篇说,在现存汉人小说中,"称班固作者,一曰《汉武帝故事》,今存一卷。……《隋志》著录二卷,不题撰人,宋晁公武《郡斋读书志》始云'世言班固作',又云,'唐张柬之书《洞冥记》后云:《汉武故事》,王俭造也。'然后人遂径属之班氏。"这里虽未加断语,但语气上是怀疑班作之说的。尤其是他在本篇一开头便说:"现存之所谓汉人小说,盖无一真出于汉人。"更可明白他的意见。宋晁载之《续谈助》卷一《洞冥记》跋文中曾引有张柬之"王俭造《汉武故事》"的话,近人余嘉锡以为"其言固当可信……断非凭虚立说",并举书中称汉成帝为"今上",与班固"时代不相及"及唐以前不题班固(唐昭宗时日本藤原佐世编《日本见在书目》亦不题撰人)等理由,定为王俭所作。(见《四库提要辨证》)考证精详,兹从其说。

《汉武故事》在宋晁载之《续谈助》卷三中收入十八则,在原本《说郛》中存有一长篇,明吴琯辑《古今逸史》亦有一卷。鲁迅《钩沈》本共辑得五十三则。

妒　记　宋虞通之著。《隋书·经籍志》史部杂传类著录二卷，《新唐志》杂传类同。

虞通之，会稽馀姚（今浙江馀姚县）人。事迹附见《南史》卷七十二丘巨源传。传文仅说他“善言易，至步兵校尉”，余事不详。他著《妒记》的缘起，据《宋书》卷四一后妃传所载，是宋明帝为警诫宋世诸公主而命他著的。《宋书》孝武王皇后传：“宋世诸公主，莫不严妒，太宗（宋明帝、刘彧）每疾之。湖孰（在今江宁县境）令袁慆妻以妒忌赐死，使近臣虞通之撰《妒妇记》。”（《南史》卷二三王藻传同）宋明帝于公元四六五至四七二年在位，《妒记》当即此数年间所作。

史传记宋世公主多妒，《南史》卷二三王偃传载：“偃尚宋武帝（刘裕）第二女吴兴长公主讳荣男，常倮（偃）缚诸庭树，时天夜雪，噤冻久之。偃兄恢排阁诟主，乃免。”又《宋书》孝武王皇后传载：王藻“尚太祖（宋文帝刘义隆）第六女临川长公主讳英媛，公主性妒，而藻别爱左右人吴崇祖，前废帝（刘子业）景和（四六五）中，主谗之于废帝，藻坐下狱死，主与王氏离婚。”王偃即孝武帝王皇后之父；而王藻又即王皇后之弟，以他们父子和刘宋王室的深切的关系，还不免要得到这样的待遇和结果，无怪他人要视尚主为一种灾难。所以宋明帝除命虞通之作《妒记》之外，还命他为江斅作《让婚表》，《宋书》孝武王皇后传：“左光禄大夫江湛孙斅当尚世祖（宋孝武帝刘骏）女，上（宋明帝）乃使人为斅作表让婚。……太宗以此表遍示诸主。”这里但云“使人”而不名（《南史》卷二三王藻传同），但《初学记》卷十引“为江斅让尚公主表”，即以为虞通之作。清严可均辑《全宋文》卷五五录此表，即据《初学记》定为虞作。（表见《初学记》卷十帝戚部，《全宋文》误作卷十三）

虞通之除《妒记》外，尚著有《后妃传》四卷（见两《唐志》）、《善谏》二卷（见《隋志》）、集十五卷（见《隋志》，梁有二十卷）。《妒记》早亡，宋晁公武《郡斋读书志》、陈振孙《直斋书录解题》都说古有《妒记》，久已亡佚，故宋时有《补妒记》行世。可知《妒记》在南宋时便早已不传。鲁迅

《钩沈》本共辑得七则。

异闻记 后汉陈实著。《隋书·经籍志》及两《唐志》均未著录。晋葛洪《抱朴子》内篇卷三"对俗"云:"太丘长颍川陈仲弓,……撰《异闻记》。"清侯康、顾櫰三等四家《补后汉艺文志》,均各据《抱朴子》著录,无卷数。

陈实(一〇四——一八七),字仲弓,颍川许(今河南许昌县)人。少为县吏,历任闻喜长、太丘长,灵帝初,大将军窦武辟为掾属,坐党事免。灵帝中平四年卒。《后汉书》卷九十二有传。

《抱朴子》引有《异闻记》"张广定"一则,鲁迅《中国小说史略》第四篇说:"然陈实此记,史志既所不载,其事又甚类方士常谈,疑亦假托。葛洪虽去汉未远,而溺于神仙,故其言亦不足据。"

清严可均辑《全后汉文》卷六三,据《抱朴子》收"张广定"一则,即题为《异闻记》。鲁迅《钩沈》本共辑得二则。

玄中记 撰人不详。《隋书·经籍志》及两《唐志》均未著录。清文廷式《补晋书艺文志》小说家类据《左传正义》引著录,无卷数。

此书旧题《郭氏玄中记》,宋罗泌《路史》注以此书狗封氏事与《山海经》注同,定为晋郭璞作。鲁迅《中国小说史略》第四篇说:"六朝人虚造神仙家言,每好称郭氏,殆以影射郭璞,故有《郭氏玄中记》,有《郭氏洞冥记》。"近人余嘉锡据宋晁载之《洞冥记》跋引唐张柬之述其父言:"后梁尚书蔡天宝(应作大宝)与岳阳王(萧詧)启,称湘东昔造《洞冥记》一卷",因定《洞冥记》为梁元帝(萧绎)作(见《四库提要辨证》),足见鲁迅以《洞冥记》为六朝人依托之说甚确;这也可以作为《玄中记》非郭璞所作的一个旁证。书中有袭郭璞《山海经》注的文字,则其作者最早亦当为东晋末年人。

《玄中记》过去辑本很多,在明陶宗仪《说郛》(不著撰人)、清马国翰《玉函山房辑佚书》、茅泮林《十种古逸书》、叶德辉《观古堂所著书》

(一九一一年刻本,在鲁迅后)中都有辑本。鲁迅《钩沈》本共辑得七十一则。

异　林　晋陆氏著。《隋书·经籍志》及两《唐志》均未著录。仅见《三国志·魏志》卷十三钟繇传注及《太平御览》引书纲目。清丁国钧、文廷式等五家《补晋书艺文志》都各据《魏志》钟繇传注及《御览》著录,无卷数。

陆氏名号无考。《魏志》钟繇传裴注引此书一则,结语说:"叔父清河太守说如此。"裴松之注:"清河,陆云也。"由此可知作者为陆云之侄。考《晋书》卷五十四陆机传,陆机有二子,一名蔚,一名夏,晋惠帝太安二年(三〇三)与机同时被成都王(司马颖)所杀。可惜现在已不能考定《异林》究系陆蔚抑陆夏所作。

《异林》过去无辑本,鲁迅《钩沈》本辑得一则。

志　怪　东晋曹毗著。《隋书·经籍志》及两《唐志》均未著录。清丁国钧等五家《补晋书艺文志》各据《初学记》、《太平御览》引著录,无卷数。

曹毗,字辅佐,谯国人。魏大司马曹休之后。蔡谟举为著作郎,迁句章令,征拜太学博士,迁尚书郎,出为下邳太守,官至光禄勋。《晋书》卷九二有传。

《晋书》本传说:"毗少好文籍,善属辞赋……著《扬都赋》,亚于庾阐"(庾字仲初,东晋人,也曾写过一篇《扬都赋》)。他著有《论语释》一卷(见《隋志》引《七录》)、《曹氏家传》一卷(见《隋志》)、集十卷(见《隋志》,另著别本四卷)。《志怪》久佚,鲁迅《钩沈》本辑得一则。

集异记　宋郭季产著。《隋书·经籍志》及两《唐志》均未著录。

郭季产生平,未见记载。史志既未著录其书(近人聂崇岐《补宋书艺文志》亦无此书)，也从来无人注意他的事迹。考《隋志》史部古史类有《续晋纪》五卷，题“宋新兴太守郭季产撰”，由此知郭季产为刘宋时人，曾任新兴太守(据《宋书》州郡志，新兴郡属荆州。故治在今湖北江陵县境)。按《集异记》遗文中有“张天锡”一则；张天锡为前凉国主，后降苻坚，坚败后，归晋(《晋书》卷八六有传)。郭季产以刘宋时人记东晋时事，在年代上正相符合。这足证《集异记》作者即著《续晋纪》的郭季产。姚振宗《隋志考证》卷十二《续晋纪》按语云：“郭季产始末未详，唯《宋书》蔡兴宗传前废帝时(刘子业，四六五年在位)领军王玄谟有所亲故吏郭季产，殆即其人。”(按《南史》卷二九蔡传也有此记载)此郭季产与《集异记》作者时代相同，应即一人。可惜现在除了知道他曾任新兴太守以外，没有其他资料可以详考他的生平事迹。

《集异记》久佚。遗文散见《太平御览》等类书中。鲁迅《钩沈》本共辑得十一则。

神异记　晋王浮著。《隋书·经籍志》及两《唐志》均未著录。清丁国钧及文、秦、黄等四家《补晋书艺文志》小说家类各据《太平御览》引著录，无卷数。

王浮为晋时道士，鲁迅《中国小说史略》第六篇论及此书时说：“浮，晋人，有浅妄之称，即惠帝时(三世纪末至四世纪初)与帛远抗论屡屈，遂改换《西域传》造老子《明威化胡经》者也。(见唐释法琳《辩正论》六)其记似亦言神仙鬼神，如《洞冥》《列异》之类。”

《神异记》过去有《稗史集传》本，鲁迅《钩沈》本共辑得八则。

续异记　撰人不详。史志未见著录。此书过去无辑本，遗文散见唐宋类书中，都未标明作者姓氏(《御览》引有此书，但引书纲目不载书名)。书中“刘沼”条有“梁天监三年”语，作者当为梁、陈间人。

鲁迅《钩沈》本据《初学记》、《太平广记》等书引存共辑得十一则。

录异传 撰人不详。史志未见著录。清章宗源《隋书经籍志考证》据《初学记》、《北堂书钞》等书引补录，卷亡。

此书早佚，过去亦无辑本。鲁迅《钩沈》本共辑得二十七则。

杂鬼神志怪 许氏等著。史志未见著录。《太平御览》引书纲目中有《杂鬼神志》一种，无“怪”字。

鲁迅《钩沈》本《杂鬼神志怪》共收《许氏志怪》、《杂鬼神志》、《志怪》、《志怪集》、《志怪录》、《志怪传》等六种。许氏名号里居均无考，其余五种，亦不详为何时何人所作。

鲁迅《钩沈》本共辑得二十则。

祥异记 撰人不详。史志未见著录。《太平广记》引《祥异记》，亦未标明作者姓氏。书中“释慧进”条称“前齐永明中”，则作者当为萧梁时人。

鲁迅《钩沈》本共辑得二则。

宣验记 宋刘义庆著。《隋书·经籍志》史部杂传类著录三十卷。两《唐志》均未著录。

刘义庆事略见前。《宣验记》过去一般都以为是刘义庆作，近人戴望舒在所著《小说点滴》中却以为“《宣验记》作者实为齐之萧子良”（见《文史杂志》六卷一号）。但全文仅此一句，未说明根据为何。今按唐人唐临《冥报记》自序中有“齐竟陵王萧子良作《宣验记》、王琰作《冥祥记》”等语，此即戴氏所本。但这里所引《冥报记》自序，是根据《涵芬楼秘笈》本；另据杨守敬《日本访书志》卷八所载《冥报记》自序，则萧子良所作者为《冥验记》，此“冥”字与《冥报记》及《冥祥记》之“冥”，字体完全一样，非常清晰（据一九〇一年刻本），可见萧子良所作者为另一书。并且在《隋志》以前，梁慧皎《高僧传序》中早就说过：“临川康王义庆《宣验记》及《幽明录》，太原王琰《冥祥记》，……并傍出诸僧，叙其风素。”更足证《宣验记》的著作权，的确是属于刘义庆的。

《宣验记》在《五朝小说》及重辑《说郛》中存有零星数则，鲁迅《钩沈》本共辑得三十五则。

冥祥记　齐王琰著。《隋书·经籍志》史部杂传类著录十卷。《唐志》杂传类、《新唐志》小说家类著录并同。

王琰，太原人，齐太子舍人（据《万岁通天帖》），入梁为吴兴令。鲁迅《中国小说史略》第六篇曾述及他作《冥祥记》的缘起说：“王琰者，太原人，幼在交阯，受五戒，于宋大明及建元（五世纪中）年，两感金像之异，因作记，撰集像事，继以经塔，凡十卷，谓之《冥祥》，自序其事甚悉”。（见《法苑珠林》卷十七）除《冥祥记》外，他尚著有《宋春秋》二十卷。（见《隋志》古史类）

《冥祥记》过去在原本《说郛》中收有一则，在重辑《说郛》中亦存七则。鲁迅《钩沈》本除《自序》外，共辑得一三一则。[2]

旌异记　隋侯白著。《隋书·经籍志》史部杂传类著录十五卷，题“侯君素撰”。《唐志》杂传类、《新唐志》小说家类并同。

侯白，字君素，魏郡临漳人（今河北临漳县）。性滑稽，好为诽谐杂说。举秀才，为儒林郎，隋文帝召令于秘书修国史。后给五品食，月余而死。事迹附见《隋书》卷五十八陆爽传、《北史》卷八十三李文博传。

侯白除《旌异记》外，尚著有《启颜录》十卷。（见两《唐志》小说家类）《旌异记》过去有陶珽重辑《说郛》及《龙威秘书》辑本（后者据前者复印），但多舛讹，甚至误以侯白为宋人。鲁迅《钩沈》本共辑得十则。

一九五六年十月，北京

（原载一九五六年十月二十一日、二十八日《光明日报·文学遗产》）

注　释：

① 孙楷第先生此文中附注说，杜宝所撰"《水饰图经》乃图画本。鲁迅先生《古小说钩沈》引宝此文(按指《大业拾遗》)，目为《水饰图经》。是以宝《大业拾遗记》为《水饰图经》也。"其实，鲁迅并未将《大业拾遗》看作《水饰图经》，他只是将《拾遗》中所记的七十二势之目当作《水饰》而已。

② 《三国典略》有二：一为晋鱼豢著，自不应述及梁时人事；一为唐丘悦著，《文献通考》卷一九五引《崇文总目》说，丘书以关中、邺都、江南为三国，起西魏，终后周，东包魏北齐，南总梁陈，凡三十篇。《御览》所引当为后者。

校　记：

[1] 林辰自用本此处补注："元嘉中在世，参冥祥记。"

[2] 林辰自用本此处补注："全齐文王僧虔为王琰乞郡启云'太子舍人王琰，在职三载，家贫，仰希江郢所统小郡"云云。

鲁迅计划中《古小说钩沈》的原貌

《古小说钩沈》是鲁迅先生的一部遗稿，在他生前一直没有整理出版，因此，现在流传的旧版《鲁迅全集》第八卷中的这个本子，不仅没有序跋，未标作者；并且在编次上，也看不出编排的义例何在。我每次翻阅此书时，总不免要想到这个问题。

现将全书所收三十六种古小说的书名，依现行本编次照录于后；各书下并分别标明作者姓名及其时代，以便说明问题：

《青史子》	〔周〕青史子撰
《语林》	〔晋〕裴启撰
《郭子》	〔晋〕郭澄之撰
《笑林》	〔魏〕邯郸淳撰
《俗说》	〔梁〕沈约撰
《小说》	〔梁〕殷芸撰
《水饰》	〔隋〕杜宝撰
《列异传》	〔魏〕曹丕撰
《古异传》	〔宋〕袁王寿撰
《甄异传》	〔晋〕戴祚撰
《述异记》	〔齐〕祖冲之撰

《灵鬼志》	〔晋〕荀氏撰
《志怪》	〔晋〕祖台之撰
《志怪》	〔晋〕孔氏撰
《神怪录》	不详
《神录》	〔梁〕刘之遴撰
《齐谐记》	〔宋〕东阳无疑撰
《幽明录》	〔宋〕刘义庆撰
《鬼神列传》	谢氏撰
《志怪记》	〔晋〕殖氏撰
《集灵记》	〔北齐〕颜之推撰
《汉武故事》	〔齐〕王俭撰(旧传班固)
《妒记》	〔宋〕虞通之撰
《异闻记》	〔后汉〕陈实撰
《玄中记》	不详(旧传郭氏)
《异林》	〔晋〕陆氏撰
《志怪》	〔晋〕曹毗撰
《集异记》	〔宋〕郭季产撰
《神异记》	〔晋〕王浮撰
《续异记》	不详
《录异传》	不详
《杂鬼神志怪》	许氏等撰
《祥异记》	不详
《宣验记》	〔宋〕刘义庆撰
《冥祥记》	〔齐〕王琰撰
《旌异记》	〔隋〕侯白撰

这样的编次，显然并非以作品产生的先后为序，这从目次中所举

作者的时代即可看出；但又并非完全依据作品的内容性质分类编排，如《水饰》列于“志人”的《语林》、《小说》和“志怪”的《列异传》等书之间；《集灵记》和最末《宣验记》、《冥祥记》、《旌异记》三种，同为释氏“明因果”的书，内容大抵都是“记经像之显效，明应验之实有”(见《中国小说史略》第六篇)，而四书次第，不相联属。其他如后汉陈实《异闻记》和魏曹丕《列异传》，时代相近，性质相同，但两书先后倒置，相距甚远，也令人不解何故。

现行本次第，是根据鲁迅《古小说钩沈》稿本排列的。稿本现存北京鲁迅博物馆，共十册，与鲁迅生前自述相符。[①]参照上列目次，第一册收《青史子》至《郭子》，第二册收《笑林》至《水饰》，第三册收《列异传》至《述异记》，第四册收《灵鬼志》至《齐谐记》，第五册收《幽明录》(未完)，第六册收《幽明录》(续)至《集灵记》，第七册收《汉武故事》至《妒记》，第八册收《异闻记》至《祥异记》，第九册收《宣验记》至《冥祥记》(未完)，第十册收《冥祥记》(续)至《旌异记》。全书不分卷，无总目。第一册至第八册书衣上各题“说一”至“说八”，第九册题《宣验记》、《冥祥记》(上)，第十册题《冥祥记》(下)、《旌异记》：与前八册不同，当非一时所题。鲁迅生前每一提到此书时，往往说还须略加整理，才能付印，可见这部稿本，还不能视为最后定本。根据这个稿本排印的现行本，自然要遗留下一些问题。

按鲁迅原来的计划，本书共分五部，他在《唐宋传奇集·序例》中，曾有“先辑自汉至隋小说为《钩沈》五部讫”这样的自述，可惜没有具体说明怎样分法，在其他文章中也别无记载。现在可见到的有关资料，仅景宋(许广平)在一九二六年六月所编《鲁迅先生撰译书录》三“纂辑”类中关于《古小说钩沈》的一段说明：“凡四部：第一部为《汉书·艺文志》著录的书；第二部为《隋书·经籍志》小说类著录的书；第三部为《新唐书·艺文志》小说类著录的书；第四部为虽不见于史志，而汉唐人却已引用者。”(据台静农编《关于鲁迅及其著作》)这里提出依史志著录为分部的根据，固然不错，但她所说的四部与鲁迅自述五部不符。我们自然相信鲁迅自己的说法，但这五部究竟是怎样划分的呢？

北京图书馆藏有鲁迅手稿《小说钩沈目录》三纸，我过去揣想大概就是现行本的目录，所以未予注意，最近为了想弄清楚鲁迅辑录此书的体例和意图，才去借阅了一次，去时原未存过高希望，但看了之后，却发现这是一份很有用的重要材料，它使我们明白了全书如何分部和其中某些书在编次上的用意，并且帮助我们解决了鲁迅博物馆所藏稿本上存在的一些问题。现在且看这份目录：

第一集　一种

《青史子》

第二集　六种

《语林》、《郭子》、《笑林》、《俗说》、《小说》、《水饰》

第三集　十三种

《列异传》、《古异传》、《甄异传》、《述异记》、《灵鬼志》、《祖台之志怪》、《孔氏志怪》、《神录》、《齐谐记》、《幽明录》、《鬼神列传》、《志怪记》、《集灵记》

第四集　二种

《汉武故事》、《妒记》

第五集　九种

《异闻记》、《玄中记》、《异林》、《曹毗志怪》、《集异记》、《神异记》、《续异记》、《录异传》、《杂鬼神志怪》

看了这份目录，可知全书五集是这样区划的：第一集，收《汉书·艺文志》小说家类著录的书；第二集，收《隋书·经籍志》小说家类著录的书；第三集，收《新唐书·艺文志》小说家类著录的书；第四集，收隋唐志小说家以外著录的书；第五集，收史志未见著录的书。但也有个别例外，如沈约《俗说》见《隋志》子部杂家，不在小说家类，但因其内容与《语林》、《小说》等相类，同属《世说》系统，故收入第二集。殖氏《志怪记》见《隋志》史部杂传，两《唐志》均未著录，其内容又为志怪，故只能收入第三集。第四集所收二种，既不载隋唐志小说家，就内容看，也应独立为一集。分集问题既已解决，则前面提到的对《水饰》、《异闻记》等书的编次上的疑问，也就不辨而自明了。

但是，这份目录也还不是最后定稿。第一，每集中所收各书，不尽按作者时代先后为序，有些书也看不出是结合内容性质编排，当系留待最后定稿时再作整理。其次，还欠完备；如将目录和稿本（现行本）对照，即可发现目录内缺《神怪录》、《祥异记》、《宣验记》、《冥祥记》和《旌异记》等五种。根据这种情况，我认为，目录和稿本前八册应写定于同一时间，为《古小说钩沈》最早的一个写本。其后《神怪录》等五种陆续辑成，于是又将分量很少的《神怪录》和《祥异记》（各二则）分别补入稿本第四和第八册；而《宣验记》等三种，则因分量较多，若按分集补入，势必影响各册装订，因此不问分集如何，暂时订为九、十两册，置于全书之后。这两册的书面题字和前八册不同，也就是这个缘故。但后来由于种种原因，鲁迅始终没有机会重加整理，稿本既没有依原意分为五集，目录也没有增订或重写；现在我们只能结合这份最早的目录和稿本去想见原来计划中的全书的面目。

据上所述，《古小说钩沈》应分为五集，现行本最末三种移前，列入第三集（其中《宣验记》一种，见《隋志》史部杂传类，两《唐志》未著录；但仿殖氏《志怪记》例，收入此集），《神怪录》一种移后，列入第五集。各书下补著撰人及其时代，并应将后来发现的鲁迅为本书写的序言冠于全书之首。如能有这样的一个本子出现，那对读者将会很有帮助，鲁迅原计划中所构想的本书的面貌也可大体保存下来了。

一九六〇年十月，北京

（原载一九六〇年十月三十日《光明日报·文学遗产》）

注　释：

①《华盖集续编·不是信》："六朝小说……我据别本及自己的辑本……稿本有十册在这里。"又《两地书·七五》："我原已辑好了古小说十本，只须略加整理……月内便去付印就是了。"

鲁迅辑录《古小说钩沈》的成就及其特色

鲁迅先生对我国古典文学曾经进行过很多整理研究工作，其中有辑佚、有编选、有校勘、有著述，方面既广，其所获成就也极高；在创作和翻译之外，给我们留下了又一份宝贵遗产。以辑佚部分而言，《古小说钩沈》就是成就很大、最值得我们重视的一种。此书上起周代的《青史子》，下迄隋代侯白的《旌异记》，共包括古小说三十六种，真可称为汉魏六朝小说的渊薮。在鲁迅以前，一般从事辑佚的学者，如清代马国翰、王谟、黄奭、严可均等人，其工作重心，几乎全都在经史诗文；只因部分古佚小说，曾被各史艺文、经籍等志作为史部或子部的一类而著录下来，他们才顺便加以辑录。以收录小说较多的马国翰《玉函山房辑佚书》为例，也仅有《青史子》、《语林》、《郭子》、《笑林》、《俗说》、《水饰》、《齐谐记》、《玄中记》等八种，他人所辑，更不过零星一二种。到了鲁迅，才有意专门纂辑小说，拓展了辑佚工作的领域。经他辛勤搜集的结果，许多古小说的生命得以绝而复续，重新流布人间。在这部书里，虽说还没有将隋唐以前的散佚小说网罗无遗，但主要的都已入录，林林总总，蔚为大观，是研究中国古典小说的人所必须探检的重要宝库。

《古小说钩沈》在鲁迅生前一直没有出版，原稿还未经过最后整理，鲁迅除写过一篇序言以外，没有进一步向读者提供其他必要的说明；而这篇序言又比较简短，不像《〈唐宋传奇集〉序例》那样详尽。因此，我们在阅读时，只能从这部书的本身去探寻鲁迅纂辑时的体例和方法。就全书体制看，他是以《汉书·艺文志》等史志著录为依据，将所辑三十六种小说，编为五集，每集包含若干种，大体按作者时代先后排列；各书条文编次，也按所述人物事件的先后为序，无时代可考的，则依内容性质分类编排；单文孤句或文义可疑、不似某书的，则都置于书末，并于文后详注来源出处，以资征信。如《语林》"报至尊"条，除注明出《北堂书抄》卷二十二以外，还特别注明"太子"二字；按本书体例，引书不标门类，但因这一条全文仅此三字，故特为注明见《书抄》"太子"门。在取材上，有同一条文而分别见于各种类书和古籍的，则采用最先引用的一种；但因各书所引详略不一，字句亦多异同，所以也不完全以最早的引用书为准，而常采用内容较全、文义较胜的一种，其他异文，则择要节录，夹注文内，或附载全文之后。在文字校订上，也同《唐宋传奇集》一样，"有复见于不同之书，或不同之本，得以互校者，则互校之。字句有异，惟从其是。"本书因为卷帙浩繁，互校工作，尤为繁难。鲁迅付出了很多时间和精力，对各种类书古籍所引佚文，细致地加以辨识、比较，择定一本为主，然后参照他本，校正讹字，补足缺文；有时又需要杂采各书，截长补短，使它们有机地连缀成为一篇完善可读的文章。有些佚文，脱漏很多，甚至只残存一二句，便以他书有关同一事件的记载补足。如《北堂书抄》卷七引《语林》，只"问南顿何在"五字，令人完全不明白所说何事，鲁迅以《困学纪闻》引殷芸《小说》所记晋成帝事，补足首尾。过去有些辑佚者，常常采用一种较为省事的方法，即将各书所引同记一事的文字，一一收入辑本，对各种异文不表示什么意见。如叶德辉辑《玄中记》，便是“以各书所引完者居首，而以删节有异者，低附逐条之后”，使许多重复文字充斥篇幅，完全省去了参互考订和串辑的工夫；这在辑者固然比较省力，但读者却须对各种纷歧的异文自定取舍。鲁迅便不采用这种方法。他在采录、铨择、纂辑等一系列工作上，都贯注着自己的意见，处处表现了细致谨严的治学精神。为了一字之安，一句之全以及一则内容的完备，他往往不厌其烦地参互比较，斟酌至当，然后才写定下来。此外，鲁迅在序言中曾说他还进行过“校定昔人集本”的工作。对这少数旧有辑本，鲁迅根据引书，一一为之核对，订讹补缺，去伪存真；或改用他书引文，或变更排列次序，使它们一变而为新的辑本。假若我们把鲁迅的新辑本和旧有辑本一加比较，便可立即看出，无论在条文多寡、编次先后、文字详略、引书根据等方面，都有很大的不同。在这上面，鲁迅校辑体例的完善和辑本的特色，就更加显示出来了。

由于体例完善，方法缜密，再加上鲁迅对中国古典文史著作的博览和深厚素养，使他在辑录古佚小说这一工作上，取得了卓越的成就。当我们接触到《古小说钩沈》这部书时，首先便不免要惊异于它的规模之宏大，搜罗之广博。就全书所收种数说，过去从来没有人像他这样大量辑录过小说，这在上文已经谈过了。现在，再就每一种中所收佚文的数量来看，鲁迅辑本一般也较前人所辑为多。试举鲁迅以前已有辑本的二三种为例，如《语林》，《钩沈》本入录而《玉函山房辑佚书》本失辑的，有：“孔嵩少与荀彧共游太学”、“杨修解绝妙好辞”、“钟士季少年时一纸书”、“蔡洪赴洛”、“裴令公目王安丰”、“吴主孙皓”、“王济魏舒”、“士衡在座”、“晋成帝时庾后临朝”、“谯王丞作相州”、“刘尹见桓公”、“孔君平病困”、“陶侃母截发待宾”、“王□与诸人谈”、“谢尚为鸜鹆舞”、“谢安谓裴启”、“谢安目支道林”、“王仲祖病”、“王太尉问孙兴公”、“晋孝武祖宴西堂”、“桓子野”、“王右军少尝患癫”、“桓玄殷仲堪相嘲”、“王东亭赋”、“千树梨”、“报至尊”、“张鲁十子”、“茶博士”等，共计二十八则。又如《玄中记》，除马国翰辑本外，还有清末叶德辉《观古堂所著书》本，将它们和《钩沈》本一加比较，后者多出下列三则：

> 刑天与帝争神，帝断其首，葬之常羊山；乃以乳为目，以齐为口。《御览》五百五十五引《山海经》，注云《玄中记》亦载。
>
> 千岁之鹤，随时鸣。敦煌石室所出唐写本类书残卷。
>
> 越燕，斑胸，声小；胡燕，红襟，声大。《丹铅总录》。

这三则，马、叶两辑本均无；尚有“扶伏民”、“奇肱氏”、“飞路之民”、“丁零之民”、“蓬莱之东”、“凡梓木为榅”等六则，马国翰辑本亦未收入。还有更突出的例子，即清胡珽《琳琅秘室丛书》所收《幽明录》，标明是根据钱曾“述古堂旧钞本”校印的；我们将它和鲁迅辑本细加比较，前者仅收一百六十一则；后者计收二百六十七则，超出胡本竟达一百零六则之多！由于条目过繁，这里不能一一列举。总之，琳琅秘室本失收的许多优美而富有意义的故事，在鲁迅辑本中都保存下来了。此外，《钩沈》本《郭子》，较玉函山房本多出九则；《青史子》、《笑林》和《俗说》，各多一则或三则不等，这里也不再详述。大抵鲁迅从《类林杂说》、《学林》、《琱玉集》、《草堂诗笺》、《续谈助》、《事类赋注》等书中辑出的，玉函山房本都没有；甚至《世说新语》、《北堂书抄》、《太平御览》等书所引也往往遗漏。叶德辉在《辑〈郭氏玄中记〉序》中，曾讥茆泮林、马国翰的两种辑本，“挂漏甚多，其中如《医心方》、《庄子》成玄英疏、《玉烛宝典》等书，近日始出自海东，当时固无由见；然如宋人《古玉图谱》、《经史证类本草》之属，亦未检及，即《书抄》、《御览》所引，且有遗而未采者，则疏漏之过也。”叶氏是这样讥嘲他人，其实他自己也未能免“疏漏之过”，他虽然较马国翰等所见为多，但鲁迅辑《玄中记》时引据的《路史》、《海录碎事》、《太平寰宇记》、《草堂诗笺》、《法苑珠林》、《北户录》、《猗觉寮杂记》、敦煌石室所出唐写本类书残卷等，他也没有检及。总起说来，《古小说钩沈》无论在全书规模、每种内容以及引用古籍等方面，都远远超过了过去同性质的辑本。鲁迅在《〈小说旧闻钞〉再版序言》中，曾说到他搜集小说史料时“废寝辍食，锐意穷搜”的情况；可以想见，他在辑录《古小说钩沈》的过程中，必然还经历过更大的艰辛。这部书除了写定本十册之外，我们还可另外看到其中十余种小说的手稿散页，说明鲁迅曾经一再易稿。正因这样，遂使他时时有所创获，不断丰富了自己辑本的内容。

《古小说钩沈》所收佚文，一般说来，字句完备，文义优长，大多数条文的内容都比较充实。这是鲁迅辑本的重大成就，也是它超越旧有辑本的主要所在。例如，《语林》中“王平子从荆州下”条，《钩沈》本为：

> 王平子从荆州下，大将军因欲杀之；而平子左右有二十人，甚健，皆持楯马鞭，平子恒持玉枕，以此未得发。大将军乃犒荆州文武，二十人积饮食，皆不能动。乃借平子玉枕，便持下床。平子手引大将军带绝，与力士斗甚苦，乃得上屋上，久许而死。〔按文内原有小字校语，均从略。下仿此。〕

马国翰《玉函山房辑佚书》本为：

> 王平子从荆州来，王敦欲杀之；平子手恒持玉枕，以此未得发。敦后矫平子左右而缺字。持下床去，遂杀平子。

两相比较，鲁迅辑文的情节完备得多，文字也可以看懂，《晋书》卷四十三王澄（平子）传叙澄死事，亦与此合；马国翰的辑文则缺略含胡，看不出王澄被杀的具体经过。原来鲁迅是从较早的《世说·方正》篇注采录，而马氏则以后出的《北堂书抄》所引为据，根本没有想到《世说》注中有此一条；他据《御览》八百五（原误八百）所补二句，又多缺字（不止“缺一字”）；景宋本《御览》八百五引文为“敦后娇平子左右而借其玉枕，持下床去，遂杀平子”，马氏所据本脱“借其玉枕”四字，便令人无法读通。又《钩沈》本《郭子》中有这样一则：

> 刘道真少时，渔钓而惫于草泽，善歌啸，闻之者无不留连。有一老妪，识其非常人，甚乐其歌啸，乃杀豘进之。道真食豘尽，了不谢。妪见其不饱，又进一豘，又食半，馀半还之。……

这一则中的“闻之者无不留连”至“甚乐其歌啸”数句，在马国翰的辑本中，不知何故都脱漏了。失去了“老妪”，何人“杀豘进之”，就成了一个费解的谜。而这几句，分明具见于《艺文类聚》、《太平御览》等书中，另外又见于《世说·任诞》篇中；马氏亦征引《类聚》、《御览》两书，是不应该被遗漏的。再如《钩沈》本《幽明录》所收如下一则：

> 安开者，安城之俗巫也。善于幻术，每至祠神时，击鼓，宰三牲，积薪然火盛炽，束带入火中，章纸烧尽，而开形体衣服犹如初。时王凝之为江州，伺王当行，阳为王刷头，簪荷叶以为帽，与王著；当是〔按《御览》六八七引作时〕亦不觉帽之有异，到坐之后，荷叶乃见，举坐惊骇，王不知。

在胡珽《琳琅秘室丛书》本中，自“每至祠神时”至“形体衣服犹如初”等描写安开幻术的文字，完全缺略，因而这个巫师的一项重要幻术便被湮没。胡本所据仅《御览》六八七，而鲁迅则更参照了同书七三七及《珠林》六十一，故能独得其全。再以鲁迅所辑《玄中记》与马、叶两家辑本相较，如《钩沈》本下列一则：

> 秦文公造长安宫，面四百里，南至终南山。山有梓树，大数百围，荫宫中。公恶而伐之，连日不克。天辄大风雨，飞沙石，人皆疾走；至夜疮合。有一人，中风雨，伤寒不能去，留宿。夜闻有鬼来问树，言："秦王凶暴相伐，得不困耶？"树曰："来，即作风雨击之，其奈吾何！"鬼又曰："秦王若使三百人，被头，以赤丝绕树伐汝，得无败乎？"树默然不应。明日，人上言；秦王依此言伐之。树断，中有青牛骇逸，逐之入澧水。〔按澧疑当作灃〕秦王因立旄头骑。

这一则文字中，开头至"连日不克"、"树默然不应"至"秦王依此言伐之"，都是根据《太平御览》九五八所引，但中间"天辄大风雨"至"得无败乎"一长段，却是采用《御览》六八〇引文；原来九五八所引这段文字是这样的："辄大风雨，夜有鬼问梓树，树曰：'岂奈吾何！'鬼曰：'若使三百人披头，以丝绕树，岂不败汝！'"比较之下，六八〇引文叙事周详，对话也很生动，所以鲁迅便改用了这一段，将它"嫁接"在前后九五八引文之中。其下"树断"三句，又采自《事类赋注》，以代替《书抄》、《御览》和《法苑珠林》等简略的引文，最后又用《御览》六八〇所引"旄头骑"一句，以结全文。这样交错采集，而又组织得天衣无缝，遂使故事内容更臻完美。反观马国翰辑本，却只简单地完全照录《御览》九五八引文；叶德辉辑本则以六八〇所引居首，九五八所引附于其后。他们二人除《御览》外，鲁迅所用的《书抄》、《珠林》和《事类赋注》等书，都未征引。

鲁迅辑本的完善，还表现在若干条文的合并或分立上。这在辑佚工作中也是相当复杂的一个问题，需要最大的耐心和对佚文的正确理解，才可望处理得好。鲁迅在这方面也给我们留下了很好的范例。如《郭子》中最著名的“韩寿偷香”的故事：

> 贾公闾女悦韩寿，问婢识否，一婢云是其故主。女内怀存想，婢后往寿家说如此。寿乃令婢通己意，女大喜，遂与通。与韩寿通者乃是陈骞女。骞以韩寿为掾，每会，闻寿有异香气，是外国所贡，一著衣，历日不歇；骞计武帝唯赐己及贾充，他家理无此香，嫌寿与己女通，考问左右，婢具以实对，骞即以女妻寿。未婚而女亡，寿因娶贾氏，故世因传是充女。

这一则中贾充女部分，据《御览》五百；接着用《世说·惑溺》篇注“与韩寿通者乃是陈骞女”一句，过渡到下文陈骞女与韩寿的关系，这部分据《御览》九八一；后三句又用《世说》注，以说明世俗误传为贾充女的原因。文义非常连贯。但在马国翰辑本中，贾充女自为一则，后面连引《世说》注；陈骞女又另为一则。这样，在贾充女一则内，看不出韩寿与陈骞女往还的情形，令人不明白陈骞何以要把他的女儿许给韩寿；《世说》注所引数语，也失去了解释两种不同说法的作用。与此相反，《郭子》中又有这样的例子：鲁迅据《初学记》等书采“许允妇是阮德如妹，奇丑”一则，另据《艺文类聚》等书采“许允为吏部郎，多用其乡里”一则，内容虽然都和许允的妻子有关，但究竟不是叙述同一件事，在类书中的归类也不同，前者收入“丑妇人”类，后者收入“职官”类，没有连为一气的。因此，鲁迅辑本仍让它们各自保持独立的形式。但在马国翰辑本中，这两则却被合而为一了。

鲁迅一方面博采群书，相互补订；另一方面，又非常注意每则内容的纯净，避免羼入不相干的文字，真正达到了去伪存真的要求。《北堂书抄》九十四引《语林》：“王蓝田作会稽，外自请讳；答曰：惟祖惟考，四海所知；过此无所复讳。”《御览》五六二引此文，下面还接有很长一节文字:“徐邈表不讳太子名:义兴太守褚爽上表称皇太子名,尚书下之礼官,以时议其可否。礼官议,疑无适准正,聊率所见以论之曰:《礼记》曰,夫人之讳,虽质君之前,臣不讳也。案夫人国之小君,君之一体,太子之母也;而尚不讳,则太子何嫌乎?又礼君前臣名,又周公告文王,皆称武王名,可益明矣。”这一节文字,内容是讨论皇太子名字应否避讳的问题,和上文王蓝田(述)家讳毫不相干;《世说·赏誉》篇记王答语,全文也仅此数句,不和其他文字相溷。并且,这一节文字也不出自徐邈,清严可均辑《全晋文》,已据《通典》一〇四所记,纠正《御览》之误,将这篇《褚爽表称太子名议》,属之徐乾。因此,鲁迅辑本仅采《书抄》所引数句,而将《御览》关于徐邈的一节爽快删去,这是完全正确的。但马国翰辑本却不加区别地将《御览》后段文字保留下来。又《北堂书抄》一四八引《郭子》:“王佛大曰:三日不饮酒,觉形神不复相和亲也,酒自引人入胜地耳。”鲁迅采录此则;但在马国翰辑本中,这一则的全文却是这样:“王孝伯问王大:阮籍何如司马相如?王大曰:阮籍胸中垒块,故须浇之。王大叹曰:三日不饮酒,觉形神不复相亲,酒自引人入胜地耳。王孝伯云:名士不须奇才,但使常得无事,痛饮酒,读《离骚》,便可称名士也。”这一则原出《世说·任诞》篇,本为独立的三则,《御览》八四五引时连为一则,其前十则,皆引《世说》,故此则作“又曰”;马氏误认“连上《典论》作‘又曰’”,而《典论》中自然不会有此等文字,他便以《书抄》引“三日不饮酒”等句出《郭子》为据,将《御览》所引《世说》三则全都当作《郭子》。鲁迅则看清它们的来源是《世说》,完全抛开《御览》,仅取上举《书抄》标明《郭子》的一则,斩断了马本中错误地纠缠在一起的藤葛。此外,在《琳琅秘室丛书》本《幽明录》中,也不乏同样的例子。像这样显然的错误,《古小说钩沈》可说是完全没有的。

在古书中,由于多年转辗传抄翻刻,往往发生正文与注释混淆的错误,《太平御览》等类书引古代小说,也常常不免此弊。马国翰辑

《齐谐记》据《御览》卷三十采录如下一则："正月半有神降陈氏之宅，云是蚕室，若能见祭，当令蚕桑百倍。疑非其事，祭门备之七祠。今州里风俗，望日祠门，其法先以杨枝插门而祭之，其夕则迎紫姑以卜。刘敬叔《异苑》云：紫姑本人家妾，为大妇所妒，正月十五日感激而死，故世人作其形迎之。……《异苑》又云：于厕间或猪栏边迎之，捉之觉重，是神来也。……《洞览》云：帝喾女将死，云生平好乐，至正月可以见迎。又其事也。俗云溷厕之间必须净，然后能致紫姑。"全文前后不相连属，先述蚕神，后谈紫姑；并且在《齐谐记》中既引《异苑》，又引《洞览》，内容极为庞杂。查《齐谐记》此则，《御览》两引，卷八二五引即无"疑非其事"以下各句；又"《异苑》又云，于厕间或猪栏边迎之，捉之觉重，是神来也"数句，景宋本作双行夹注：因此我认为自"疑非其事，祭门备之七祠"起，后半段全都是《御览》原有注文；盖注者对正月十五日祭蚕神一事表示怀疑，以为只有在这一天"祭门"才是自古以来就有的传统风俗（"七祠"见《礼·祭法》及《御览》五二九引《五经异义》）；以下因说到元夕迎紫姑，所以又引《异苑》所记加以申说。从上下文义看，这一则中，正文与注释混淆不清（至少"《异苑》又云"数句原是注文），是很显明的；而马国翰不察，依样照抄《御览》卷三十引文，由于他所据并非善本，在原有的讹误之上，又增加了新的混乱。还有出人意料的是，一九二四年胡宗楙编刻《续金华丛书》，其中所收《齐谐记》，完全以玉函山房本为据，对这一则依然没有看出什么问题，又将马氏的错误一字不易地保留下来。如此转辗相沿，贻误读者。只有鲁迅的辑本，才完全舍弃《御览》卷三十而采用八二五引文：

> 正月半，有神降陈氏之宅，云："我是蚕神，若能见祭，当令蚕桑百倍。"今人正月半作糕糜，为此也。

这样，就给读者提供了一则内容完整、文义连贯的佚文，避免了正文与注释混淆不清的纠纷。对于这种纠纷，鲁迅有时采用案语的形式，加以指明。如《郭子》“王丞相性俭节”条末尾，王导说到他的儿子大郎，其下有“大郎名悦，字长豫”二句，应是注语，但《御览》四三一误为正文，玉函山房本《郭子》亦沿其误；鲁迅则特加案语，指明“二句是注”。这些也都是《钩沈》本优于旧有辑本的地方。

说到案语，这也是我们在阅读《古小说钩沈》时最宜注意的一个部分。这些案语，是鲁迅在本书中对某些问题所直接表示的意见，虽然一般都很简短，但很值得我们重视。其中，有关于作品时代的考证的，如《列异传》“济北弦超”条，案语指明“此嘉平中事”，表示了对这一则的怀疑。嘉平为魏废帝齐王曹芳年号，其时曹丕已死；相传为曹丕所作的《列异传》，自不当有嘉平中事。鲁迅《中国小说史略》第五篇论《列异传》时曾说：“文中有甘露年间事，在文帝后，或后人有增益，或撰人是假托，皆不可知。”这一条案语也表示了同样的存疑态度。再有关于书名出处的辨正的，如《郭子》“萍之依水”条，案语指出：“文是郭景纯《萍赞》，疑《御览》误题。”又《幽明录》“嵩高山北有大穴”条，《初学记》、《御览》引均题《世说》，鲁迅案语云：“今本《世说》无此文，唐宋类书引《幽明录》，时亦题《世说》也。”这是经过若干次翻检之后，才得出的一句断语。另有对原书内容加以补充说明的，如《汉武故事》：“太后弟田蚡欲夺太后兄子窦婴田，婴不与，上召大臣议之。”鲁迅在“婴不与”下案云：“此下当有‘后婴所厚灌夫因酒忤蚡，蚡乃奏案，灌夫家属，横皆得弃市罪，婴上书论救’事，今未见诸书征引。”鲁迅补述的这段事实，是根据《史记·魏其武安侯列传》来的。倘不知道其间还有这样一段经过，就难免误会汉武帝召大臣商议的，仅仅是“夺田”之争。还有考辨各书所引同事异文的是非正误的，如《齐谐记》“吴当阳县董昭之”条，《钩沈》本据《御览》引文，说董昭之在狱中，“梦乌衣人言云：可急去，入馀杭山，天子将下赦，今不久也。……旋遇赦得免。”鲁迅于“天子将下赦，今不久也”下案云：“《初学记》、《广记》引,并作‘天下既乱,赦令不及也’,核以下文,似误。”指出“赦令不及”和“遇赦得免”的矛盾,因而他不从后者。有的案语,或附载异说,如《郭子》“梁国杨氏子”条,案语指出《御览》一引作杨修,《金楼子》又以为杨周;或校订文字,如《幽明录》“馀杭人姓王”条,内有“过庙乞福,既去,已行五六里,嬾复更反取;一白衣人持履后至,云官使还君”数句,鲁迅在“既去”下案云:“疑有脱误。”查景宋本《御览》,其下果有“亡履”二字。此外,还有一些关于朝代、年号和个别文字的订正的,为了节省篇幅,不再一一列举。这些案语,虽仅寥寥数句,但对读者都是很有帮助的。

从以上粗浅的论述,我们也可以看出《古小说钩沈》一书在学术上的成就和价值。它具有体例谨严、搜罗宏富、辑文完善、考订精审等等特色。这些特色,我们平常阅读时,也许不容易看出;但和前人著名的几种辑本一加比较,它们就可以非常明白地显露出来。自然,我们还不能说《古小说钩沈》已经一无缺失;像这样一部大书,又是遗著,偶然还可从中发现少数不足之处,是完全可以理解的。鲁迅生前,也没有把我们现在看到的这个稿本看作最后定稿,他在厦门大学时谈到这个稿本,曾说“只须略加整理”,便可“付印”(《两地书·七五》);可见如果环境许可,他是准备再加一番整理的。可惜在他生前,一直没有这个可能。现在,我们应该从全体上去估计它的价值并加以应用。我们知道,鲁迅校辑本书,具有明确的目的,他是为了保存和整理我国汉魏六朝时代的重要小说而进行工作的。诚如本书序言所说,“洪笔晚起,此其权舆”,这一时期的小说是我国小说发展史上的重要一环,不可或缺;然而,从来却很少有人注意,任其散佚,过去许多文学史著作,对于这一阶段的小说的论述,也非常贫弱;有了《古小说钩沈》这样完美的辑本,就可弥补这一重大缺陷。鲁迅自己的《中国小说史略》第三篇至第七篇之所以如此充实,就正是他曾经从事这一校辑工作的结果。另外,由于本书所收各种小说的内容非常广泛,除了足供研究小说、文学的人参考取资以外，其他研究汉魏六朝时代的社会状况、宗教信仰、旧闻轶事、民俗方言的人，也可以从中取得各自需要的许多东西。假如我们能通过本书学习鲁迅的治学精神和方法，则其受益又将不仅限于小说研究的范围了。

一九六二年十月九日

（原载一九六二年《文学评论》第六期）

鲁迅《云谷杂记》辑本及所作序跋二篇的发现

鲁迅先生纂辑我国文史古籍，大约在一九〇九年自日本归国后即已开始，在辛亥革命前后数年之间，致力最勤，收获最丰；以后虽有时仍从事校辑，但大抵是继续先前未完的工作。他在这方面的劳绩，我们现在知道的，有《嵇康集》、《谢承后汉书》、《会稽郡故书杂集》、《岭表录异》、《古小说钩沈》、《唐宋传奇集》和《小说旧闻钞》等七种。但是，从《鲁迅日记》和其他零星有关资料看，鲁迅早年校辑的古籍，决不止于此数。我们根据已知线索，努力调查访求，还可能陆续发掘出一些来。现在我们要谈的鲁迅校录本《云谷杂记》，就是我们前所未知而于最近发现的一种。

《云谷杂记》，南宋张淏撰。淏字清源，婺州武义（今属浙江）人。举绍兴二十七年（一一五七）进士，补将仕郎；嘉定初（约一二一〇——一二一七）以迪功郎监安庆府枞阳镇，复监潭州永丰仓；绍定元年（一二二八）以奉议郎致仕。所著除《云谷杂记》外，尚有继施宿而作的《会稽续志》七卷[①]，宝庆元年（一二二五）写定。

《云谷杂记》是宋人笔记中较有名的一种。书中考史论文，有些意见足供参考，又“尝纪所闻杂事数条”[2]，对当时黑暗现实有所反映，如《寿山艮岳》条，就是有关“花石纲”的较完整的记载，历来为人注意，曾先后被抽出收入几种丛书。作者在跋文中自说素有嗜书之癖，阅读范围很广，后来看到洪迈的《容斋随笔》，觉得有些问题洪氏“考之未详”，于是把平日“贮积于方寸间者”写出来，就成了这一部杂记。跋文末署“嘉定岁在玄黓涒滩仲春”，即宋宁宗嘉定五年（壬申、一二一二），全书当即成于是年。和作者同时的赵与旹（一一七五——一二三一），在所著《宾退录》（卷九）中曾谈到此书，可见书成不久，即已流传于外。但《宋史・艺文志》及清乾隆以前各家书目皆不载，仅明《文渊阁书目》著录一册，无卷数。但这个本子后来也未见流传。清乾隆时修《四库全书》，从《永乐大典》中辑出一百二十余条，釐为四卷，用武英殿聚珍版印行。这就是现在通行的本子。但《大典》采辑不备，元末陶宗仪编《说郛》收有此书四十九条，其中近半数就出于《大典》本之外。鲁迅的校录本，就是从明抄《说郛》残本中录出的。

鲁迅最初接触到这个明抄本《说郛》，是在一九一三年。《鲁迅日记》一九一三年五月二十九日记云：

> 午后……往图书馆，借得《绀珠集》四册，抄本残《说郛》五册归。……夜阅《说郛》，与刻本大异。

鲁迅借得的这五册抄本《说郛》，残存第三、第四、第二十三至三十二，共十二卷。白棉纸，书册高大，似明代隆庆、万历间写本[3]。所谓“刻本”，则指清顺治初陶珽编刻的一百二十卷本。这个本子窜乱了陶宗仪原编一百卷本，冗滥芜杂，虽仍袭《说郛》之名，但已非复原本的面目。以明抄本所载《云谷杂记》四十九条而言，在刻本中，被割裂为各自独立的三种：有十六条保存《云谷杂记》原名；一条标为《艮岳记》；

另有二十五条则称为《东斋记事》，而题曰“宋许观撰”。其余七条缺失。像这样伪造书名，乱标作者，既损毁多种古书，又贻误不少读者，所以鲁迅后来在说到这个刻本时，直称之为“清初的假《说郛》”[④]。

《鲁迅日记》一九一三年六月一日又云：

> 昨今两夜从《说郛》写出《云谷杂记》一卷，多为聚珍版本所无，惜颇有讹夺耳，内有辨上虞五夫村一则，甚确。

这一卷，从明抄《说郛》第三十卷录出。其中为聚珍版《大典》本所无的，计有《胪句传》、《玉帐》、《月令字误》、《上祭于毕》、《登闻鼓》、《无置锥地》、《刘歆颜游秦有功于汉书》、《檄书露布所始》、《鱼雁传书》、《黄庭经》(第二条)、《竹之异品》、《佛书》、《燕脂》、《五大夫》、《二洪崖先生》、《阿堵》、《酒名齐物论》、《蔗字》、《避忌讳字》等十九条。另有《太祖达生知命》、《莺桃》、《寿山艮岳》、《断屠》等四条，虽亦见《大典》本，然极简略。尤其是《寿山艮岳》一条，明抄本首尾完备，近三千字，而《大典》本仅五百余字，相差很大。抄本各条有标题，《大典》本则无。鲁迅推断，《云谷杂记》在元明之际不只一个本子，原本《说郛》和《永乐大典》所据不一，因而两者在条目多少，字句详略，标题有无等方面，都出现不同情况。

鲁迅在日记中提到的“辨上虞五夫村一则”，标题作《五大夫》，内容系辨明上虞县五夫村，不是秦始皇“封松为五大夫之地”，而是“有焦氏墓于此，后五子皆位至大夫，因而得名”。张淏指出，秦始皇封松树为五大夫，“乃在泰山时，非在会稽时”；王十朋作《会稽风俗赋》，以“松封五夫”为会稽故实，是错误的。他根据“故老”口传，更证以在当地看到的唐代石塔刻字，故其考辨详实，鲁迅也称为“甚确”。

鲁迅用两夜时间，抄出《云谷杂记》，并于抄完的当夜写了一篇跋文。这篇跋文从来没有发表过，在上举六月一日的日记中又未记明，

过去也没有发现,所以一直不为人所知。现将全文抄录于下:

> 右单父张渼清源撰《云谷杂记》一卷,从《说郛》写出;证以《大典》本,重见者廿五条,然小有殊异,馀皆《大典》本所无。《说郛》残本五册,为明人旧钞,假自京师图书馆,与见行本绝异,疑是南村原书也。《云谷杂记》在第三十卷。以二夕写毕,唯讹夺甚多,不敢轻改,当于暇日细心校之。癸丑六月一日夜半记。(标点引者暂加)

癸丑为一九一三年。今年(一九七三)正巧又是夏历癸丑年。我们得读这篇跋文,距鲁迅写成时已整整六十年了。

这是鲁迅校录的《云谷杂记》的初稿本。

鲁迅在跋文中说,明抄本“讹夺甚多,……当于暇日细心校之”。就在这个初稿本上,他后来真是“细心”地做了许多校订工作。他对照了陶刻《说郛》本,指出刻本割裂、窜乱和缺失等情况;又用《大典》本互校,凡与《大典》本重见的,都删去,仅保留标题和摘录异文,标题下注明见《大典》本何卷,异文下有校语说明。除本书的这两种不同版本外,对书中所引各家著作,鲁迅也尽量找出原书,加以核对,遇有较重要的不同字句,都在眉端或行间校出。此外,鲁迅还在某些条上作了有关的批注,如《玉帐》条说到袁卓的《遁甲专征赋》,鲁迅在上方注说:“《崇文目》云:《遁甲专征赋》一卷,员卓撰。”又如《寿山艮岳》条引用蜀僧祖秀的《华阳宫记》,鲁迅也有眉批:“案祖秀《记》亦见《东都事略》及《续吹剑录》,应取校之。”在《干姓》条上方,鲁迅又指出:“《说郛》失此条,而在《坦斋通编》中。”⑤

就这样,鲁迅从一九一三年六月抄出《云谷杂记》之日起,陆陆续续,抽暇进行校订,花了不少时间。十个月以后,他又另外誊清一次,成为定本。《鲁迅日记》一九一四年三月十六日记云:

晚录《云谷杂记》起。

同月二十二日又云：

夜写张清源《云谷杂记》毕，总四十一叶，约一万四千余字。

这个新本子是在初稿本的基础上写成的。它吸收了初稿本的成果，但体例上有所改变。初稿本是将校出的错字脱文，写在眉端或句旁；新写本则随文改正，或移入《札记》。初稿本删去与《大典》本重见各条；新写本则一律收入。又增加了原来没有的《札记》二十条，附于正文之后。尤其值得特别提出的，是鲁迅更为此书写了一篇序言。这也是从来没有发表，鲁迅自己和他人均未说及，因而我们也一直不知道的一篇珍贵的遗文：

《云谷杂记》，宋张淏撰。《宋史·艺文志》、《文献通考》、《直斋书录解题》皆不载；明《文渊阁书目》有之，云一册，然亦不传。清乾隆中从《永乐大典》辑成四卷，见行于世。此本一卷，总四十九条，传自明钞《说郛》第三十卷，与陶珽所刻绝异。刻本析为三种，曰《云谷杂记》、曰《艮岳记》、曰《东斋记事》，阙失七条，文句又多臆改，不足据。《大典》本百二十馀条，此卷重出大半，然具有题目，详略亦颇不同，各有意谊，殊不类转写讹异；盖当时不止一刻，曾有所订定，故《说郛》及《大典》所据非一本也。淏字清源，其先开封人，自其祖寓婺之武义，遂为金华人。举绍兴二十七年进士，补将仕郎，主管吏部架阁文字，举备顾问。绍定元年以奉议郎致仕。又尝侨居会稽，撰《会稽续志》八卷，越中故实，往往赖以考见。今此卷虽残阙而厓略故在，传之世间，当亦越人之责邪？原钞讹夺甚多，校补百馀字，始可通读。

间有异同，辄疏其要于末。其与《大典》本重出者，亦不删汰，以略见原书次第云。甲寅三月十一日会稽周□□[6]记。（标点引者暂加）

甲寅为一九一四年。鲁迅一生对待工作的严肃、坚韧的精神，在早年整理古籍这一方面的工作中也可以看出来。像对《云谷杂记》这样一本薄薄的书，他也认真不苟地亲自两次抄写，两次为写序跋，又“校补百馀字”，使它成为一本可读的书。这最后写定本，内封题“《云谷杂记》一卷”。首为鲁迅序言，次为正文，最后为鲁迅所作《札记》。半页九行，行二十字。抄写极为精美。现藏北京图书馆。

最后，附带说说：鲁迅从明抄《说郛》残本中发现《云谷杂记》的逸文以后，曾经毫不自秘地告诉他当时的朋友张宗祥，所以张后来也校录了一本。他在一九一八年三月写的自序中说：“一九一六年冬，周君预材语予：‘京师图书馆藏明初抄《说郛》残书数册，其中第三十卷内，有《云谷杂记》数十条，子曷借抄校雠，为之整理。’予即从之。”他这个本子，晚于鲁迅校录本四年，体例也不一样。鲁迅着眼在《大典》本以外的逸文，所以只收明抄《说郛》所载四十九条；张宗祥则兼收《大典》本四卷，而将此四十九条分成两卷，作为“补编”。在校勘方面，两本也互有异同。后来，张宗祥根据六种明抄本集成百卷本《说郛》，其中所收《云谷杂记》，与鲁迅校录本，字句也有小异。鲁迅成书最早，而隐晦无闻最久。现在，张本已于一九五八年由中华书局出版，我们也希望鲁迅的校本能早日印行。

一九七三年十月十七日

（原载一九七七年《南开大学学报》第三期）

注　释：

①《会稽续志》，《四库提要》作八卷，实只七卷。卷八《越问》，署“越民孙因撰”，非张淏作。

② 张淏自跋中语。

③ 参看涵芬楼排印本《说郛》张宗祥跋(一九二二)。

④ 见《集外集拾遗·破〈唐人说荟〉》。

⑤ 这里所说的《说郛》,指陶珽刻本。《坦斋通编》,宋邢凯作,载陶宗仪原编卷二十九。刻本将《干姓》条窜入邢书。

⑥ 序言署周作人名。这和一九一四年作《会稽郡故书杂集序》、一九二〇年新作《域外小说集序》,都署周作人名,情况相同。

从鲁迅佚文《〈百喻经〉校后记》说起

> 乙卯七月二十日，以日本翻刻高丽宝永己丑年本校一过，异字悉出于上，多有缪误，不可尽据也。

这是鲁迅先生一九一五年（乙卯）写在一本《百喻经》校本后的跋语。

《百喻经》，原名《痴华鬘》，印度僧伽斯那撰，南齐时中印度法师求那毗地译成汉文，书名《百句譬喻经》，省称《百喻经》。求那毗地，在梁释慧皎的《高僧传》、唐释智升的《开元释教录》中均有传。《释教录》云："沙门求那毗地，齐言德进（按《高僧传》作安进），中印度人。弱冠从道，师事天竺大乘法师僧伽斯。……建元初来至江淮（按《高僧传》作来至京师），止毗耶离寺。……初，僧伽斯于天竺国抄集《修多罗藏》十二部经中要切譬喻为一部，凡有百事，以教授新学。毗地悉皆通诵，兼明义旨。以武帝永明十年壬申秋九月译为齐文，即《百喻经》也。……于建业淮侧，造正观寺。……以中兴二年冬卒。"（见卷六）这篇小传载明求那毗地于齐高帝建元元年（四七九）到建康，武帝永明十年（四九二）译《百喻经》为汉文，和帝中兴二年（五〇二）卒于建康正观寺。继《百喻经》之后，他又于齐明帝建武二年（四九五）翻译了《须达长者经》和《十二因缘经》各一卷，后者失传。

《百喻经》译成不久，在我国现存最早的佛教经目梁释僧佑的《出三藏记集》中，即有著录。以后又迭见于一些佛教典籍中。但因它收在浩瀚的经藏里，无单刻本，不易得见，佛经又很难引起一般读者的注意，因此流传不广。直到一九一五年，在它传入中国一千五百多年之后，鲁迅捐资镂版的单行本印成，才使它从庞杂繁多的佛藏中游离出来，以一种独立的新面目出现于读者之前。一九二六年，王品青根据鲁迅刻本校点、并有鲁迅题记的《痴华鬘》，由上海北新书局出版。解放以后，文学古籍刊行社于一九五五年又据鲁迅刻本，排印行世。这样，由鲁迅刻本开始，通过三种版本，此书才逐渐在读者中得到流传。

鲁迅刻印《百喻经》一事，在他的日记里留有简明的记载。《鲁迅日记》一九一四年七月二十九日记云：

> 托许季上寄金陵刻经处银五十元，拟刻《百喻经》。

十月七日记云：

> 午后寄南京刻经处印《百喻经》费十元。

次年，一九一五年一月十一日记云：

> 《百喻经》刻印成，午后寄来三十册。

这个刻本，线装一册。每半页十行，一行二十字。共五十六页。金陵刻经处在最后一页，附有“会稽周树人施洋银六十圆，敬刻此经。……印送功德书一百本。……”的识语。

鲁迅在《百喻经》印成半年之后，又用日本翻刻的高丽藏本校对一次。《鲁迅日记》一九一五年七月二十日记云：

夜以高丽本《百喻经》校刻本一过。

校毕，就在卷末写下了上举的这一则跋语。这则跋语，从未发表，当然鲁迅也没有想过要发表。我们是一九七三年九月在北京图书馆看到原书才发现的。它既无标题，也未断句。现在我们试加了标点，并为它暂拟一个题目：《〈百喻经〉校后记》。

《百喻经》，《高僧传》说“凡有十卷”。《开元释教录》卷六著录四卷，《开元释教录略出》卷四著录又作二卷。今所传如南宋“碛砂藏”本为二卷，日本“大正藏”本为四卷。分卷不同，而内容无异，都是九十八则寓言。鲁迅所刻为两卷本，上卷五十则，下卷四十八则，合计九十八则；高丽本则厘为四卷，第一卷二十一则，第二卷二十则，第三卷二十四则，第四卷三十三则，合计亦九十八则。鲁迅刻本卷上撰译人名之后，有“闻如是，一时佛住王舍城……佛言，汝等善听，今为汝广说众喻”一段引子，约三百七十余字，以下才是正文；而在高丽藏本中，这相当长的重要的全书引语，一字不存，全部缺失。鲁迅刻本如将卷首这段引子和卷末偈语计算在内，正合一百之数，高丽藏本显然不足。在条目、篇数、编次上，两本完全相同，仅文字有小小差异。鲁迅逐条逐句加以对勘，“异字悉出于上”，约八十处。现举两例，以见一斑。

《父取儿耳珰喻》：“昔有父子二人，缘事共行。路贼卒起，欲来剥之。其儿耳中有真金珰；其父见贼卒发，畏失耳珰，即便以手挽之，耳不时决。为耳珰故，便斩儿头。须臾之间，贼便弃去。还以儿头，著于肩上，不可平复。如是愚人，为世间所笑。——凡夫之人，亦复如是。为名利故，造作戏论。言无二世，有二世；无中阴，有中阴；无心数法，有心数法。无种种妄想，不得法实。……”(标点引者暂加，下同)

鲁迅据高丽藏本圈去“言无二世”的“无”字，校云：“据丽藏删。”断句也据改为：“言二世有，二世无；中阴有，中阴无；心数法有，心数法无。种种妄想，不得法实。”

《摩尼水窦喻》：“昔有一人，与他妇通。交通未竟，夫从外来，即便觉之。住于门外，伺其出时，便欲杀害。妇语人言：‘我夫已觉，更无出处，唯有摩尼，可以得出。’——胡以水窦，名为摩尼。——欲令其人，从水窦出。其人错解，谓摩尼珠，所在求觅，而不知处。即作是言：‘不见摩尼珠，我终不去。’须臾之间，为其所杀。……”

鲁迅校本“胡以水窦名为摩尼”句上，加校语云：“无胡以云云八字。有小注云：摩尼者，齐言水窦孔也。”

其他异字，多半都不很重要，甚至如鲁迅所说，高丽藏本“多有缪误”，这里就不再引了。

鲁迅捐资刻印《百喻经》的意义何在呢？这从他后来所写的《〈痴华鬘〉题记》可以得到解答。他在这篇题记中说：“尝闻天竺寓言之富，如大林深泉，他国艺文，往往蒙其影响。即翻为华言之佛经中，亦随在可见。”又说在几种以譬喻为名的佛经中，“惟《百喻经》最有条贯”。原来鲁迅是从文艺的角度，把《百喻经》当作一部寓言集看待的。他说别国文艺，往往蒙受印度寓言的影响。这在中国，也无例外。六朝时佛经翻译极盛，无论在思想内容上，在文章体式上，对后世文学都有相当大的影响。鲁迅在《中国小说史略》第五篇中，曾举梁代吴均《续齐谐记》中的“阳羡书生”及晋代荀氏《灵鬼志》中的“外国道人”两事，论证了六朝志怪小说所受于印度佛经故事的影响：“魏晋以来，渐译释典，天竺故事亦流传世间，文人喜其颖异，于有意或无意中用之，遂蜕化为国有，如晋人荀氏作《灵鬼志》，亦记道人入笼子中事，尚云来自外国，至吴均记，乃为中国之书生。”另外，在《中国小说的历史的变迁》里，论明代“世情小说”宣扬前生后世的因果报应时，也联系到刘宋时翻译过来的古印度的《鸯堀摩罗经》。鲁迅爱好魏晋文章，在一九一四年前后，又大量购置佛经，作为域外文化资料，进行研究；捐资刻印《百喻经》，刻成又加校勘，也正是这一两年间的事。这部书虽是佛教徒为宣扬自己的教义而作，但其中的那些寓言，却未必都是僧伽斯那的创作，主要是出于印度古代人民群众之口。因此，我们“除去教诫，独留寓言”，是可以当作古代翻译文学作品读的。由于它设喻精妙，含义深远，即使在今天读来，某些篇也还可发人深省。如鲁迅在谈到苏联十月革命后十年的建设成就时，告诫人们不可忘记苏联人民在十月革命初期的艰苦奋斗，说如果忽略了这一点，“就如印度的《譬喻经》所说，要造高楼，而反对在地上立柱，据说是因为他要造的，是离地的高楼一样”（《南腔北调集·林克多〈苏联闻见录〉序》）。这里就将《百喻经》中的《三重楼喻》同当前的现实联结起来，使人从这个寓言领受到新的意义。

临末，附带提一下，鲁迅委托寄款给金陵刻经处的许季上，名丹，浙江杭县人。历任北洋政府教育部主事、视学，又曾在北京大学讲授印度哲学。他专研佛学，故与金陵刻经处有联系，可为鲁迅经办此事。

一九八〇年一月三十一日

（原载一九八〇年《文学遗产》季刊第二期）

《会稽郡故书杂集》是怎样的一部书

鲁迅先生辑录的古书中，有一部《会稽郡故书杂集》，内收谢承《会稽先贤传》、虞预《会稽典录》、钟离岫《会稽后贤传记》、贺氏《会稽先贤像赞》、朱育《会稽土地记》、贺循《会稽记》、孔灵符《会稽记》、夏侯曾先《会稽地志》等八种，前四种是史传，后四种是地志。全书有总序，自述纂辑旨趣及经过；每一种前各有小序，介绍该书流传情况及作者事迹。是一部很完美的古代会稽郡史地逸书的辑本。

鲁迅辑录此书，大致在一九〇九年自日本归国后不久，即已开始。周作人在《关于鲁迅》一文中说："归国后他就开始钞书，在这几年中不知共有若干种。……其次是辑书。清代辑录古逸书的很不少，鲁迅所最受影响的还是张介侯的二酉堂吧，如《凉州记》，段颖、阴铿的集，都是乡邦文献的辑集也。他一面翻古书抄唐以前小说逸文，一面又抄唐以前的越中史地书。这方面的成绩，第一是一部《会稽郡故书杂集》。"这书在绍兴时已大体辑成，一九一二年至北京后，继续搜集编订，一九一四年十月还对其中的《会稽典录》重加审定。同年十一月三日（夏历"九月既望"）作总序，十日、十二日两次将全书稿本寄给绍兴周作人，要他在当地接洽木刻印行。一九一五年四月初，托陈师曾为封面题签。六月十九日收到周作人所寄刻本二十册（以上据《鲁迅日记》）。数年辛勤，至此见到了成果。

鲁迅为什么要辑录此书呢？他在总序中说："幼时，尝见武威张澍所辑书，于凉土文献，撰集甚众。笃恭乡里，尚此之谓。而会稽故籍，零落至今，未闻后贤为之纲纪。乃创就所见书传，刺取遗篇，案为一帙。"这里说的武威张澍所辑书，指张澍辑印的《二酉堂丛书》。张澍（一七八一——一八四七），字介侯，清代著名学者，这部丛书所收都是他的故乡甘肃的古代文献。周遐寿（周作人）在《鲁迅的故家》第一分《抄书》中曾这样说："不知道在戊戌前的那一年，买到了一部《二酉堂丛书》。"这样说来，在一八九八年（戊戌）鲁迅十八岁以前，他就看到这套丛书并因而引起辑录会稽旧籍的兴趣了。至于辑录的目的，他在总序里说得很明白："书中贤俊之名，言行之迹，风土之美，多有方志所遗，舍此更不可见。用遗邦人，庶几供其景行，不忘于故。"原来他是想用历史上会稽的一些杰出人物的言行和美好的山川风物，来激励后人奋发上进的精神、爱乡爱国的感情。这是和那些年间的时代气息不无关系的。清末反清革命的目的是"光复旧物"、"重睹汉官威仪"，所以"国粹"、"旧学"都被用作鼓吹革命的手段，历史上一些民族英雄和志节之士的事迹常常为人所称道，他们的遗著被搜集翻印出版。章太炎一九〇六年七月在东京留学生欢迎会上演说，以为在革命进行中，"一切功业学问上的人物"和"古事、古迹，都可以动人爱国的心思"。鲁迅在日本留学时参加过反清革命活动，看了不少翻印的《朱舜水集》、《张苍水集》等；及至归国之后，回到绍兴，"禹勾践之遗迹故在"，而他所看到的是"士女敖嬉"，一般人对会稽（也意味着对中国）"殆将无所眷念"，于是就使他想到有关会稽的古人古事古迹的这些史传地志了。当然，收在这书中的这些著作，不能直接和清末翻印的那些烈士遗民的著作（如《国粹丛书》之所收）相比，然而在总序所说"供其景行，不忘于故"这一编印的目的上，却是有其相通之处的。

这部书的内容，可以总序中的“叙述名德，著其贤能；记注陵泉，传其典实”四语概括之。前者述人物，后者记山川。这两种体裁的写作，在中国有悠久的传统。打开《隋书·经籍志》、《旧唐书·经籍志》和《新唐书·艺文志》，就可看到属于这方面的长串的书目。关于人物的，如三国魏周斐《汝南先贤传》、苏林《陈留耆旧传》、吴陆胤《广州先贤传》、晋习鑿齿《襄阳耆旧记》、陈长寿《益部耆旧传》、南朝宋刘义庆《徐州先贤传》等；关于地理的，如晋宋间辛氏《三秦记》、裴渊《广州记》、刘宋盛宏之《荆州记》、山谦之《吴兴记》、雷次宗《豫章记》等，不可胜数，尤以六朝时代为最繁富。鲁迅《杂集》所收，亦三国、晋、宋、陈、隋间著作。这类著作中有的虽不免刘知儿《史通》所讥“矜其乡贤，美其邦族”，“竞美所居，谈过其实”的一面，然而有的却可以提供一些“正史”所没有的材料。如鲁迅在《谢承〈会稽先贤传〉序》中所引侯康的话，说此传所记“诸人事，多史传之佚文。严遵二条，足补《后汉书》本传之阙。陈业二条，足以证《吴志》《虞翻传》注”就是一个例子。这些书中所记当时一些州郡的沿革、山川、湖泽、物产、古迹、风俗、传说等，也可和有关史志相参证。这种以某一地区为中心记述其人物或地理的专著，可说是后来各地“方志”的先导。可惜这类著作，唐宋以后，散佚殆尽，只留下书目和零星佚文。清代辑佚之风大盛，这些书中的若干种也有了辑本，有的还不只一种辑本，如张澍辑辛氏《三秦记》(《二酉堂丛书》)，曹元忠、陈运溶辑盛宏之《荆州记》(各见《笺经室丛书》、《麓山精舍丛书》)，范锴、缪荃孙辑山谦之《吴兴记》(各见《范声山杂著》、《云自在龛丛书》)等，光绪宣统间陈运溶辑刻《麓山精舍丛书》，更收入古传记、地记佚书多种，使它们绝而复续，重显于世。鲁迅自说他早年因受张澍所辑书的启发而引起辑录会稽故籍的兴趣；自日本归国后的数年间，继续辑佚工作，除《会稽郡故书杂集》外，还大规模地搜集古佚小说成《古小说钩沈》一书。同一时期，他还辑录了秦汉时人的《范子计然》、后汉任奕的《任子》、魏朗的《魏子》、晋虞喜的《志林》和《广林》。这些工作可说都受到清代朴学辑佚风气的影响，是他在当时历史条件下所能做的一项学术工作。

《会稽郡故书杂集》，体例完善，资料丰富，考订精详，远远超过了清代学者所辑的同类的书。近人张寿镛编辑《四明丛书》，将此书中的《会稽典录》，收入该丛书第七集，于一九四〇年木刻印行。张在序言中说，慈溪冯贞群（孟颛）曾辑《典录》，未成，后“于浙江图书馆书目见有辑本《会稽典录》二卷，即驰书录副，以示寿镛，且曰：体例极善，胜于其自编者实多。寿镛因读之，凡它书称引者略备，尤重在人物，体例较汤氏辑《晋书》为精（按指清汤球所辑虞预《晋书》），与陶氏《说郛》所录窃全书之名而寥寥数纸者，相去远矣！……周君树人，字豫材，世称鲁迅先生云。”冯贞群在跋语中也说：“比于浙江图书馆传写周树人编本《会稽典录》二卷，存疑一卷，搜集广博，编次精审，远非拙著所能及。”这些评论，可谓备极钦佩，也足见鲁迅辑书的学术成就之高。

在鲁迅六七百万言的浩繁的创作、纂辑、翻译中，《会稽郡故书杂集》，恐怕要算是比较冷僻、读者较少的一种吧？固然，我们学习鲁迅，主要在读他的创作和研究论著，像《会稽郡故书杂集》，不读自亦无妨。但是，为了较全面地了解鲁迅在学术文艺上的深厚广博的素养，为了增加我们的一些文史知识，倘若能大致翻阅一下，知道它是一部怎样的书，我以为总是不为无益的。

一九八一年三月二十三日

（原载一九八一年湖南人民出版社《鲁迅研究百题》）

鲁迅辑佚工作举隅

——略谈鲁迅辑录的几种古籍

鲁迅先生在创作、翻译、古籍整理等方面，给我们留下了大量珍贵的文学遗产。半个世纪以来，我们在鲁迅研究工作上，已取得不少优异成绩，但研究他的创作、翻译和思想的比较多，而对于古籍整理方面，则显得比较冷落。当然，研究鲁迅，首先要着重研究他的文学创作和思想发展，但对于他的古籍整理工作，也应给予适当的注意。因为鲁迅对古代文化的深厚的素养，对历史和社会现实的深刻的认识，以及他几十年中丰富的经历和革命实践，都是研究鲁迅思想和创作时所必须考虑的几个重要因素。鲁迅整理古籍，包括辑佚、校勘、编选、专题研究，做了很多工作，成绩巨大，远远超越前人。这是他早年主要学术活动的一个方面。但是，现在我们还没有彻底清理他这方面的全部遗产，他校辑的古籍，除已出版的数种外，我们还不清楚他留下来的一些遗稿是什么情况。我认为，这些遗稿，应当积极加以调查、整理，早日印行；有的即使不能出版，但为了鲁迅早年这方面的劳绩不致湮没，至少了解一下共有若干种，每种内容如何，整理到什么程度，也是很有必要的。在本文里，我想就辑佚一项，从我所见到而尚少人注意的遗稿中，选取几种，分别就鲁迅辑录的时间、体例、作者事略、作品内容以及与前人辑本的异同等等，作一简单的介绍。这几种遗稿，辑录工作已接近完成，后人只须在原有基础上略为加工，便可成书。但这项工作，看来一时还无从说起，只得俟诸异日了。

张隐《文士传》

《文士传》东晋张隐撰。《隋书·经籍志》著录五十卷，《旧唐书·经籍志》、《新唐书·艺文志》所载卷数相同。宋庆历初王尧臣等辑《崇文总目》著录十卷，淳熙中陈骙等修《中兴馆阁书目》著录五卷，《宋史·艺文志》亦仅五卷，可见宋元之际，原书仅存十分之一，几乎完全散失了。

作者张隐，《晋书》无传，仅《陶侃传》中一举其名："陶侃……早孤贫，为县吏。鄱阳孝廉范逵尝过侃，……及逵去，侃追送百馀里。逵曰：'卿欲仕郡乎？'侃曰：'欲之，困于无津耳。'逵过庐江太守张夔，称美之。夔召为督邮，领枞阳令。"后"侃都督江州，领刺史，……使张夔子隐为参军，范逵子珧为湘东太守。"由此知张隐为庐江太守张夔之子，曾任江州刺史陶侃参军。馀事无考。

张隐一作张骘。南朝宋裴松之注《三国志》引《文士传》，其撰人在《曹休传》注中为张隐，但《王粲传》注作张骘，《荀彧传》注又作张衡。梁钟嵘《诗品·总论》云："张骘《文士》，逢文即书。"两《唐志》亦作张骘。《宋史·艺文志》又作张隐。《太平御览》引用书目既列张隐此书，又另列张鄢、张骘两家《文士传》。众说纷纭，然以张隐、张骘为多。衡、鄢显系误字。清文廷式、秦荣光、丁国钧、黄逢元四家《补晋书艺文志》及吴士鉴《补晋书经籍志》著录，均本《隋志》作张隐，并认为鄢、骘皆隐之讹文，《御览》书目所列三种实即一书。鲁迅辑本亦从《隋志》题作张隐。

此书在六朝时颇流行，这从《〈三国志〉注》、《〈世说新语〉注》及《诗品》中屡见称引可知。但因佚亡已久，原书起讫及所收共若干人，今已无从考知。王应麟《玉海》卷五十八引《中兴书目》云："载六国以来文人，起楚芊原，终魏阮瑀。"又引《崇文总目》云："终宋谢灵运。"鲁迅辑本阮瑀之后，尚有两晋文士多人，《中兴书目》"终魏阮瑀"之说不确。张隐与陶侃（二五九——三三四）同时而稍后，在他的著作中不应下及谢灵运（三八五——四三三），疑《崇文总目》亦有误。从鲁迅的辑本看，所记皆后汉魏晋间著名文士，大体可说是一部关于这一时代的作家传的合集。

《鲁迅日记》一九一三年十一月四日载："下午得二弟所寄书一束，……内写本《岭表录异》及校勘各一册，又《文士传》及《诸（众）家文章记录》辑稿共二册"。据此推断，鲁迅辑录《文士传》的工作，当在一九一〇至一九一一年留居绍兴期间，他这时校辑古籍多种，《文士传》是其中之一；原稿留置故乡家中，约两年后，才由周作人寄到北京。以后此书在《日记》中不再出现，大约没有继续进行整理。鲁迅这个亲笔辑稿，扉页题《张隐〈文士传〉一卷》，下署"树人集"。无序跋。目录如次：

张衡　桓驎　朱穆　延笃　赵壹　侯瑾
蔡邕　应劭　孔融　祢衡　阮瑀　陈琳
刘桢　杨修　王粲　丁廙　丁翼　李康
王弼　阮籍　嵇康　张温　陆景　成公绥
何桢　张华　王济　枣据　孙楚　夏侯淇
潘尼　郑曹　杜育　挚虞　左思　张翰
二陆　孙丞　张载　束皙　曹摅　江统
郭象　顾荣　华谭　张缵　张叔序　高岱
边让　华融　妫览　郑胄子丰　陆绩

朱　异　孔　炜　张　秉　贾　谧

全书五十七题，共五十九人。是鲁迅从各种类书、古书注和唐林宝《元和姓纂》、宋苏易简《文房四谱》、邵思《姓解》、郭忠恕《汗简》等书辛勤搜集而来。书中所列诸人，在《后汉书》、《三国志》及《晋书》中大都有传；少数几人如张叔序、孔炜等，"正史"未载，可供相互参阅。

《文士传》，在鲁迅前未见辑本[①]。清顺治初陶珽重辑《说郛》，在卷五十八中有《文士传》，撰人题"晋张隐"。所收仅十七人，即：

成　公　张　俨　孔　融　江　统　束　皙　孙　盛
张　纯　王　肃　贾　谧　张　衡　刘　桢　潘　尼
武　帝　张　秉　孔　炜　桓　驎　顾　荣

内容寥寥，只不过就偶然见到的随手摘录，不足以言辑佚工作。所收各条，都不注明出处，材料也多不全，如《束皙》条仅从《初学记》辑得一则，而鲁迅辑本多出《〈世说新语〉注》、《北堂书抄》、《艺文类聚》、《汗简》所引四则。《刘桢》条仅从《太平御览》收入一则，鲁迅辑本多出《〈三国志〉注》、《御览》、《书抄》、《水经注》所引五则。其余多一二则的，不再列举。至于文字，陶珽《说郛》所收亦多脱误。如他分立为二条的《张俨》、《张纯》，即鲁迅辑本中的《朱异》；鲁迅在这一题下汇集了有关朱异三人的佚文五则，其第一则为：

> 张惇子纯，与张俨及异俱童少，往见骠骑将军朱据。据闻三人才名，欲试之，告曰："老鄙相闻，饥渴甚矣。夫騕褭以迅骤为功，鹰隼以轻疾为妙；其为吾各赋一物，然后乃坐。"俨乃赋犬曰："守则有威，出则有获。韩卢宋鹊，书名竹帛。"纯赋席曰："席以冬设，簟为夏施。揖让而坐，君子攸宜。"异

> 赋弩曰："南岳之干，钟山之铜。应机命中，获隼高墉。"三人各随其目所见而赋之，皆成而后坐。据大欢悦。《吴志》十一本传注

鲁迅以采自《吴志·朱异传》注、文字较全的这一则为主，故以《朱异》标目；而陶珽题为《张俨》的一条，内容虽仍为三人往见朱据事，却只有张纯一人赋诗：

> 张俨、朱异、张纯三人，共诣骠骑将军朱据。据闻三人才名，告各为赋，然后乃坐。纯乃赋席曰："席为冬设，簟为夏施。揖让而坐，君子攸宜。"（据宛委山房刻本）

这不仅文字残缺，而且文不对题，有损原作。鲁迅的辑本，虽然不是最后定稿，但条目较多，内容也比较丰富，可以说是现存唯一的也是最完美的辑本了。

《众家文章记录》

鲁迅辑录的《众家文章记录》，内收：晋荀勖《文章叙录》、晋挚虞《文章志》、南朝宋傅亮《续文章志》、晋顾恺之《晋文章记》、宋明帝《晋江左文章志》、南朝宋丘渊之《文章叙》、丘渊之《文章录》、丘渊之《新集录》、失名《文章传》共九种。

据《鲁迅日记》一九一三年十一月四日记载（见前节），此书与张隐《文士传》大约同时辑成于一九一〇至一九一一年，鲁迅时居绍兴。一九一二年三月离乡以后，至一九一三年十一月在北京收到周作人寄来稿本的这一年多时间里，没有继续辑录，此后在《日记》中此书也不再出现，可见现在所见稿本，在绍兴时已基本完成。

《文章志》一类的书，在《隋书·经籍志》及两《唐志》中是收入"簿录"或"书目"类的。近人刘师培在《搜集文章志材料方法》一文中，将

挚虞《文章志》、傅亮《续文章志》及张隐《文士传》等，都看作是“古代文学史之专书”，并说“宜仿挚氏之例，编纂《文章志》、《文章流别》二书，以为全国文学史课本，兼为通史文学传之资”(见《刘申叔先生遗书》)。就现今可见到的零篇断简而言，《文章志》一类书的内容，是为一些文人作传，传中具载所著文若干篇，现存文若干篇等，没有关于文学变迁的论述。又梁钟嵘《诗品·总论》说：“谢客集诗(按谢灵运编有《诗集》五十卷)，逢诗辄取；张骘《文士》，逢文即书：诸英志录，并义在文，曾无品第。”也说这类书的意义，在于记载、编录诗文，没有对作品加以品评。这样，既未述文学发展之迹，又无对作品的评论，是算不得“文学史专书”的。说它们是古代作家传或文学史资料，倒比较确切。

鲁迅这个辑本，扉页题《众家文章记录九种》，后为目次，以下为正文。无序跋。全稿均鲁迅亲笔抄写。现在依次对各书略作说明。

荀勖(？——二八九)，《晋书》卷三十九有传：“荀勖，字公曾，颍川颍阴人。……年十余岁，能属文。……武帝受禅，改封济北郡公。……俄领秘书监，与中书令张华依刘向《别录》，整理记籍。……及得汲郡冢中古文竹书，诏勖撰次之，以为《中经》，列在秘书。……太康十年卒。”他所撰的《文章叙录》，《隋书·经籍志》著录书名《杂撰文章家集叙》，十卷，两《唐志》作五卷。群书征引，多作《文章叙录》。鲁迅辑本题《荀勖〈文章叙录〉一卷》，下署“树人集”。共得十人：

夏侯惠　荀　纬　应　璩　韦　诞　孙　该　杜　挚
裴　秀　嵇　康　缪　袭　何　晏

挚虞(？——约三一一)，《晋书》卷五十一有传：“挚虞，字仲洽，京兆长安人也。……虞少事皇甫谧，才学通博，著述不倦。……撰《文章志》四卷，注解《三辅决录》，又撰古文章，类聚区分为三十卷，名曰《流别集》，各为之论，辞理惬当，为世所重。”《文章志》，《隋书·经籍志》及两《唐志》均著录四卷，与本传同。钟嵘《诗品》评论它说：“挚虞《文志》，详而博赡，颇曰知言。”鲁迅辑本题《挚虞〈文章志〉一卷》，下署“树人集”。共得十二人：

刘　修　王　粲　阮　瑀　缪　袭　崔　烈　桓　麟
周不疑　徐　幹　应　璩　繁　钦　陈　琳　出师颂

傅亮（三七三——四二六），《宋书》卷四十三有传：“傅亮，字季友，北地灵州[1]人也。……博涉经史，尤善文辞。……（元嘉三年）伏诛，时年五十三。”他所撰的《续文章志》，《隋书·经籍志》著录二卷，两《唐志》同。鲁迅辑本题《傅亮〈续文章志〉一卷》，下署“树人集存”。共得五人：

潘　岳　左　思　石　崇　陆　云　木　华

顾恺之（约三四五——四〇六），《晋书》卷九十二有传：“顾恺之，字长康，晋陵无锡人也。……博学有才气。……尤善丹青，图写特妙，谢安深重之。……义熙初，为散骑常侍。……年六十二，卒于官。所著文集及《启矇记》行于世。”他所撰的《晋文章记》，《隋书·经籍志》及两《唐志》均未著录。鲁迅辑本题《顾恺之〈晋文章记〉一卷》，下署“树辑”。得一人：

阮　籍

宋明帝刘彧（四三九——四七二），《宋书》卷八《明帝纪》：“太宗明皇帝讳彧，字休炳，小字荣期，文帝第十一子也。……好读书，爱文义。在藩时撰《江左以来文章志》，又续卫瓘所注《论语》二卷，行于世。”《晋江左文章志》，《隋书·经籍志》著录三卷，《新唐志》作二卷。鲁迅辑本题《宋明帝〈晋江左文章志〉一卷》，下署“树集”。共得十三人：

孝武帝　顾恺之　张　凭　王羲之　王献之　王胡之
谢　安　刘　恢　孙　绰　庚　翼　桓　温　谢　尚
王　忱

丘渊之，《宋书》无专传，但卷八十一《顾琛传》中附带述及他的简历："丘渊之，字思玄，吴兴乌程人也。太祖从高祖北伐，留彭城，为冠军将军、徐州刺史；渊之为长史。太祖即位，以旧恩历显官，侍中、都官尚书、吴郡太守。卒于太常，追赠光禄大夫。"他所撰的《文章叙》，史志未见著录。鲁迅辑本题《丘渊之〈文章叙〉一卷》，下署"树辑"。共得二人：

袁　豹　应　贞

丘渊之《文章录》，隋唐《志》均不载，疑与下列《新集录》，均为《晋义熙以来新集目录》之省文。鲁迅辑本题《丘渊之〈文章录〉一卷》，下署"树集"。共得四人：

顾恺之　傅　亮　伏　系　卞范之

丘渊之《新集录》，《隋志》不载。《新唐书·艺文志》著录丘深之《晋义熙以来新集目录》三卷（《旧唐志》作《义熙已来杂集目录》三卷），当即此书。两《唐志》及《南史·顾琛传》，渊之均作深之，避唐讳改。鲁迅辑本题《丘渊之〈新集录〉》，无署名。得一人：

谢灵运

失名《文章传》，隋唐《志》均未著录。鲁迅辑本题《文章传》，无署名。得一人：

陆　机

鲁迅辑本所收九种佚书，多未经前人汇辑。清傅以礼（节子）有《重辑〈续文章志〉》，我仅看到一篇短跋，不知曾否刊行。他在跋文中说："案此志隋唐二书《经籍志》均作二卷，盖继晋挚虞《文章志》而作，故以续名。……大抵挚虞所纪，乃周秦两汉人物，此志续以三国西晋。……爰准此采摭，凡志文载魏晋间事迹，逐条写出，省并重复，联系奇零，共得一十四人。子孙可考者，亦附及焉。（自注：'中惟陆云、木华二则，《北堂书抄》、《文选注》各题傅亮《文章志》，潘岳一则，《〈世说新语〉注》题《续文章志》，此外十一则，诸书但题《文章志》，不署撰人名氏。'）观《新唐书·艺文志》不著录，传本之佚，当在北宋。"（见《华延年室题跋》）鲁迅辑本仅得五人，而他却多出九人，原来他认为"凡志文载魏晋间事迹"的都是傅志，不问书名与撰人是否相符，把"但题《文章志》，不署撰人名氏"的十一则都收入了。《世说新语·容止》篇有关左思、《汰侈》篇有关石崇两条的注文，都明标引《续文章志》，傅以礼都未检及，他说《新唐书·艺文志》不载傅志，亦疏于翻检，其实《新唐志》是曾经著录的。傅氏以搜讨晚期史籍著称，辑佚非其所长。鲁迅辑本所收《续文章志》，宁缺勿滥，远较傅辑精审可信。

刘师培在《搜集文章志材料方法》一文中，还提到"富顺陈氏《历代文章志》"，并说："今辑文章志，宜以陈书之例为主，以广其未备。"从语气上看，他是见过陈书的。但北京图书馆没有陈书，我们曾致函四川图书馆查询，承告陈氏所纂辑者名《八代文章志》，系未刻稿，原稿不在该馆。据查陈氏名崇哲，字元叡，富顺人。清光绪壬午优贡。著述除《八代文章志》外，尚有《八代文粹》及《江汉源流考》、《瓻春荑阁诗文集》等书。刘师培民国初年到过成都，可能就在那时见到原稿。现在原稿既不可得见，也就无从与鲁迅辑本作一比较了。

谢沈《后汉书》

《后汉书》 东晋谢沈（二九二——三四四）撰。梁阮孝绪《七录》著录，原为一百二十二卷，隋唐《志》著录增减不一。唐以后逐渐散佚，至今仅存佚文十余条。

鲁迅校辑本书，大约开始于一九一二年。《鲁迅日记》一九一二年八月二日下记云："录汪文台辑本谢沈《后汉书》一卷毕。"这是他在进行校辑工作之前，为了解前人辑本情况，所以亲自抄录了汪辑本，是一种准备的功夫。《日记》一九一三年三月二十八日记云："夜写定谢沈《后汉书》一卷。"这是鲁迅自己的新辑本，完成于一九一三年春。这个手定本扉页题《谢沈〈后汉书〉一卷》，正文首页第一行为《后汉书》三字，第二行署"晋祠部郎谢沈撰　会稽周树人校录"。

鲁迅辑本共十六条，目录如次：

光武帝　安　帝　东平王苍　赤　眉　钟离意
郑　敬　杨　厚　龙邱苌　闵　贡　三　君
八　俊　礼仪志　祭祀志　天文志　五行志
郡国志

书前有鲁迅所作序言：

《隋志》：《后汉书》八十五卷。本一百二十二卷，晋祠部郎谢沈撰。《唐志》：一百二卷，又《汉书外传》十卷。《晋书》《谢沈传》：沈字行思，会稽山阴人。郡命为主簿，功曹，察孝廉，太尉郗鉴辟，并不就。会稽内史何充引为参军，以母老去职。平西将军庾亮命为功曹,征北将军蔡谟牒为参军,皆不就。康帝即位,以太学博士征,以母忧去职。服阕,除尚书度支郎。何充庾冰并称沈有史才,迁著作郎,撰《晋书》三十馀卷。会卒,年五十二。沈先著《后汉书》百卷及《毛诗》《汉书外传》。所著述及诗赋文论,皆行于世,其才学在虞预之右。案《隋志》无《外传》者,或疑本在《后汉书》百二十二卷中,《唐志》乃复析出之,然据本传,当为别书,今无遗文,不复可考。惟《后汉书》尚存十馀条,辄缀辑为一卷。

序中所引《晋书·谢沈传》说沈字行思,刘宋何法盛《晋中兴书·谢沈传》,行思作静思。"著《后汉书》百卷及《毛诗》,《汉书外传》。……其才学在虞预之右"等语,都是袭用《晋中兴书》原文。

谢沈书在鲁迅以前,有清康熙中姚之骃辑本,但有缺漏,每条下又不注出处,使人不详其来源。以后汪文台、黄恩抡各有辑本。现将两本目录列后,以与鲁迅的新辑本作一比较。

[汪辑本]

光武帝　明　帝　安　帝　礼仪志　祭祀志　天文志
五行志　郡国志　郑　敬　杨　厚　龙邱苌　窦　武
李　膺　闵　贡

[黄辑本]

序　　　　　光　武　安　帝　桓　帝　赤　眉
东平宪王苍　朱　鲔　郑　敬　钟离意　龙邱苌
杨　厚　　　三　君　八　俊　胡　广　蔡　邕
闵　贡　　　牛兰山　羌　胡

对照之下，鲁迅的辑本，在体例和内容上，都与旧辑本有所不同。在全书的编排上，鲁迅将司马彪《续汉书》中《礼仪》、《祭祀》等志刘昭注所引谢沈书，依宋本及明汲古阁本范晔《后汉书》例，置于本纪、列传之后；而汪辑本则按明监本及清武英殿本范书，将《续汉书》注所引谢书佚文，置于纪传之间。按范书中的"八志"，是梁刘昭从晋司马彪《续汉书》中取出补入并作注的，自以附于范晔自著的纪传之后为宜。与此相应，鲁迅将从刘昭注辑得的谢沈书《礼仪志》等列于最后，是比较合适的。在内容上，鲁迅辑本的《东平王苍》即汪辑本的《祭祀志》，《赤眉》即汪本《郡国志》，《钟离意》即汪本《明帝》，《三君》即汪本《窦武》，《八俊》即汪本《李膺》；《五行志》在黄辑本中题作《桓帝》，《礼仪志》黄本题作《胡广》，《郡国志》黄本分题作《牛兰山》和《羌胡》二条。分门不同，标题亦异。黄辑本的《序》，仅"士庶流宕他州异境"八字，据《文选》卷三十五张协《七命》注引作谢沈《后汉书序》，而卷四十五皇甫谧《〈三都赋〉序》注引又作谢承书序，鲁迅所辑谢承《后汉书》卷六《散句》条已收入，故此不载。《朱鲔》一条，《文选》卷四十三丘迟《与陈伯之书》注引，云出谢承《后汉书》，所以鲁迅也未收入。在文字上，鲁迅辑本亦较旧本为胜。如《五行志》，鲁迅辑本为：

> 安帝永初元年，郡国四十一水出，漂没民人。已上依《续汉》本志补死者以千数。《续汉》本志注

汪辑本为：

> 安帝永初元年，郡国大水，漂没民人，死者以千数。本志注

按前三句为司马彪《续汉书·五行志》正文，故鲁迅注明"依《续汉》本志补"，后一句才是谢沈《后汉书》佚文，见刘昭《续汉志》注引，所以鲁

迅注明出"《续汉》本志注"。而汪辑本统称为出"本志注",就好像前三句也是谢沈书中的话了。他还把原文"郡国四十一水出"压缩为"郡国大水",也是不适当的。

虞预《晋书》

《晋书》　东晋虞预撰。《隋书·经籍志》著录二十六卷。注云:"本四十四卷,讫明帝。今残缺。"两《唐志》均作五十八卷。鲁迅在自己辑本的序言中,对卷数问题曾这样说:"《晋书·虞预传》:著《晋书》四十余卷。与《隋志》合。《唐志》溢出十余卷,疑有误。"

鲁迅辑本,完成于一九一三年春。《鲁迅日记》一九一三年三月二十九日载:"夜写定虞预《晋书》集本。"三十一日[2]又记云:"夜写虞预《晋书》毕,联目录十四纸也。"北京鲁迅博物馆藏有黄恩抡辑谢沈《后汉书》、黄奭辑虞预《晋书》抄本(周作人笔迹),两种合订一册。《晋书》上有鲁迅亲笔校语九条,末有鲁迅题识一行:"元年十二月十一日以胡本《文选》校一过。"由这参校前人辑本的情况推知,鲁迅在一九一二年(民国元年)已开始了辑录此书的工作。

鲁迅手稿扉页题《虞预〈晋书〉一卷》,正文首页第一行为《晋书》二字,第二行署"晋散骑常侍虞预撰　会稽周树人校录"。全书共四十条,目录如次:

宣　帝　扶风王骏　赵王伦　齐王冏　西阳王羕
王　祥　何　曾　羊　祜　裴　秀　荀　勖　魏　舒
王　浑　王　浚　山　涛子　简　山　嵚　王　戎
王　衍　乐　广　卢　钦子　浮　和　峤
武　陔弟韶茂　嵇　康　周　处子玘札
华　轶　祖　逖　王　导　温　峤　贺　循子　隰

刘 隗 刁 协 戴 渊 周 顗 司马彪 嵇 绍
王 豹 何 桢 庾 琮 吕 漪 贺 齐 散 句

书前有鲁迅序言，除引述史志著录外，仅据《晋书·虞预传》介绍著者生平，所引文句和他的另一篇《虞预〈会稽典录〉序》(见《会稽郡故书杂集》)完全相同，又没有说及校辑体例等等，是一篇未完稿，这里不再引录了。

虞预《晋书》，在鲁迅之前，有清汤球、黄奭的两种辑本。目录如次：

[汤辑本]

宣 帝 武 帝 元 帝 王 祥 裴 秀
扶风王骏 王 浚 荀 勖 魏 舒 王 浑
山 涛 山 简 山 嵚 王 戎 王 衍 乐 广
卢 钦 和 峤 武 陔 刘 颂 嵇 康 庾 琮
周 处 西阳王羕(汝南王亮子) 赵王伦 齐王冏 华 轶
祖 逖 王 导 温 峤 贺 循(邵之子齐之曾孙) 刘 隗
刁 协 戴 渊 周 顗 司马彪 嵇 绍 王 豹
何 桢

[黄辑本]

高祖宣帝 扶风王骏 赵王伦 齐王冏
西阳王羕 王 祥 荀 勖 和 峤 裴 秀
张 华 王 浑 王 戎 王 衍 王 浚 山 涛
山 简 山 嵚 嵇 康 嵇 绍 卢 钦 魏 舒
乐 广 戴 渊 周 处 司马彪 武陔武韶武茂
祖 逖 温 峤 王 导 周 顗 华 轶 刁 协
戴 俨 刘 隗 贺 循 吕 漪 庾 琮 何 桢

贺 齐 淳于伯 王 豹 写起居注 散句

在编次上，鲁迅辑本帝纪以后为宗室，列传依唐修《晋书》而小有变动（如王浚、庾琮按年辈移后）；汤辑本悉依唐修《晋书》；黄辑本帝纪宗室后，以人物时代先后为序。鲁迅辑本的《羊祜》，即汤本《武帝》、黄本《张华》；《刘隗》，即汤本《元帝》、黄本《淳于伯》。鲁迅辑本所独有的《何曾》，汤、黄两本均无。汤本中的《刘颂》，见《北堂书抄》卷六十八，乃臧荣绪《晋书》，故鲁迅不收。黄本中的《写起居注》，据《事类赋》引系"虞预表"，并非虞预《晋书》，所以鲁迅也不收入。至于文字，也以鲁迅辑本为较完整。如《何桢》条，汤辑本为：

> 桢为弘农郡守，有杨嚣生为郡吏，桢一见便待以不臣之礼，遂贡之天朝。《初学记》二十

鲁迅辑本为：

> 何桢为弘农郡守，有处士二字依《书抄》补杨嚣，修子，二字依《书抄》补生为郡吏，生《书抄》作仕桢一见便待以不臣之礼，遂贡之天朝。《初学记》二十《书抄》三十二

汤本"有杨嚣生为郡吏"句，实在难解，鲁迅据《书抄》补正数字，便可读通。原来杨嚣是杨修之子，《三国志·陈思王传》注引《世语》："修子嚣，……泰始初为典军将军，受心膂之任，早卒。"虞书此条，补充了《世语》所未及的杨嚣的事迹（范晔《后汉书·杨震传》附修传，未言及嚣）。又如《刘隗》，类书所见凡三条，汤、黄将佚文中明白道及刘隗的，题为《刘隗》，而将另一条无刘隗名的，分别题为《元帝》、《淳于伯》，

而不知三条都是关于晋元帝为丞相时其属官刘隗的记载，仿佛他们在进行辑佚工作时，连唐修《晋书》中的《刘隗传》也没有参照一下似的。鲁迅则将三条统隶于《刘隗》一题之下，又用唐修《晋书》补足刘隗上表为淳于伯诉冤的事，于是三条佚文连贯起来，意义也就明白了。

此外，鲁迅辑本中有几条按语，也显示了他做学问的仔细、严肃的精神。如《戴渊》条，《世说》注引"虞预《晋书》曰：戴俨，字若思，广陵人。"鲁迅在这两句下加按语云："按唐修《晋书》云：若思，广陵人，名犯高祖庙讳。今此作俨，殆渊有二名耶？"梁刘孝标注《世说》时所见虞预书作俨，而唐修《晋书》又说犯李渊讳，所叙为同一人事，故鲁迅有此揣测。注意到这一点，才不致如黄辑本将一人分作两条，也不会像汤辑本径改为"戴渊，一名俨，字若思"那样的卤莽。又如《贺齐》条，据《三国志·吴志·贺齐传》注采录，鲁迅于文末加按语云："按齐吴人，《晋书》不当有传，疑是《贺循传》中语，或《吴志》注误题书名也。"考证是很精当的。

现行《晋书·王隐传》中，有关于虞预的一件轶闻：王隐奉命撰《晋史》，"时著作郎虞预私撰《晋书》，而生长东南，不知中朝事，数访于隐，并借隐所著书窃写之，所闻渐广。"看来虞预在写作过程中，曾进行调查访问，参考过别人的著作。他的《晋书》中也有王隐所缺的材料，如《何桢》就是一个例子。刘知几《史通·人物》云："何桢文雅，高于扬、豫，而王隐《晋史》广列诸传，而遗此不编；斯网漏吞舟，过为迂阔者。唐《晋书》亦依王隐之失，而《文苑传》不录。"按唐修《晋书》仅在《文帝纪》及《何充传》中一举何桢之名，虞预《晋书》则有专传。唐修《晋书·庾峻传》，峻有二子：珉，字子琚；敳，字子嵩。虞书《庾琮》条则说："琮，字子躬……太常峻第二子。"可补前者之缺。又山嵚是山涛的族父，前者无传，虞书有之。这些都可说是虞预《晋书》的特色。

一九八一年五月二十五日夜写毕

（原载一九八一年《文学遗产》季刊第三期）

注　释:

① 据《中国丛书综录》,清王仁俊辑《经籍佚文》内有《文士传》一卷,稿本,上海图书馆藏。未见。

校　记:

[1] 据林辰自用本,此处补进“宁夏灵武县”。在此段书口处补注云“隋志杂传类:应验记一卷,宋光禄大夫傅亮撰。冥祥记内傅所撰六事。”

[2] 初版本为“次日”,林辰自用本改作“三十一日”。

鲁迅与韩愈

——就教于郭沫若先生

感谢黄惠秋君远道寄赠《抗战文艺》六卷四期一册，使我得读郭沫若先生的《写在菜油灯下》一文；现在想来说一点读后的意见。

郭先生在这篇文章的开头便说：

> 考虑到在历史上的地位，和那简练有力，极尽了曲折变化之能事的文体，我感觉着鲁迅有点像"文起八代之衰而道济天下之溺"的韩愈，但鲁迅的革命精神，他对于民族的荣誉贡献和今后的影响，似乎是过之而无不及。

这段话，我们看去颇觉得惊异，因为是，我们从未把鲁迅和韩愈联在一起来思索过，也从未想到竟会有人把他们两人拿来相比。所以一看到郭先生的话，未免便要出乎意外地感到惊异。在我们的印象中，鲁迅与韩愈这两个名字，真是不可同日而语，无论怎样，也不能相提并论。不说别的，有些读者，看到我这篇短文的标题，也一定要感觉着奇怪吧。自然，郭先生的意思，并不是说鲁迅是现代的韩愈，他大约是说：鲁迅一方面清算并摧毁了中国的旧文学，一方面又以他的《狂人日记》、《阿Q正传》等作品，奠定了中国近代文艺的基础，在中国文学史上开辟了一个新的时代，所以有点像韩愈的“文起八代之衰”。而他所昭示给我们的真理以及种种宝贵的教训，又指示出了我们国家和青年所必由的大道，所以又有点相当于韩愈的“道济天下之溺”。如果是这样的意味着，则郭先生的比拟，粗粗看去，自然是有点道理，但仔细一想，在真实的意义上，也还是不可靠。再加上郭先生这段文章的意思不大显豁，有些人初看去，一定不明白他所说的“在历史上的地位，和那简练有力，极尽了曲折变化之能事的文体”，是单指鲁迅；一定要以为是说鲁迅和韩愈在历史上有着相同的地位，而两人的文体又一样的“简练有力，极尽了曲折变化之能事”，所以说“有点像”。尤其重要的，是下文“鲁迅的革命精神，他对于民族的荣誉贡献和今后的影响，似乎是过之而无不及”数句。这里“过之而无不及”的“之”字，当然是代替韩愈。这样一来，则韩愈不仅是具有“革命精神”，对民族有“荣誉贡献”，对后世有“影响”；甚至连鲁迅是否“过之而无不及”，也成问题，因为郭先生还加上了两个字：“似乎”。这真是令人难以置信。郭先生与鲁迅同样是我们所敬重的文艺界的前驱，用他自己的话来说，他和鲁迅是“长时间地从事于同性质同倾向的工作”（见《坠落了一个巨星》）。在鲁迅逝世以来的数年间，他曾发表了好几篇悼唁文和演说，对鲁迅具有极诚挚深厚的善意，就是这篇《写在菜油灯下》的全文，也有着极正确的评语；但这开头的一段，我们以为，在无形之间，怕会助长了那些有意歪曲和误解鲁迅的人们的论据，这一点，实在是值得注意的。

唐宋以后，一般士大夫之所以推尊韩愈，一在于他的卫道，一在于他的提倡古文。现今许多人只要提到他，便立即会想到“文起八代之衰而道济天下之溺”这两句话。苏轼以后，真不知有多少人把这两句话反复过若干遍了。这自然不是偶然的，我们若从中国封建社会之过分延长这一根源上去思索，便不难明白其中的理由。但现在看来，这位俨然以继承尧舜禹汤文武周公孔孟的道统自任的韩愈，他虽则拚命摆着教主的脸嘴，“觝排异端，攘斥佛老”，而实际上他不仅对于所谓“异端”，就是对于儒家的道，也是毫无理解。他的几篇最重要的卫道的文章，如《原道》，前几年曹聚仁先生已指出只是一篇胡说，毫没有哲学的知识；如《论佛骨表》，也只是执拗可笑地乱骂一通，说什么“佛本夷狄之人，口不言先王之法言，身不服先王之法服”，而不能接触到佛教的本质，展开理论上的批判。在客观上，他的卫道辟佛，实在妨害了学术思想的自由发展。至于提倡古文，自然不能说没有一点功绩，对后世也确有相当的“影响”，但他只不过抛弃了六朝的圈子，而又自己套上了三代两汉的圈子而已。他实在并不是一个具有“革命精神”的文学上的改革者。这自然是由于历史条件的限制，我们不能苛责他，但也不能就说这是他“对于民族的荣誉贡献”。他的文章，在思想上受了“道”的限制，在词句上，也往往依旧不能尽脱六朝骈偶的影响，如《进学解》，《送李愿归盘谷序》等便是。甚至还有不通的地方，洪迈《容斋随笔》曾指出《送孟冬野序》的第一句“大凡物不得其平则鸣”，和后文“天将和其声而使鸣国家之盛”的前后矛盾，不相呼应。又如《圬者王承福传》一文里“又曰：粟，稼而生者也。……”一段，不知何以要突然来一个“又曰”，因为王承福在上文并没有说话。细审上文“听其言，约而尽”等句，他是曾对韩愈说过话的，但那既是用作者的口气来叙述，并非王承福的直接开口，则这里就不应该用“又曰”。其不通是很显然的。这几篇东西，自然不能概括韩文的全部，但都是流传最广，为一般古文选本和现今的中学国文教科书所常选的文章，由此也可推见其余了。

说到韩愈的为人，则尤令我们齿冷。试一翻阅《昌黎集》，触目皆是《感二鸟赋》，《元和圣德诗》，《贺庆云表》，《贺皇帝即位表》，《上宰相书》，《上某尚书书》，《上某侍郎书》，以及什么大夫什么夫人的墓志铭、神道碑等等。他的诗文,不是干禄求进,便是歌功颂德,叹老嗟卑。我们试读他的"至于论述陛下功德,与诗书相表里,作为歌诗,荐之郊庙,纪泰山之封,镂白玉之牒,铺张对天之闳休,扬厉无前之伟迹,编之乎诗书之策而无愧,措之乎天地之间而无亏,虽使古人复生,臣亦未忍多让"(《潮州谢上表》),以及"今又有有力者当其前矣。聊试仰首一鸣号焉,庸讵知有力者不哀其穷,而忘一举手一投足之劳,而转之清波乎?其哀之,命也;其不哀之,命也;知其在命,而且鸣号之者,亦命也"(《应科目时与人书》)。这些文章,真令人觉得肉麻透顶,难以卒读。他实在是中国二千年来热中竞进的所谓"儒者"中最典型的一个。

韩愈的文和人是如此,这哪里有什么"革命精神"?对民族有什么"荣誉贡献"?像这样的人,怎么可以和鲁迅相比?如大众所周知的,鲁迅毕生猛烈地抨击着一切腐滥的旧思想旧文明,努力于进步思想的提倡与促进,他始终紧紧地把握住最正确的世界观,并教育了无数的人们。在文艺上,他创作并翻译了许多新的作品,这些作品,一方面是中国旧文学的棺上的最后一颗铁钉,同时又是中国新文学园地里的最初一块基石。而那文体,确实是"简练有力,极尽了曲折变化之能事"。在人格上,则鲁迅的骨头是最硬的,他没有丝毫的奴颜与媚骨。对于一切黑暗势力,无论其为"用钢刀的"军阀政客,"用软刀的"学者文人,他都强韧的加以揭露和打击,以致丢掉了教育部的佥事,失弃了各大学的教授位置,在迫害、流离、贫困中度过 生。但他不屈不挠地战斗,决不在权势之前低首!这一切,哪里是韩愈所能比拟的呢!

总起来看,鲁迅致力于促进思想的发展,而韩愈的"道济天下之溺",则只是想使思想定于一尊;鲁迅是中国新文艺的开山,韩愈的"文起八代之衰",只不过是使文章复归于六经两汉;鲁迅毫无奴颜媚骨,而韩愈则日夕乞怜于王公大人之门。所以,郭先生的"有点像"的意见,在正确的理解上,是有问题的。更何况还说什么"似乎是过之而无不及”！纵使取消了“似乎”，肯定鲁迅“是过之而无不及”，也还有考虑的余地。因为毫无“革命精神”和“荣誉贡献”的可鄙的韩愈，根本就不能和鲁迅相比！

近数年来，鲁迅广泛地被称为“中国的高尔基”，但也有人比他为果戈理，培林斯基，柴霍甫，以至于服尔泰。但这些比拟，只不过个别地说明了鲁迅的某一面。鲁迅实在太伟大了！他具备着许多人的优点，尽了各各不同的许多人的历史任务，所以拿他去和某一历史阶段的伟大的作家相比，都可以看出其相似之点。但也正因为这样，鲁迅是不可能和任何一个作家相比的，既不能拿他和外国的某一作家相比，也不能说他和本国历史上的某一作家相像。总之，鲁迅就是鲁迅，他是中国社会自十九世纪末至二十世纪初这一特定发展阶段的产物。如果一定要用什么话去形容他，那便只有简单的一句：他是现代中国的圣人！

一九四〇年冬，普定滴黛山

（原载一九四一年十月十五日桂林《野草》第三卷第二期）

鲁迅在女师大风潮中

一

一九二四年十一月第二次直奉战争结束后，皖系军阀段祺瑞因缘时会，担任了北洋政府的所谓“临时执政”。段祺瑞是北洋系统中仅次于袁世凯的大军阀，他在民元以后的一贯的行为，如武力解散国会；借口参战，对日借款，招练军队，以扩充私人兵力；进行大规模的内战等等，无一而非祸国殃民。在他任临时执政期间，南方革命势力日愈发展，国民党已经改组，五卅运动爆发，广东国民政府亦已成立，反帝反封建的浪潮激荡全国；这使段祺瑞感到覆灭的恐怖，他的行为也自然要较过往愈加反动残暴。他召开所谓“善后会议”，抵制孙中山先生召集国民会议及废除不平等条约的主张；大肆拘捕学生，封禁报纸，解散民间各种团体，甚至大规模地公开屠杀徒手请愿的学生和市民。他的政府纠集了一批反动军阀官僚，他以章士钊为司法总长，后又命章兼任教育总长，以便贯彻他在教育文化方面的种种反动主张。章士钊这时是一个顽固的复古主义者，他的教育政策是“读经救国”，社会经济思想是“农村立国”，在文化上反对新文学，咒骂白话文。早在一九二三年八月，他就在上海《新闻报》发表《评新文化运动》一文，竭力攻击新文学"以鄙倍妄为之笔，窃高文美艺之名，以就下走圹之狂，隳载道行远之业……欲进而反退，求文而得野，陷青年于大阱，颓国本于无形。"于是他要提倡"四千年来吾国君相师儒续续用力以恢弘之"的"礼与文"。到了一九二五年九月，在他兼任教育总长时期，又将这篇文章在他自己主编的《甲寅》周刊上重新发表，想利用他的官僚身份和影响，向新文化新文学再次发动攻击。他于一九二五年四月，兼任教育总长，同月十七日即下令禁止学生集会及外人借校舍开会；五月七日又会同京师警察总监朱深（抗战后附敌，任伪华北政务委员会委员）以武装压迫学生纪念国耻的爱国运动；八月解散女子师范大学；十一月提议禁用白话等等，完全剥夺了学生群众读书、救国以至最基本的言论、集会等民主权利。而一些在他的隶属下的学校校长，则望风承旨，变本加厉，对学生的统制压迫，无所不用其极。这种情形，自然要引起广大的反响，进步舆论一致谴责章士钊的倒行逆施，一般充满革命热情的青年学生更忍无可忍，不得不起而反抗。于是以女师大风潮为契机，北京文教战线上新旧势力的斗争，与整个政治形势相应，这时也极为剧烈。鲁迅先生参加了这场斗争，并且成为代表革命一方的最光辉的一面旗帜。

二

一九二四年春间[①]，国立北京女子师范大学学生反对校长杨荫榆女士的风潮发生，迁延不决，至一九二五年一月，学生代表赴教育部陈述杨荫榆到任以来的种种劣迹，请求即日撤换，并发布宣言，反对杨荫榆为校长，风潮遂逐渐扩大和表面化。据宣言所说，自杨到校以后，即大肆排斥异己，一般著名教授如马裕藻、夏元瑮等均先后去职，她的私人如理化教授兼教务长薛培元、国文教员茅某等学无专长，竟以私谊而滥竽讲席。她的头脑又极端冬烘，学生中有夭折的，她说这是因为滥用情感,爱好社交所致。又常因“有男朋友”而令学生退学。此外如违章征费,破格收生等等,营私舞弊,无所不为。这自然要令一般纯洁坦率的青年学生们忍耐不住了。当时该校的学生许广平在这年三月十一日第一次给鲁迅的信里说:“做女校长的,如果确有干才,有卓见,有成绩,原不妨公开的布告的,然而是‘昏夜乞怜’,丑态百出,啧啧在人耳口。”三月二十六日的信又说:“年假中及以前,我以为对于校长主张去留的人,俱不免各有其复杂的背景,所以我是袖手作壁上观的。到开学以后,目睹拥杨的和杨的本身的行径,实更不得不教人怒发冲冠,施以总攻击。”看了景宋的这些话,可见宣言所说都极可信。到了四月,教育总长章士钊提着“整顿学风”的招牌上任,他素来就认为学风不良,对女师大风潮不问其真相如何,在他看来,都是学生不好。有了这样的总长在上面,自然更加助长了杨荫榆的气焰。而且以女子作女校校长,一定要在“太太类”中选择的主张,很占上风,一时难以确定人选,所以没有撤换杨荫榆。这使得学生中的许广平叫苦不迭:“经过三个总长而校事毫无着落,这‘若大旱之望云霓’的换人,不知何年何月始有归宿。”(四月十六日信)其实呢,这正是教育当局的阴谋,他们希望“冷一冷”,时间拖久,学生散去,他们便可为所欲为了。到五月初,整个北京教育界的倒章运动发生,女师大风潮从而随之更加开展,一时自然更无解决的希望了。

五月,在近代中国历史上,是涂满血泪的多难的一月。每值五三、五七、五九等日,各地群众往往举行纪念;这年五月,北京教育界亦定于七日在天安门开国民追悼孙中山先生大会,同时纪念国耻,游行讲演。这自然为亲日卖国的段政府所不许,事前教育总长章士钊与警察总监朱深即严禁各校放假,不许举行。七日上午七时起,各区署即派遣巡警分赴各校门前后警戒,但各校学生仍照预定计划,突围出校,分赴天安门开会。结果他们在天安门一带遭遇武装警察侦缉队马队和预先装好水龙的消防队二千余名的拦阻袭击,有的受伤,有的被捕。这种以武力镇压爱国运动的暴行，自然要激起群众更大的愤怒，于是相率赴教育总长章士钊魏家胡同住宅，要求见章，当面质问，又与巡警冲突，当场被捕十八人。八日章士钊即呈文段祺瑞，说学生捣毁了他的家宅，十一日又向段提出辞呈，里面说："学风之坏，已臻极地，国学垂绝，士德全荒。……士钊素审学弊之由，兼怀国士之报，以为凡事可为执政稍展殷忧，为国家稍存元气，即糜顶踵，亦所愿为。故曩者奉命兼长教部，略不辞谢。……钊诚举措失当，众怒齐撄，一人之祸福安危，自不足计；万一钧座因而减膳，时局为之不宁，内伤燕廷知隗之明，外增七国诛错之号，钊有百身，亦何能赎?"这些话真是肉麻透顶，其内容的荒谬，语气的卑恭，简直到了无以弗加的地步！其实他何尝想真的辞职，只不过是一种以退为进的官僚手段罢了。激成此次事件的根本原因，在于他们"仇视国民爱国运动，一若纪念国耻，同于谋反叛逆"；这已为当时北京大学教授发表的宣言所说明了。

章士钊对付北京各校学生的手段是如此，杨荫榆又是怎样对付女师大学生的呢？毫无疑问，在章士钊鼻息下讨生活的她，自然要秉承章的意旨，配合章的行动，趁机向学生进攻。就在五月七日这同一天，杨请校外名人来校演讲，仍以校长身份登台主持。早已不承认她为校长的学生群起反对，嘘声四起，杨便在礼堂内呼唤警察，欲捕学生。继即于当日在西安饭店内召集教员若干燕饮，以评议会名义决定开除学生自治会职员六人（刘和珍、许广平即在其内），于九日正式牌示，并发表《致全体学生公启》，内有"须知学校犹家庭，为尊长者断无不爱家属之理，为幼稚者亦当体贴尊长之心"等语，后又于五月十四日发表《对于暴烈学生之感言》，有"与此曹子勃谿相向"之句，显然以婆婆自居，而视学生为媳妇。她的所谓"家庭"，便是由这"尊长"的姑与"幼稚"的妇组成的。由是学生的"驱羊运动"愈见坚决，由一校内部风潮扩展为与北京教育界倒章风潮汇为一流，成为社会注目的重要事件了。

三

鲁迅之出而为在压迫中奋斗的女师大学生们说话，直接与章、杨冲突，就在这五月上旬。本来，他在先就以为“学风如何，是和政治状态及社会情形相关的”，在当时的环境里，不会有特别清高的教育界。(《两地书·二》)他对章士钊有清楚的认识，他批评道：“今之教育当局，则我不知其人。但看他挽孙中山对联中之自夸，与对于完全‘道不同’之段祺瑞之密切，为人亦可想而知。所闻的历来的言行，盖是一大言无实，欺善怕恶之流而已。要之，能在这昏浊的政局中，居然出为高官，清流大约无这种手段。”(同上十五)他对于杨荫榆在女师大的“黑暗残虐情形，多曾目睹”(《华盖集·“公理”的把戏》)。他反对随便开除学生，反对“女人长女校”的顽固见解。但在五月以前，他并没有把蕴积在胸中的这种种愤懑和意见，形之文字，直到此时，他再也看不下去了。在杨荫榆开除学生六人的第二日，即五月十日，他写了《忽然想到》之七，便针对着杨荫榆及其徒党们说：

> 我还记得中国的女人是怎样被压制，有时简直并羊而不如。现在托了洋鬼子学说的福，似乎有些解放了。但她一得到可以逞威的地位如校长之类，不就雇用了“掠袖擦掌”的打手似的男人，来威吓毫无武力的同性的学生们么？不是利用了外面正有别的学潮的时候，和一些狐群狗党趁势来开除她私意所不喜的学生们么？而几个在“男尊女卑”的社会生长的男人们，此时却在异性的饭碗化身的面前摇尾，简直并羊而不如。羊，诚然是弱的，但还不至于如此，我敢给我所敬爱的羊们保证！(见《华盖集》)

这是鲁迅第一次为女师大事件所说的话，但还没有明白指实出来。[②]五七以后，女师大校务无形停顿，学生们为自身学业计，乃于二十一日用自治会名义邀请教员开会，讨论维持校务的办法。鲁迅应邀下午到校，在教员休息室里，有一个不认识的教员问他的意见怎样，他便明白地回答："我个人的意见，是反对杨先生的办法的。……"但对方不待听完，就表示出不屑的样子，将头掉向一边去了。接着鲁迅瞥见坐前有一张印刷品，是杨荫榆否认学生召集的这个"校务维持讨论会"，并定于当日下午七时，"特请全体主任专任教员评议会会员在太平湖饭店开校务紧急会议，解决种种重要问题"的通知。学校当局这种"缩头缩脑的办法"，使鲁迅感到苦痛，他觉得是"碰了杨家的壁了"。他是无须"莅临"太平湖饭店的，因为他不过是一个"兼任教员"。从学校回家以后，当晚便写了一篇《"碰壁"之后》。在这篇文章里，他指出了杨荫榆和拥杨教授的卑劣，指出了在"婆婆"高压下的学生们"就像一群童养媳"似的处境，指出了在饭店的电灯光彩之下，那些"教育家在杯酒间谋害学生"的事实。这是鲁迅公开而直白地指着女师大风潮所作的第一篇文章，登在六月一日出版的《语丝》周刊第二十九期上。在"碰壁"之后不数日，鲁迅又感到："女师大的教员也太可怜了，只见暗中活动之鬼，而竟没有站出来说话的人。""教员之类该有一番宣言，说明事件的真相，几个人也可以的。"(《两地书·二二》)于是到五月二十七日，他和另外六个教员的联合宣言，就在当天的《京报》上发表了。[③]

四

几乎和女师大风潮的发生同时，一九二四年十二月北京出现了一个名叫《现代评论》的周刊，它是依附帝国主义和北洋军阀政府的一批学者名流主办的同人刊物，主要作者有胡适、陈源、王世杰、徐志摩、唐有壬、燕树棠等。在女师大风潮公开化不久,《现代评论》很快便于一九二五年三月二十一日出版的第一卷第十五期上发表了署名"一个女读者"的《女师大的风潮》一文,支持杨荫榆,说"这回风潮的产生和发展,校内校外尚别有人在那里主使"。鲁迅"看那行文造语,总疑心是男人做的"(《两地书·八》)。而这次七个教员的《宣言》刚在五月二十七日一发表,马上便在二十九日发卖的《现代评论》第二十五期上起了反响:西滢特地在《闲话》里加以评论,说"以前我们常常听说女师大的风潮,有在北京教育界占最大势力的某籍某系的人在暗中鼓动,可是我们总不敢相信。"而现在《宣言》出来了,他看来已经化"暗"为"明",便在《宣言》中摘出"最精彩的几句",加上圈子,评为"未免偏袒一方",很觉"可惜"。但他又装腔作势地说:"我们自然还是不信我们平素所很尊敬的人会暗中挑剔风潮,但是这篇宣言一出,免不了流言更加传布得厉害了。"这些话,比"一个女读者"所说的"校内校外尚别有人在那里主使",更加明白和恶毒。这所谓西滢,即陈源,字通伯,与杨荫榆同属"某籍"(无锡)。当时任北京大学教授。一九二四年起曾在女师大代课,但到一九二五年二月,正当女师大风潮日渐扩大的时候,他便没有去代课了。(见陈源《致志摩》)这大概是不满意学生嚣张的一种表示。不过,他虽然已经远远地离开了他称为"臭毛厕"的女师大,却并未完全忘情;到了鲁迅等人的《宣言》一发表,他就急着出来说"闲话"了。

其实,所谓"流言",大抵是只"常常"奔凑到西滢们的耳里,出现在他们的笔下的。鲁迅是坦白直质地说出自己所观察的是非来,并且负责签名在《宣言》上;而陈源则以"流言"为武器,故意制造并传布开来。对于这种诡计,鲁迅真是洞若观火。他在五月三十日给许广平的信里说:"今天看见《现代评论》,所谓西滢也者,对于我们的宣言出来说话了,装作局外人的样子,真会玩把戏。我也做了一点寄给《京副》,给他碰一个小钉子。……倘笔舌尚存,是总要使用的,东滢西滢，都不相干也。”接着又说：“西滢文托之‘流言’，以为此次风潮是‘某系某籍教员所鼓动’，那明明是说‘国文系浙籍教员’了。别人我不知道，至于我之骂杨荫榆，却在此次风潮之后，而‘杨家将’偏偏来诬赖，可谓卑劣万分。”(《两地书·二四》)这里所说的做给《京副》的“一点”，便是那篇《并非闲话》，这是鲁迅和以陈西滢为代表的现代评论派论战的开始。这篇文章尖锐地揭露了西滢制造流言而又用“听说”推诿责任的无耻手段：“凡是自己善于在暗中播弄鼓动的，一看见别人明白质直的言动，便往往反噬他是播弄和鼓动，是某党，是某系……”又说：“假使一个人还有是非之心，倒不如直说的好；否则，虽然吞吞吐吐，明眼人也会看出他暗中‘偏袒’那一方，所表白的不过是自己的阴险和卑劣。……而且所谓‘挑剔风潮’的‘流言’，说不定就是这些伏在暗中，轻易不大露面的东西所制造的……”两天之后，鲁迅又于六月二日写了《我的“籍”和“系”》，继续对西滢进行回击，他说：“我常常要‘挑剔’文字是确的，至于‘挑剔风潮’这一种连字面都不通的阴谋，我至今还不知道是怎样的做法。”指出西滢所布施的“尊敬”，只是一个制驭别人的老法，“可压服的将他压服，否则将他抬高。而抬高也就是一种压服的手段”，使某些想求人“尊敬”的人从此沉默不语。鲁迅在这篇文章的末尾大声地说：“然而无论如何，‘流言’总不能吓哑我的嘴。……”(以上两文均见《华盖集》)这些话痛快地戳穿了西滢等“正人君子”假装公平的丑恶脸谱，表现了鲁迅的严正立场。

五

一九二五年“五卅”惨案发生，女师大即于六月初罢课。章士钊因禁止学生纪念“五七”国耻游行，其魏家胡同住宅被毁以后，逃往天津。女师大风潮拖延着。到了六月中旬，杨荫榆在新平路十一号设办事处，积极准备招生。学生方面往各教师处接洽，结果由在京四位主任亲到教部催促早日处理，又呈文执政处请其从速选人到教部负责，但并未收到什么效果，反而在那时“满布了武装到校，解散文理二预料，再开除学生共十八人（或云十二人）之说”（《两地书·三一》）。一到章士钊由津返京，这种种说法便都变成了事实。八月一日，“杨荫榆突以武装入校，勒令同学全体即刻离校，嗣复命令军警肆意毒打侮辱……”（见女师大学生自治会启事，据《集外集·流言和谎话》转录）。八月五日，杨荫榆又致书学生家长，要他们劝告学生再填入学志愿书，“不交者以不愿再入学校论”（据《集外集拾遗·女校长的男女的梦》），企图以此迫使学生就范。当然，学生们是决不屈服的。到了这时，章士钊便凶相毕露地对女师大学生施展出他的最后的手段：提请段祺瑞解散女师大。其呈文云：

> 士钊少负不羁之名，长习自由之说，名邦大学，负笈分驰，男女同班，亦尝亲与，所有社会交际，两性衔接之机缄缔构，一一考求，其中流以上之家，凡未成年之女子，殆无不惟家长阿保之命是从，文质彬彬，至可爱敬。从未见有不受检制，竟体忘形，聚啸男生，蔑视长上，家族不知所出，浪士从而推波，伪托文明，肆为驰骋，谨愿者尽丧所守，狡黠者毫无忌惮，学纪大紊，礼教全荒，如吾国今日女学之可悲叹者也。以此兴学，直是灭学，以此尊重女子，直是摧辱女子。钊念儿女乃家家所有，良用痛心，为政而人人悦之，亦无是理。当此礼教绝续之秋，宜为根本改图之计，不如查照马前次长处理美术专门学校成例，将女子师范大学停办解散为便。
>
> （据一九二五年八月八日《甲寅》周刊第一卷第四号）

这呈文完全不顾事实，颠倒是非，将女师大风潮之起归罪于学生一方，用极其轻薄下劣的话污辱青年女生，真如鲁迅所说，“可谓臻媟黩之极致了"(《坟·寡妇主义》)。段祺瑞政府立即批准章士钊的提议，由教育部正式下令停办女师大。这一反动措施自然要激起女师大师生的更坚决的反抗，在社会上也引起了强烈反响。当时代表九十八校的学生联合会，曾登报历数章士钊"摧残教育，禁止爱国"，"以数千女同学为牺牲"的罪恶。北京大学评议会亦决议与教育部脱离关系，宣布独立。但章士钊坚持顽固立场，悍然不顾一切，派教育部专门教育司司长刘百昭前往接收。这个刘百昭自称曾"在德国手格盗匪数人"，这次在女师大，他又极端野蛮地对学生动武。八月二十二日，刘百昭率领武装警察到校，雇用大批流氓和三河县老妈子将学生们殴曳出校，将她们禁闭在报子街补习所空屋中。同时，章士钊又手忙脚乱地在石驸马大街女师大原址，改设所谓女子大学，任命曾在上海大同大学禁止学生参加爱国运动的胡敦复为校长，以图欺罔世人。就在这女师大风潮发展到最高潮的时期，段、章等人更把他们迫害的对象由女师大扩大到全国学校。八月二十六日，段祺瑞发布了一个由章士钊起草的所谓《整顿学风令》，制造恐怖气氛，企图在全国范围内镇压学生群众的反帝反封建的爱国民主活动。令文中有这样的句子："自后无论何校，不得再行借故滋事。……倘有故酿风潮，蔑视政令，则火烈水濡之喻，孰杀谁嗣之谣，前例具存，所宜取则。本执政敢先父兄之教，不博宽大之名，依法从事，决不姑贷。"(据一九二六年三月二十二日《语丝》周刊第七十一期所载《整顿学风文件》)这"先父兄之教"一语，出自汉代司马相如的《谕巴蜀檄》："父兄之教不先，子弟之率不谨，寡廉鲜耻，而俗不长厚也；其被刑戮，不亦宜乎！"现在段、章援用此语，诬蔑广大学生"寡廉鲜耻"，威胁说要"依法从事"，也就是加以"刑戮"，真是穷凶极恶，杀气腾腾。果然，在次年就发生了在段祺瑞临时执政府前公开集体屠杀学生群众的三一八惨案！

女师大被非法解散以后，许多教职员和学生立即共同组织了校务维持会，坚决拒绝解散令，另于宗帽胡同赁屋，作为临时校舍，继续开学。校务维持会原拟设校务行政主任一人，由马叙伦担任，总务主任二人，由周树人（鲁迅）、李泰棻担任，教务主任二人，由沈尹默、文范村担任，事务主任由陆滋勇担任，斋务主任由郭剑秋担任；后因马叙伦、文范村等表示不愿与闻此事，乃改为委员制。（据一九二五年十月《教育杂志》第十七卷第十号《教育界消息》）④鲁迅于八月十三日被推举为委员，继续往宗帽胡同义务授课，处理校务。在章士钊的百端迫压下，校务维持会愈加严固，领导着全校师生与章士钊之流继续进行英勇顽强的斗争。

这年十一月二十八日，北京群众为反对段祺瑞政府与英美等国在北京召开的所谓关税特别会议，再次举行游行示威，章士钊称群众"再毁"了他的"寒家"，于是又潜逃天津。就在这次群众运动中，女师大学生返回她们被占的本校。十一月三十日午后五时，该校全体学生百余人，整队由宗帽胡同步行出发，前有复校运动大旗一面，沿途散发传单及宣言，至晚七时，堂堂阵阵地回到石驸马大街原址。（据一九二六年一月《教育杂志》第十八卷第一号《教育界消息》）⑤这是她们在斗争中取得的初步的胜利。

六

自女师大风潮爆发以来，鲁迅即不断用文字援助学生，反对章杨；在章士钊非法解散女师大后，他又参加该校师生为反抗章士钊乱命而组织的校务维持会。这自然使章士钊更加恼羞成怒，他没有法子可使鲁迅不写文章，但却可滥用上司的权威来压迫鲁迅，于是，在八月十二日，他呈请段祺瑞非法免去鲁迅的佥事之职。十三日，段祺瑞明令照准。⑥此事与下令解散女师大和派员前往武装接收，都同时发生于八月中旬的数日之内，即女师大风潮达到最高潮的时期内，可见章士钊是把它作为镇压整个女师大风潮的必不可少的一项措置，决不是只限于鲁迅个人的私事。

鲁迅被非法免职以后,仍继续对章士钊进行揭露,八月二十日作《答 KS 君》,第一次公开谈到免职一事,其中曾论及章士钊的为人和为文,于是就有人以为他因失去了“区区佥事”,所以反对章士钊,气量狭小,没有“学者的态度”。有人又以鲁迅的免官为“痛快”。但鲁迅不管这些,很快便向平政院对章士钊的违法提起了诉讼,坚持另一种形式的斗争。关于这事,我们应该参看尚钺君的一段文字:

在先生被撤职的次日,我去看他。当我走进小书斋时,他正在草拟讼词。他见我进来,便放下笔转身和我笑着说:“老虎没有办法,下了冷口。”

“我已知道了,先生打算怎么办?”我想着他的生活,这样问他。

“这是意料中事,不过为着揭穿老虎的假面目,我要起诉。”他坦然地笑着。

“找哪个律师呢?”我问,随手在烟筒中拿起一支烟。

“律师只能为富人争财产;为思想界争真理,还得我们自己动手。”他也拿起一支烟,顺手燃着,把火柴递与我。

我燃着烟,抽的时候觉得与他平常的烟味两样,再看时,这不是他平常惯抽的烟,而是海军牌。“丢了官应该抽坏烟了,为什么还买这贵烟?”

“正是因为丢了官,所以才买这贵烟,”他也看看手中的烟,笑着说,“官总是要丢的,丢了官多抽几支好烟,也是集中精力来战斗的好方法。”

之后,先生便谈到这次丢官的内幕。他把不知谁为他抄来的章教育总长撤他职务的命令给我看,同时说,“这事已经酝酿很久了,我不理他,看他还有什么花头。这是他不

得不破着脸皮来的一着。”（尚钺：《怀念鲁迅先生》，载一九三九年十一月《抗战文艺》第五卷第一期）

鲁迅提起诉讼之后，章士钊曾有答辩，其中一段是：

……又该伪校务维持会擅举该员为委员，该员又不声明否认，显系有意抗阻本部行政，既情理之所难容，亦法律之所不许。……不得已于八月十二日，呈请执政将周树人免职，十三日由执政明令照准。……

鲁迅也根据事理，“之乎者也”地驳斥他：

查校务维持会公举树人为委员，系在八月十三日，而该总长呈请免职，据称在十二日。岂先预知将举树人为委员而先为免职之罪名耶？……（以上两段引文均据《坟·从胡须说到牙齿》所引转录）

两方面的话一对照，总长的卑劣阴险，便赤条条地显露出来了。他的答辩，只是“胡牵乱扯”，“舞文玩法”，所以倒填日子，“将后事拉成前事”，其理由根本不能成立。真实的原因，自然是鲁迅平素反读经，反复古，反对压迫青年等言行，无一不与章士钊冲突；在这次女师大风潮中，鲁迅又直接与他的这位上司站在对立的地位，于是老虎便下了毒口。一望而知，章士钊的这一行动是违法的。是非曲直，如此判然，所以平政院取消了教育部（实即章士钊）对鲁迅的免职处分，鲁迅终于取得了诉讼的胜利，于一九二六年一月复职[⑦]。

七

女师大虽已迁回原址，但斗争并没有就此结束。教育界中一批依附军阀官僚的城狐社鼠，必欲女师大彻底破灭而甘心，于是鬼蜮手段又来了。一九二五年十二月十四日，女子大学在撷英番菜馆宴请“北京教育界名流及女大学生家长”，与宴者有陶昌善（章士钊的替身）、萧友梅、马寅初、王世杰、燕树棠、陈西滢、丁燮林、周鲠生、皮宗石、高一涵、李仲揆等，这些人多是北大教授，又大抵原住东吉祥胡同，在北大先前反对章士钊而脱离教育部时，他们曾再三向代理校长蒋梦麟及该校评议会提出抗议，所以《大同晚报》曾称他们为“东吉祥派的正人君子”。现在，这些“正人君子”们从这饭局里产生了“教育界公理维持会”，从这会又变出“国立女子大学后援会”，并发出《致国立各校教职员联席会议函》，说要把女师大教职员“投畀豺虎”或“屏诸席外”。有的则即席演说，或斥北大教员之在女师大兼职者为“违法”，或主张对于“形同土匪，破坏女大的人，应以道德上之否认加之”。有的又说解散女师大的是章士钊，女大乃另外设立，所以石驸马大街的校址不应归还。（参看《华盖集·“公理”的把戏》、《这回是“多数”的把戏》）总之，他们不要北大教员往女师大上课，在“公理”与“道德”的幌子下，模仿多尔衮的调子说话，不愿归还校址，目的都在踏倒女师大。他们骂人“形同土匪，破坏女大”，而忘了自己正是破坏女师大的人；好像女师大的解散，并非由于有人破坏，乃是无疾而终，和所谓女大的突然成立，毫无关联似的。

更有甚的是，陈西滢除了参加撷英番菜馆的宴会之外，又在《现代评论》上来说“闲话”了。他根本否认女师大复校的合法性，说什么“女师大应当不应当解散，现在应当不应当恢复，是一个很可讨论的问题”。又说：“学生人数过八倍多的女大断没有把较大的校舍让给女师大的道理。……如果合并,那四十余学生的女师大尽可加入三百五十学生的女大,让她们插班或保留原有的班次。”(见一九二五年十二月十九日《现代评论》第三卷第五十四期)这是赤裸裸地反对女师大恢复,挑唆女大学生占据校舍,完全不顾所谓女大是怎样成立的。鲁迅针对这种论调,说“仿佛他们在上月底才从娘胎钻出,毫不知道民国十四年十二月以前的事似的”(《华盖集·碎话》)。然而,源源不绝地,在下一期的《现代评论》上,陈西滢的《闲话》又紧接着来了。他根据女大学生的宣言,说女师大只有二十个学生,其余的一百多人都已转入女大了,于是发问道:“要是二百人中有一百九十九人入了女大便怎样?要是二百人都入了女大便怎样?难道女师大校务维持会招了几个新生也去恢复么?我们不免要奇怪那维持会维持的究竟是谁呢?他们的目的究竟是什么呢?”(见一九二五年十二月二十六日《现代评论》第三卷第五十五期)对于这一连串的发问,鲁迅干脆有力地回答道:就是女师大的学生“被迫胁到只剩一个或不剩一个”,也还是要:“维持”。目的呢?他用一句《闲话》来答复:“代被群众专制所压迫者说几句公平话。”(《华盖集·这回是“多数”的把戏》)鲁迅这年十二月一连写了《碎话》、《“公理”的把戏》、《这回是“多数”的把戏》等文,尖利地打击着那些“在章士钊门下暗作走狗”的教授学者们。那篇最卓杰的散文诗《这样的战士》,也是这时“有感于文人学士们帮助军阀而作”的(见《二心集·〈野草〉英文译本序》)。此外,还有也是写于此时的《论“费厄泼赖”应该缓行》一文。在这篇文章里,他总结了辛亥革命和二次革命的血的教训,提出了著名的“打落水狗”的主张,在谈到当时提倡“费厄泼赖”的流弊时,曾举眼前的事实来作说明:“例如刘百昭殴曳女师大学生,《现代评论》上连屁也不放,一到女师大恢复,陈西滢鼓动女大学生占据校舍时,却道‘要是她们不肯走便怎样呢?你们总不好意思用强力把她们的东西搬走了罢?’殴而且拉,而且搬,是有刘百昭的先例的,何以这一回独独‘不好意思’?这就因为给他嗅到了女师大这一面有些‘费厄’气味之故。”鲁迅在这篇阐述中国革命的重大原则问题的论文里，也教给女师大学生不能和恶势力讲“费厄”，而应该毫不妥协地坚持斗争。

在女师大与女大的校址纠纷中，段祺瑞政府阁议通过两校并存。这虽是一个滑稽的调停，但总算由这个政府否定了它先前停办女师大的决定。一九二六年一月，新校长易培基就职，校务维持会宣告自行解散。女师大学生经过一年多的艰苦奋斗，击破了种种阴谋，克服了层层险阻，至此终于正式恢复了。

八

在女师大风潮中，鲁迅始终站在青年学生一边。他公开写文章为学生们呼吁，抗议章士钊假武力摧残爱国运动，反对杨荫榆开除大批学生，并为偏安在宗帽胡同的学生们义务授课，真可说是心力交瘁。许广平在给他的第一封信里说过：“先生，你自然是只要放下书包，洁身远引，就可以‘立地成佛’的。”然而，鲁迅为了青年，为了中国教育文化的前途，他不是“洁身远引”，而是挺身而出，因此招致了陈西滢、王世杰等“正人君子”的各种诽谤与漫骂，甚至被章士钊非法免职，但他毫不犹豫，坚持斗争，直到女师大学生取得复校的彻底的胜利。这次的斗争，其意义并非仅仅限于一个学校的风潮，而是通过这一风潮去反对当时的“保存国粹”、“读经救国”、“整顿学风”、压迫青年等等复古思想和反动措施，具有全国性的重大意义，是当时的思想革命和文化革命的一个侧翼。鲁迅在一九二五年所写的并非为女师大风潮而发的一些文章里，他就指出：“看看报章上的论坛，‘反改革’的空气浓厚透顶了，满车的‘祖传’，‘老例’，‘国粹’等等，都想来堆在道路上，将所有的人家完全活埋下去。”他认为，“现在的办法，首先还得用那几年以前《新青年》上已经说过的‘思想革命’”（《华盖集·通讯》)。他劝导青年们“要少——或者竟不——看中国书,多看外国书。”(同上《青年必读书》)鼓励他们活动:“我以为人类为向上,即发展起见,应该活动,活动而有若干失错,也不要紧。惟独半死半生的苟活,是全盘失错的。”(同上《北京通信》)这些意见,都是继承着《坟》和《热风》里许多文章的一贯精神,无一不与章士钊之流关于思想文化的谬误主张相反;在稍后为女师大风潮所写的一系列文章时,又有直接针对章士钊的《答KS君》和《十四年的“读经”》等文。到了一九二六年,鲁迅仍继续追击,在《古书与白话》中驳斥了章士钊的“非读破几万卷书者”做不出好白话文的谬论;又在《再来一次》中将一九二三年九月所写的《“两个桃子杀了三个读书人”》一文再次发表,充分揭露了章士钊口口声声尊崇国学,拥护文言,而其实并未真的懂得什么国学,也不擅长文言的虚伪可笑。在这时期中,新文化阵营尚不及旧壁垒的坚牢,步调亦不一致,虽然也曾先后出现了几篇反驳章士钊的文章,但是零零落落,有的人只在阵头一转,便尔退兵,那情形实有如郑振铎所说:“都是懒洋洋的在招架着他(章)的。”(《中国新文学大系·文学论争集·导言》)只有鲁迅,可说是当时唯一能够始终不懈,广泛深入地给章士钊及其所支持宣扬的封建文化思想以重大打击的人。郑振铎在慨叹了别人的“懒洋洋”之后,接着说:“真实的冲突,却是语丝社和章士钊及现代评论社的争斗。那倒真是货真价实的思想上的一种争斗。”(同上)这话极切合实情。所谓“语丝社和章士钊及现代评论社的争斗”,实际上只不过是鲁迅和章士钊及现代评论社的争斗。鲁迅之为语丝社最主要的代表作者,也就是现代评论派所称的“语丝派首领”,这是人所共见的事实。而女师大之役,就是这场斗争的一个重要的组成部分。总之,女师大风潮是广大青年为反对北洋军阀政府,反对封建奴化教育,争取学习自由、爱国自由而举行的一次正义斗争;鲁迅在这次斗争中取得了辉煌的战绩,他为此而写的一切文章是现代中国教育史乃至思想文化史上的宝贵文献,我们应当充分认识它的重要意义。

一九四一年六月于虹庐

注　释：

① 这里说春间，是据鲁迅《“公理”的把戏》一文所说，包括其酝酿过程；现已明确，风潮正式爆发于一九二四年十一月。

② 与此同时，在杨荫榆五月九日揭示开除学生六人以后，鲁迅曾为学生自治会代拟上教育部呈文二件，现据手稿收入《集外集拾遗补编》。

③ 题为《对于北京女子师范大学风潮宣言》，署名者为马裕藻、沈尹默、周树人、李泰棻、钱玄同、沈兼士、周作人七人。据许广平说，《宣言》为鲁迅拟稿，现收入《集外集拾遗补编·附录一》。

④ 此消息亦见于一九二五年八月九日北京《晨报》第七版。沈尹默于次日即致书《晨报》，说此项新闻是“造作”的（见八月十二日《晨报》）。

⑤ 鲁迅与许寿裳当日曾亲往参加，《鲁迅日记》一九二五年十一月三十日载：“下午季市来，同至女师大教育（校务）维持会送学生复校。”

⑥ 一九二五年八月十三日临时执政令：“署教育总长章士钊呈请将佥事周树人免去本职，应照准，此令。”（见一九二五年八月十四日《晨报》第七版）

⑦ 段政府教育部一九二六年一月十七日令：“本部视学齐宗颐、佥事周树人应即复职，此令。”又：“本部图书审定委员会常任委员许寿裳应即复职，此令。”（见一九二六年一月十八日《京报》第三版）齐宗颐、许寿裳因鲁迅免职事联名发表反对章士钊的宣言，也被免职，本日同时复职。

鲁迅对三一八惨案的抗争

一九二六年三月十八日，北京市民为了抗议日本帝国主义直接帮助奉、直、鲁军阀，炮击倾向革命的国民军，并唆使辛丑条约各国提最后通牒的暴行，特在天安门外举行民众大会，游行示威，向段祺瑞临时执政府请愿；当时的段政府，本是一个接近日本帝国主义的政府，一向便害怕民众，仇视学生，所以当请愿群众走到执政府门前时，段祺瑞竟然命令卫队开枪，扫射群众。"司令的是用警笛，警笛一鸣，便是一排枪，警笛一声接着一声，枪声就跟着密了。……司令者那时还用指挥刀指示方向，总是向人多的地方射击！"（朱自清：《执政府大屠杀记》）在这样有组织有步骤的屠杀下，有些人当场毙命；有些人本已逃出，不料到辕门口，又遭遇拦门的截击；有些人带伤未死，但后来却又被枪柄、大刀、木棍所打死：结果，死四十七人，伤百余人。事后，段政府为了推卸责任，更宣称这些死伤者是暴徒，是赤化分子，通电说"有暴徒数百人手执枪棍"，"并有抛掷炸弹，泼灌火油等举动"。做证据的有一根木棍，两支手枪，三瓶煤油。次日，又通缉所谓"暴徒首领"徐谦、李大钊、李煜瀛、易培基、顾兆熊等人。而风传将被政府通缉者，还有五十余人。

像这样在光天化日之下，在首都的堂堂执政府之前，大规模地屠杀爱国民众的野蛮行为，自然要激动广大人士的愤怒；一向就反对段、章等军阀政客，且预料名字已列入将被通缉的五十余人中的鲁迅先生，更加怒不可遏，他把这一天称为“民国以来最黑暗的一天”，在当天，就写了《无花的蔷薇之二》，沉痛而猛烈地向段祺瑞、贾德耀（内阁总理）、章士钊（教育总长）之流抗议：

> 中华民国十五年三月十八日，段祺瑞政府使卫兵用步枪大刀，在国务院门前包围虐杀徒手请愿，意在援助外交之青年男女，至数百人之多。还要下令，诬之曰“暴徒”！
>
> 如此残虐险狠的行为，不但在禽兽中所未曾见，便是在人类中也极少有的，除却俄皇尼古拉二世使可萨克兵击杀民众的事，仅有一点相像。
>
> …………
>
> 如果中国还不至于灭亡，则已往的史实示教过我们，将来的事便要大出于屠杀者的意料之外——
>
> 这不是一件事的结束，是一件事的开头。
>
> 墨写的谎说，决掩不住血写的事实。
>
> 血债必须用同物偿还。拖欠得愈久，就要付更大的利息！

对于徐谦等人的通缉，鲁迅又在三月二十六日所写的一篇《可惨与可笑》里，指明了一个秘密：赶走他们，以便空出九个“优美的差缺来”。这九个“优美的差缺”是：

一、中俄大学校长（徐）；

二、北京大学教授（李大钊）；

三、中法大学代理校长（李煜瀛）；

四、女师大校长（易）；

五、北大教务长（顾）；

六、清室善后委员会委员长(李煜瀛);

七、俄国退还庚子赔款委员会委员长(李煜瀛);

八、俄国退还庚子赔款委员会委员(徐);

九、同上(顾)。

到三月二十六日,段政府拟通缉的五十人中的一部分姓名,便在《京报》上披露了。鲁迅又写了《如此讨赤》(四月六日),《大衍发微》(四月十三日),用“唯饭史观”的眼光,来探究所以要通缉这凑成“大衍之数”的人们的原因。后来的事实证明了他的探究“不为无见”,果然,在“烈士”落葬,徐谦等逃亡之后,俄款委员会改组,那些“讨赤”者们,不能忘情于“卢布”,互争委员的事实便发生了。

鲁迅的这些文章,每篇都一样的沉痛、深刻、感人至深。有了鲁迅,然后一部分牺牲者的潜德幽光才得到阐扬;全体伤亡者的精神才得到表彰;元凶巨恶们的罪行才得到真实的记录。但他不仅是抗议而已,另一面,他还从这次血的洪流里,汲取了极宝贵的经验教训,指示给后来的人们。在三月二十五日所写的《“死地”》内,他再三劝告青年:

> 但我却恳切地希望:“请愿”的事,从此可以停止了。倘用了这许多血,竟换得一个这样的觉悟和决心,而且永远纪念着,则似乎还不算是很大的折本。

在四月二日所写的《空谈》内,他更详细地解释道:

> 改革自然常不免于流血,但流血非即等于改革。血的应用,正如金钱一般,吝啬固然是不行的,浪费也大大的失算。我对于这回的牺牲者,非常觉得哀伤。
>
> 但愿这样的请愿,从此停止就好。

但是，不“请愿”又怎么办呢？他接着更谆谆地叮嘱青年，不要赤膊上阵，而要运用壕堑战：

> 至于现在似的发明了许多火器的时代，交兵就都用壕堑战。这并非吝惜生命，乃是不肯虚掷生命，因为战士的生命是宝贵的。在战士不多的地方，这生命就愈宝贵。所谓宝贵者，并非“珍藏于家”，乃是要以小本钱换得极大的利息，至少，也必须卖买相当。……
>
> 这回死者的遗给后来的功德，是在撕去了许多东西的人相，露出那出于意料之外的阴毒的心，教给继续战斗者以别种方法的战斗。（同上）

必须如鲁迅所说的这样，采用新的战术，避免无谓牺牲，然后“叛逆的勇士”才能“屹立人间”，才可望“天地在猛士的眼中于是变色”，如鲁迅在四月八日所写的《淡淡的血痕中》所希冀的那样。

至此，我们已经看见了鲁迅的不畏强暴，仗义执言的伟大精神，和他的现实主义的战斗方法了。但是，所谓“正人君子”们的态度又如何呢？

这里，我们请以陈西滢教授为代表来看看吧。陈教授在女师大事件上曾经说过许多“闲话”，他对于三一八惨案，自然不会缄默。在惨案发生以后，他便在《现代评论》第三卷第六十八期上发表了一篇照例以《闲话》为题的文章。其主要的一段是：

> 这次死伤者之中，妇女小孩占了一部分，据说有许多是在仓皇奔走中被群众挤倒后踏死或踏伤的。我们要是劝告女志士们，以后少加入群众运动，她们一定要说我们轻视她们，所以我们也不敢多嘴。可是对于未成年的男女孩童，我

们不能不希望他们以后不再参加任何运动。……这话自然特别对他们的父兄，尤其是他们的师长说的。对理性没有充分发展的幼童，勉强灌输种种的武断的政治或宗教的信条，在我看来，已经当得起虐待的名字，何况叫他们去参加种种他们还莫名其妙的运动，甚而至于像这次一样，叫他们冒枪林弹雨的险，受践踏死伤的苦！

全文意思很明显：第一，他在诬蔑那天徒手请愿，意在援助外交的青年男女，并非有什么自觉的爱国意识，而是盲目的被人“叫”去参加“他们还莫名其妙的运动”。第二，那些“叫”人去“冒枪林弹雨的险，受践踏死伤的苦”的人，“犯了故意引人去死地的嫌疑”，应负道义上的“责任”。为了加强他的立论，他更举女师大学生杨德群女士为证：

(杨女士)平常很勤奋，开会运动种种，总不大参与。三月十八日她的学校出了一张布告，停课一日，叫学生们都去与会。杨女士还是不大愿意去，半路又回转。一个教职员勉强她去，她不得已去了。卫队一放枪，杨女士也跟了大众就跑，忽见友人某女士受伤，不能行动，她回身去救护她，也中弹死。

有了这“开会运动种种，总不大参与”，被“勉强”着才“不得已”去与会的杨女士，便证明了青年们是被人利用；有了这“布告停课，叫学生们都去与会”的学校和“勉强她去”的“教职员”，便证明了有些学校和教师，应负这次血案的责任。——这样一来，段、贾、章等和实行扫射的卫士们的罪行便减轻了。

一望而知，陈教授的态度和立场，完全和在女师大事件上所表现的一样。在女师大事件上，他与段、章、杨站在一方；而在三一八血案上，他也轻轻的开脱了段、贾、章等人。他们之间，并无什么本质的差异，只不过所用的武器不同，一则用“钢刀”，一则用“软刀”而已。所以鲁迅一面严斥段、贾、章等军阀政客，一面也没有放过了西滢之流的“正人君子”。在《“死地”》内，他便针对着西滢的这篇《闲话》说：

> 但各种评论中，我觉得有一些比刀枪更可以惊心动魄者在。这就是几个论客，以为学生们本不应当自蹈死地，前去送死的。倘以为徒手请愿是送死，本国的政府门前是死地，那就中国人真将死无葬身之所，除非是心悦诚服地充当奴子，“没齿而无怨言”。不过我还不知道中国人的大多数人的意见究竟如何。假使也这样，则岂但执政府前，便是全中国，也无一处不是死地了。

在《空谈》内，又说：

> 有些东西——我称之为什么呢，我想不出——说：群众领袖应负道义上的责任。这些东西仿佛就承认了对徒手群众应该开枪，执政府前原是“死地”，死者就如自投罗网一般。群众领袖本没有和段祺瑞等辈心心相印，也未曾互相钩通，怎么能够料到这阴险的辣手。这样的辣手，只要略有人气者，是万万豫想不到的。
>
> …………
>
> 陈源教授的《闲话》说：“我们要是劝告女志士们，以后少加入群众运动，她们一定要说我们轻视她们，所以我们也不敢来多嘴。可是对于未成年的男女孩童，我们不能不希望他们以后不再参加任何运动。”（《现代评论》六十八）为什么呢？因为参加各种运动，是甚至于像这次一样，要“冒枪

林弹雨的险,受践踏死伤之苦"的。

这次用了四十七条性命,只购得一种见识:本国的执政府前是"枪林弹雨"的地方,要去送死,应该待到成年,出于自愿的才是。

这评论真可谓入木三分,正和以前那些因女师大事件而写的文字一样:锋利,中肯,而更沉痛,简直洞穿了绅士学者们的肺腑。

鲁迅的文章已经指出了西滢议论的荒谬,若再就事实看,则《闲话》亦多出于捏造。第一,关于杨德群女士的为人,西滢说她"开会运动种种,总不大参与",但女师大学生雷瑜女士等五人看了这篇《闲话》后,致陈的辩正信,则说:

杨女士居恒默默,遇事不避艰险,不张声色,切切实实硬干。……她于被害之三个月以前加入国民党,实际参与种种爱国运动及其他妇女运动。(见《现代评论》三卷七十期)

雷女士等五人"与杨女士有十年同窗之谊,这回惨案又同杨女士亲历其境。"其说当极可信。又鲁迅《记念刘和珍君》内,曾有一节:

刘和珍君,那时是欣然前往的。……但竟在执政府前中弹了,……同去的张静淑君想扶起她,中了四弹……同去的杨德群君又想去扶起她,也被击,弹从左肩入,穿胸偏右出,也立仆。

像这样舍身救人,"沉勇而友爱"(鲁迅语)的杨女士,怎么会是西滢笔下"半路又回转"的那种人呢?

其次,关于"叫"学生一事,西滢说"她的学校出了一张布告,停课一日，叫学生们都去与会。”但据雷女士等五人的信则说：“三月十八日敝校停课，乃出自学生自治会以电话向教务长要求的。”恰好当时女师大教务长林语堂在《悼刘和珍杨德群女士》一文内，亦曾说及此事：

> 三月十八日，……我还得了刘女士的电话，以学生自治会名义请我准停课一天，因为她说恐怕开会须十一时才能开成，此后又恐怕还有游行，下午一时大家赶不回来。我知道爱国运动，女子师范大学的学生素来最热烈参加的，并非一般思想茅塞之女界所可比，又此回国民大会，纯为对外，绝无危险，自应照准。见(《语丝》七十二期)

两相对照，学生自治会要求放假，乃系事实，而陈所说“布告停课，叫学生们都去与会”的话，全是“流言”了。原来陈教授对女师大怀恨在心，现在又乘机施行了一次造谣的伎俩。

至此，我们已经明白了：陈教授在那篇《闲话》里，其所以要说有人“叫”青年们去自蹈“死地”，其所以要牵扯杨德群女士和一些学校教职员，那终极目的，只不过是想叫一般青年男女“以后不再参加任何运动”，(他在答复雷女士五人时也说：“我知道许多富有思想，大有作为的青年是简直不参与任何运动的。”)以便永远维持军阀官僚的黑暗统治而已。

(原载一九四四年三月十八日重庆《新华日报》)

辟史天行关于鲁迅的几篇文章

二三年来，曾经看过史天行的关于鲁迅先生的几篇文字。先是《幸福》杂志上的《鲁迅逸事》(第一年第四期)，接着是《创世》上一连串的《我所知道的鲁迅翁》(第五期)，《鲁迅用日文写的作品》(第八期)，《鲁迅的早年作品》(九、十期合刊)，《鲁迅故里访问记》(第十二期)，《鲁迅逸事》(第十五期)等。未看以前，我并未以为史天行的文字值得一看，原只不过随便翻翻；既看之后，也以为在史天行笔下出现此等文字，自属当然，所以并不想说什么。但是，倘使是一个不大接触鲁迅著作和不明了史天行为何如人的读者，见他这样俨乎其然，一若对鲁迅很有研究似的，不断写作以鲁迅为题的文字，那就恐将不免莫辨是非，为所蒙蔽。因此，指出他这些文字里的种种荒谬和捏造，实在是很有必要的。

史天行到底是怎样一个人呢？这可从鲁迅的一段文字里看出："史济行和我的通信，却早得很，还是八九年前，我在编辑《语丝》，创造社和太阳社联合起来向我围剿的时候，他就自称是一个艺术专门学校的学生，信件在我眼前出现了，投稿是几则当时所谓革命文豪的劣迹，信里还说这类文稿，可以源源的寄来。然而《语丝》里是没有'劣迹栏'的，我也不想和这种'作家'往来，于是当时即加以拒绝。后来他又或者化名'彳 亍'，在刊物上捏造我的谣言，或者忽又化为‘天行’（《语丝》也有同名的文字，但是别一人）或‘史岩’，卑词征求我的文稿，我总给他一个置之不理。”（《白莽作〈孩儿塔〉序》的《续记》）史天行就是这样的一个人。他的嘴脸，他的为人，都清晰地摆在这里。鲁迅和他之间所曾发生过的交涉，也仅仅是这么的简单。然而，一到他的笔下却不同了。他不但“二十年前”在北平一个私立大学读书时，便认识了鲁迅，以后在上海，又曾去过景云里鲁迅的寓所；而且，还曾经和鲁迅发生过文字的关系：民国二十四年夏，他在上海主编《新文学》月刊，鲁迅曾经介绍过一篇田军的《蹉跌》，不料于送审时被没收了，鲁迅“迁怒”于他，“经几次的解释，始得无事”。后来鲁迅又“以邓当世的笔名译了一篇俄国的小说来”，也被他们的发行人“当作无名小卒而遗失了”，于是，“这次鲁迅先生大施咆哮，几次写信责我，声言与我断绝文字之交”（见《我所知道的鲁迅翁》）。据此，鲁迅曾给他编的刊物译过和介绍过稿件，并未“置之不理”，有一个时期，他们还是“文字之交”哩。而且鲁迅又是那么一个容易“迁怒”和“咆哮”的人；这就给鲁迅何以要因为《〈孩儿塔〉序》而“诬陷”（原文）他留下了张本。

说起《〈孩儿塔〉序》，这倒是鲁迅和史天行的“文字之交”上的一件大事。一九三六年三月，鲁迅得到一个不相识者由汉口寄来的信，自说和白莽是同济学校的同学，藏有他的遗稿《孩儿塔》，正在经营出版，要求鲁迅做一篇序。鲁迅在接信的当晚，“大病初愈，才能起坐，夜雨淅沥，怆然有怀，便力疾写了一点短文”。不料几日之后，看见《社会日报》，说史济行又化名为齐涵之了；这正是汉口发信者的署名，鲁迅这才悟到受了骗：史济行“仍在玩着骗取文稿的老套，《孩儿塔》不但不会出版，大约他连初稿也未必有的”。到四月初，鲁迅看见了所谓“汉出”的《人间世》第二期，卷末写着“主编史天行”，下期要目预告上，果然有鲁迅的《序〈孩儿塔〉》在。但卷端又声明着下期要更名为《西北风》了。于是鲁迅写了一篇《续记》，声明他的受骗，要读了他的序文的人，不再希望《孩儿塔》真会出版。但是，对于此事，史天行是怎样说呢？他说：

> 第二年（按指民国二十五年）我去汉口，遇到同乡唐性天先生，我就在他所经营的华中图书公司，出版了《西北风》小品文半月刊，里面登载鲁迅的作品很多，但都是从日文转译来的……记得后来有一位齐君，拿来一篇鲁迅作的《白莽遗诗序》，登出来后，很受鲁迅的不满，在某刊（记不起名称）大骂我一顿，里面有许多诬陷我的话。（《我所知道的鲁迅翁》）

这样，骗取鲁迅文稿的，是"一位齐君"，和史天行并非一人，而鲁迅《续记》中的许多话，便都成为对于他的"诬陷"了。不过一经对照，在捏造谣言，卑词求稿都无效之后，便"欺以其方"，利用鲁迅和白莽的友情，终于骗得了文稿的事，是昭然若揭的。无论史天行怎样推赖和捏造，都不会有什么用；因为有鲁迅的万古不灭的文字在。

在史天行的这几篇文章内，录有旧诗三首，文言笔记五则，据说都是鲁迅早年作品。但关于出处及写作和发表的年月等等，则又往往不加说明。如《幸福》杂志所载《鲁迅逸事》里的旧诗两首：

> 使君蓟北令名标，爱护江南意未销。
> 匣剑欲争牛斗耀，缨冠来自海天遥。
> 几人姓氏论功罪，欺世文章续狗貂。
> 最是孟尝好宾客，莫将弹铗让前朝。

> 仓皇无计出危城，赖有援师建旆旌。
> 且喜将军能偃武，更闻敌帅亦收兵。
> 戍楼沉寂秋云澹，废垒荒凉夜月清。

筹唱刀环声暂歇，万方引领望承平。

这两首诗，史天行既未说明见于何书，又未说明见于何处，但云“我又见到纪事诗两首，作于壬戌年，苍劲挺立，大有老杜风味。”按“壬戌年”为民国十一年（一九二二），其时鲁迅在北平，细绎诗意，大约是为一位名标蓟北，偃武修文的“将军”作的，在当时鲁迅的交游中，似乎并无此种人物。而且，格调不高，又充满了讴歌颂美，不像鲁迅的口气。据景宋说，鲁迅对于旧诗，“虽工而不喜作，偶有所作，系应友朋要请，或抒一时性情，随书随弃，不自爱惜。”故在《集外集》和《集外集拾遗》之外，可能还有一些散佚的作品，周作人也说过，在他的旧日记里，还保留着鲁迅少年时代的几首旧诗。但这两首，实在令人怀疑。其余《鲁迅故里访问记》中的《咏史》一首，他虽说是由鲁迅族人周荫棠的口述得来，但在无更充分的证明以前，我们也是不能随便置信的。

笔记方面，在《鲁迅的早年作品》里，有一篇《三味书屋笔札》，共三则，署名周逴，据云原载“清末所出的《小说林》”第十期。在《我所知道的鲁迅翁》里，有一篇《百草书屋杂著》，共两则，据云出自《越铎日报》副刊，署名及出版年月均未说明。这里的问题是，《三味书屋笔札》三则之一，述山阴童二树采莲曲一则，在唐弢先生编的《鲁迅全集补遗》里，也曾收入。但仅此一则，题为《百草书屋札记》，署名巴人，原载民国三年《越铎日报》副刊：题目，署名，发表处所及时间，都与史文所说不同。《百草书屋杂著》中关于赫纳（海涅）的一则，也被收在唐编《补遗》里，但题名另作《艺文杂话》，署名周豫才，发表于民国三年《越铎日报》副刊。据唐弢先生编后记说，这两篇“是由热心的读者寄来，承景宋先生惠借录存的”。我从来毫不疑惑，但现在看了史天行的文章以后，不禁有点疑问了：倘若史天行所录是真确可靠的，则何以题目、署名、则数、发表时间及地点，都和《补遗》相差如是之巨？

倘若史天行所录是伪托，则《补遗》所载二则的真实性也随之而发生问题了。我们又不能因为不信任史天行而干脆地承认《补遗》所载两则，而否定其余三则，因为不仅五则笔调相同，内容也极一致，都是谈清人或外国诗人的诗作，不像出于两人之手。但到底是否鲁迅所作，颇难决定。因为：

一、“周逴”本周作人笔名，他在译《红星佚史》时，便是用这两个字。鲁迅的小说《怀旧》，虽也署名“周逴”，但那是由周作人在寄稿时代为加上去的。（请参看拙作《论〈红星佚史〉非鲁迅所译》）

二、《百草书屋杂著》中的第二则，是关于希腊女诗人萨福的，而周作人作《茶话已》第十三篇，也正是谈这位女诗人。两相参照，相同之处甚多。比录如下：

> 史录：“希腊女诗人萨复，生周定王时，与诃美洛思（俗译荷马）并称，人号第十诗神，顾后基督教人，病其诗太放逸，于千七百十四年公焚之，故今所传，仅得断片少许而已。或诵其句云：‘闻春华之芳躅’，甚赏之，以为胜于所作艳情，然考遗集本文，未见此句。萨复诗情文并胜，异国译者，鲜能仿佛，况在华土，所去益远，譬诸蝶衣之美，不能禁人手沾捉也。”（《创世》第五期）

> 周著：“希腊女诗人萨福，正言萨普福（Sapph），生当耶稣纪元前六百年顷，在中国为周定王时代。……
>
> “希腊神话有九神女，司文章音乐之事，人称萨福为第十诗神，又诃美洛思（Homeros，旧译荷马）为诗人，萨福为女诗人，推重备至。顾后世基督教人痛其诗太艳逸，于三百八十年时并其他希腊人诗集拉杂焚之，故今日不传，第从希腊罗马著作中所引搜辑得百馀则，成句者仅半，成章者不及

十一矣。其诗情文并胜,而比物丽词尤极美妙……

"……译诗之难,中外同然,虽以同到之语且不能合,况希腊与华言之隔,而萨福之诗又称不可传译者乎……"(《语丝》第七十四期)

虽然萨福人人可谈,但参阅之下,总难免令人发生两文是否同为一人所作的疑问。

三、在童二树采莲曲一则内,有"予在京师(《补遗》作"曩在京师时"),尝于琉璃厂获购越中三子诗,蠹蚀殆半"句,足见写作时不在"京师",而发表处又为《越铎日报》,则想来应当是在绍兴的吧。但民国三年(据《补遗》)鲁迅并未还乡(除非是民国二年回家时作,而于次年才发表的)。如照史天行说,这是刊载在"清末所出的《小说林》"上的,则更说不过去,因为鲁迅在"清末"并未到过"京师"。由这一则连带想去,所谓登在"清末所出的《小说林》"上的《三味书屋笔札》三则,全不可信。

自然,这种种疑问,是先有对于史天行的不信任在的。因为是出现在他的文章里,而文字又是那样粗疏错落,说不明白,便令人不能不引起怀疑了。但看《补遗》署名,一则曰周豫才,一则曰巴人,明白确凿,又令人无怀疑的余地。我们是很珍视鲁迅集外佚文的,他在回国之后,也的确"给日报之类做了些古文"(《〈集外集〉序言》)。我希望有人能够举出详明可靠的论证来,辨明这些诗文是否确为鲁迅的作品。

史天行在《我所知道的鲁迅翁》里,提到鲁迅刻的《百喻经》时,说:"这经是南京金陵刻经处流布的,内容与《伊索寓言》差不多,这里索性把它译了一则出来,给不曾见到这经的人看看",下面便是一则白话译的《痴人说饼》。就语气看,这明明白白说是他自己译的。但在《东南日报》副刊《江风》上,他有一篇《文坛秘录》,第一条就是《鲁迅与百喻经》,又引了这个痴人的故事,一字不差,但他的说明却又不同:“原文古奥难懂,鲁迅曾译成一则白话,登载在当时(这“当时”不知指何时,从上下文也看不出——林)绍兴出版的《越铎日报》上,看起来,与《伊索寓言》差不多的东西。”这又一变而为“鲁迅曾译”的了。这到底是要什么花头呢?究竟是鲁迅所译,还是他史天行的“创作”?我因为没有见过《百喻经》,不得而知。在《鲁迅的早年作品》里,他又说:“他(鲁迅)很早就自己出钱印了一部《会稽郡故书杂集》,所收均为乡先贤著作。内有一种叫《鞍村杂咏》,是山阴沈宸桂所著,卷首鲁迅且作有小引……”按《会稽郡故书杂集》,内共八种,其中并无沈宸桂的《鞍村杂咏》,不知史天行何所据而云然。《杂集》现收全集及三十年集中,并非难见之书,一经覆按,即可了然。在《鲁迅用日文写的作品》里,提到鲁迅为日译本《中国小说史略》作的那篇序言,他说:“友人俞念远君,曾将此序译出,本打算发表在我编的一种刊物上,后以刊物流产,此序便久藏我处,今天写这短文,顺便附载于此……”其实,这篇序曾经在史天行编的所谓“汉出”《人间世》第二期上发表过,并且前面还附有一行声明:“本篇原来是我为日译本《支那小说史》写的卷头语……”乃是模拟鲁迅的语气,冒充鲁迅自己翻译的。然而“仅止一页的短文,竟充满着错误和不通。”鲁迅已在《续记》里指出过了。不料现在史天行竟说因刊物流产而并未发表,想用以掩饰他的冒充鲁迅欺蒙读者的招摇撞骗的丑行。他难道以为鲁迅的文字已经消亡了么?其实,只要有鲁迅的文字在,这依然是没有用处的。

此外,在他的这几篇文章里,还有不少错误。如说鲁迅用日文写的《监狱》,是“收入《准风月谈》”,说《火》“未见有人译出”;他不知道这两篇和《王道》合为一篇,题为《关于中国的两三件事》,现收在《且介亭杂文》初集里。又说《〈游仙窟〉序》、《〈何典〉序》等,“似乎后人所编的集子,多有遗漏”,《残秋偶作》一律,为“外间所没有见过”;而不知道这些序和诗,都已收入《集外集拾遗》,不用劳他再来“希望有心人随时留意收拾,凑成一册”了。他也不知道《集外集》的编者是杨霁云，而一再说是曹聚仁。凡此种种，都证明史天行对于鲁迅的著作，是连摸也未曾一摸，而他偏偏又爱谈鲁迅，这自然只有信口雌黄了。

鲁迅是忠厚的，白莽的《孩儿塔》的遗稿，本来保存在他那里，但他却想在白莽的朋友手里别有初稿，也是可能的，因此竟毫不留心这是骗局。而且还恐怕连累付印者，所以在序里不题他的姓名。然而这位时而化名史济行，时而化名齐涵之，时而彳亍，时而天行，时而史岩；时而自称北平私立大学学生，时而自称艺术专门学校学生，时而又自说是同济学校学生的史天行，却狡诈得可以。直到现在，鲁迅已经逝世了快十二年，而他也还要啰啰嗦嗦地纠缠着死人，以作他“自炫”和“卖钱”的工具。他又不像苏雪林郑学稼之流那样明白地诬蔑谩骂，而是有一副看去似无恶意的伪装的，这就更使读者们不能个个都认清他的荒谬恶劣——他的一篇篇的大著作，不是还有期刊给他登载么？以后他的关于鲁迅的文字大概还要层出不穷吧？所以，我们不能因为他不值一嘘而保持沉默；这倒并非为了对付史天行，而是为了许多真诚的鲁迅著作的读者。

一九四八年六月四日

（原载一九四八年七月十五日上海《文讯》第九卷第一期）

补记：关于《鞍村杂咏》

史天行所写的几篇关于鲁迅先生的文章，荒谬妄诞，达于极点。如《鲁迅的早年作品》一文内云：

> 鲁迅早年不仅喜写作，且喜印书，他很早就自己出钱印了一部《会稽郡故书杂集》，所收均为乡先贤著作。内有一种叫《鞍村杂咏》，是山阴沈宸桂所著，卷首鲁迅且作有小引：“鞍村即马鞍村，村口有山，其形如马，相传秦始皇时，望气者云，南海有五色气，遂发卒千人，凿断山之冈阜，形如马

鞍。附山居民遂以名村，至今山顶凿痕尚在，一篇神话也。然其诗写海边村景，颇有风致，杂诸唐人集中，亦无愧色，如《村居即景》一首云：老妻扶杖念弥陀，稚子划船唱棹歌。村店满缸新酒贱，俞公塘上醉人多。馀大率类此。”（见《创世》第九、十期合刊）

按《会稽郡故书杂集》内收谢承《会稽先贤传》、虞预《会稽典录》、钟离岫《会稽后贤传记》、贺氏《会稽先贤像赞》、朱育《会稽土地记》、贺循《会稽记》、孔灵符《会稽记》、夏侯曾先《会稽地志》等八种，其中并无《鞍村杂咏》。我在《辟史天行关于鲁迅的几篇文章》里，对这点已加驳斥；但当时还没有指出史天行这一段捏造的来历。最近偶阅周作人的《风雨谈》，里面有一篇《三部乡土诗》，其所说的第二部，即沈宸桂著的《鞍村杂咏》。节录如下：

其二是《鞍村杂咏》一卷，道光丁酉刊本。题曰安山第七桥半亭老人，即山阴沈宸桂，著有《寿樟书屋诗抄》一卷。卷首为《马鞍村十咏》，序中述村名缘起云：“余家在马鞍村。村口有山，其形如马。秦始皇时，望气者云，南海有五色气，遂发卒千人，凿断山之冈阜，形如马鞍。附山居民遂以名村，至今山顶凿痕具在。”……沈君诗本平常，又喜沿袭十景之名，或嵌字句，益难出色，唯专就一村纪事写景，亦别有意义，其村居诗更较佳，如其十八云：“老妻扶杖念弥陀，稚子划船唱棹歌。村店满缸新酒贱，俞公塘上醉人多。”写海边村景，颇有风致。

两相参照，可知史天行所谓“卷首鲁迅且作有小引”，全是胡说。序文乃沈宸桂自著，并非鲁迅所“作”。史天行将沈氏自序窜易数字，如将显然与鲁迅里居不符的“余家在马鞍村”胡改为“鞍村即马鞍村”之类，再和周作人“写海边村景颇有风致”等语及引诗一首杂揉在一道，更加上他自己的“杂诸唐人集中亦无愧色”这样的呓语，于是便成了他所谓的“鲁迅且作有小引”的“小引”了。

这真是弥天大谎！然而在史天行关于鲁迅的全部文字里，这又不过是小小的一例而已！

一九四八年十月

（原载一九四八年十月二十五日重庆《大公晚报·半月文艺》）

鲁迅与自然科学

一 学习科学的经过

十九世纪的后半期，随着帝国主义势力的侵入，在中国也传来了西方的自然科学与社会科学。当时的一般官僚士大夫，虽然还只是抱着“中体西用”的见解，但既然以为“西学”可以“为用”，那就是在无可如何之中也承认了西方的科学。经过了几次创钜痛深的失败以后，他们便也手忙脚乱地办工厂、造兵舰、开矿山、设学校……办起种种所谓“洋务”来。以这样的时代为背景，再加上个人生活环境的因素，遂使得鲁迅先生走上了学习自然科学的道路。他年轻时代所进的水师、矿路、仙台医专等一系列的学校，都是专门学习科学技术的学校。虽然他以后在中国社会上，是以一个伟大的文学家和思想家的身份而存在，但他对于自然科学的兴趣始终不衰。他是中国新文学的开山；同样，在自然科学方面，他也是很早的一位前驱者。

在说到鲁迅学习科学的经过以前，我觉得他幼年生活上的一些事情，有值得我们注意的地方。大约十岁左右，他从一个远房的叔祖那里，见到吴陆玑作的《毛诗鸟兽草木虫鱼疏》(按应作《毛诗草木鸟兽虫鱼疏》)和清初陈淏子著的《花镜》。两者都是关于动植物的书，陈著虽名为《花镜》，但也并非仅仅限于花草藤蔓之类，其最后一卷的第六卷，也是讲禽兽鳞虫的。这两部书虽非他自己所有，但给他的印象很深，若干年后也还没有忘记。在稍后的几年中，他用慢慢积存下来的钱，陆续搜集到《尔雅音图》和日本冈公翼（元凤）著的《毛诗品物图考》以及《兰蕙同心录》、《广群芳谱》等书（后两种见周建人：《鲁迅放学回来时做些甚么》）；在从书塾放学回家后，他又抄录了《释草小记》一类的书不少（同上）。从这种种上面，鲁迅便认识了许多动植物的形状习性，也知道了一些栽培花木的方法。他一面阅读抄写，一面便马上将这些知识应用起来，当名辨物，以求证验。他"空闲时也种花，有若干种月季，及石竹、盆竹、郁李、映山红等。……他得到一种花时，喜欢盆上插一条短竹签，写上植物的名字"（周建人：《鲁迅先生小的时候》）。这些书本来大半都是从经学研究的目的出发，附以图画，不过是为了文字，并非特为少年儿童而作；但它们却在鲁迅少年时代的生活中发生了影响，虽不能说他的科学兴趣就是从此萌芽，但在这种兴趣的培养上，这类书籍多少总有点作用的。

但鲁迅正式开始近代自然科学的学习，却要到数年以后他在南京求学的时候。

一八九八年春天，鲁迅在维新变法的空气中，投入南京水师学堂。这是因为他屡遭家变，弄到"渐至于连极少的学费也无法可想"，他又不愿学做幕友或商人，于是只有到这"无需学费的学校"来。但是他在这学校不到一年，因为不满意它的"乌烟瘴气"；次年二月，便改入江南陆师学堂附设的矿路学堂。到了这里，他"才知道世上还有所谓格致、算学、地理、历史、绘图和体操"，又有地学（地质学）、金石学（矿物学）等，"都非常新鲜"。课外，他又看了许多科学书，如木版的《全体新论》（生理学）、《化学卫生论》，以及侯失勒的《谈天》，雷侠儿的《地学浅释》，代那的《金石识别》等科学上的古典之作。（《且介亭杂文二集·在现代中国的孔夫子》）他还保持着前几年在绍兴时抄书的习惯,曾手抄汉译赖耶尔的《地学浅说》两大册,图解精密,还抄过其他的一些教本。(周作人:《关于鲁迅》。按《地学浅说》即上文鲁迅自说的雷侠儿的《地学浅释》)

这些书籍,将鲁迅带到一个学问的新境地。从他多年之后所用的"非常新鲜"、"我才知道"这样的语句,可以想见他当年对这些新学问所发生的惊喜和兴趣。但给他印象最深,影响最大的,却要算严复所译的赫胥黎的《天演论》了。这是达尔文学说在中国的最早的介绍,木刻本出版于一八九八年,风行一时,很快又有了石印本(商务版还要迟至一九〇五年),鲁迅大约在一九〇一年便得到一部石印本,是他趁星期日亲自跑到南京城南去买来的。这也显示了他对新知识的如饥如渴。买来之后,他一口气读下去,以后又不知读了若干遍,纵然有位本家老辈因他耽读新书而说他"有点不对了",他也置之不理。事隔二十余年,当他的记忆回溯到矿路学堂的生活时,还有"一有闲空,就照例地吃侉饼,花生米,辣椒,看《天演论》"这样酣畅自得的话,当年读时的爱好和狂热,仿佛犹缭绕笔端。自此,达尔文的进化论学说便深入于他的心中,成为他前期的工作和战斗的思想基础。

在这学校的第三年(一九〇一),和理论学习相辅,鲁迅还曾经到句容附近离南京约百余里的青龙山煤矿洞去实习过。这在他的学习生活中,也是很重要的事情。

一九〇二年三月,鲁迅赴日本,入东京弘文学院。这是一个预备性质的学校,除日文外,主要是科学方面的课程。鲁迅在江南班,由三泽力太郎教他"水是养气和轻气所合成",山内繁雄教他"贝壳里的什么地方其名为'外套'"等等。(《在现代中国的孔夫子》)课余他看了不少日文书籍,属于自然科学方面的,如三好学的《植物学》两厚册,就是其中的一种。(见许寿裳作《亡友鲁迅印象记》)

鲁迅在弘文学院约两年半;一九〇四年九月,他便往仙台入医学专门学校肄业,继续着专门科学的高深学习。他自述学医的"原因之一，是因为我确知道了新的医学对于日本的维新有很大的助力”。此外次要的原因，许寿裳、孙伏园二先生都曾各有补充说明；我不知道是否还可以加上赫胥黎等人的影响。一个人在青年时代，假如对于一本书，一个人，一种学说发生深刻的感动，那是可以影响及于他的各方面的。鲁迅既那么酷爱赫胥黎的《天演论》，则这位本是学医，曾经当过海军军医的赫胥黎的生平行谊，可能在不知不觉之间会对他发生一定程度的诱导作用。他不是也说过“战争时候便去当军医”吗？再往上看，他十几岁时在故乡所爱看的《毛诗品物图考》的著者日本人冈元凤，也正是一位著名的医学者。这些恐怕都不能说和他后来的学医完全没有一点关系。

在仙台医专，鲁迅又“听到许多新鲜的讲义”，这其中有骨学、血管学、神经学、局部解剖学、霉菌学、生理学、伦理学等等。担任解剖学的是藤野严九郎，他教课认真，诲人不倦，给鲁迅改订讲义，是连一根血管的位置也不肯随便放过的 。鲁迅在他的严格负责的教导下，真正可以说是获益匪浅。在第二年的解剖实习中，他曾经解剖过许多男女老幼的尸体（萧红《回忆鲁迅先生》说是“二十几个”），人体构造的实际情况，以及“胎儿在母体中的如何巧妙，矿工的炭肺如何墨黑，两亲花柳病的贻害于小儿如何残酷”（许寿裳：《印象记》），他都在实际解剖中见到了。这时候，他“自己更读赫克尔的自然创造史，阿·海尔脱维息的细胞学，梅契聂科夫的著作等。他不仅学习说明科学，又研究理论科学或生物哲学”（周建人：《鲁迅先生对于科学》）。他对于自然科学是已经有了精深的造诣了。

然而，到了一九〇六年的春假期中，鲁迅忽然中止习医，放弃了多年研究的科学，决心转而从事文艺了。那原因，众所周知，无待赘述；这里应当注意的是：他的弃医习文，那张电影上的斩首的场面，只不过是一个媒触；最主要的还是因为他懔于生物进化的天演的法则，亟于为民族谋求生存和发展之道，所以才毅然有这个决定。他当时虽然还不可能从理论上认识中国科学不发达的真正原因,是中国资产阶级的无力和世界已经进入帝国主义时代;但这一客观事实他的确是明白地看清楚了的。他知道就是单从科学的本身来讲,那时候也无法提倡起来;而多年封建压迫所造成的国民精神的麻木,又是那样的使他触目惊心;于是,他便觉得提倡文艺,更是当务之急了。在他,不管是科学还是文学,取舍之际,他总是把它们放在社会实践的效果上来加以衡量的。因此,他的中止习医,并非就是意味着他对科学的轻视和诀绝;他不过此后没有把它当作专门,悉力以赴罢了。

二 科学著译

就现在留存下来的鲁迅的著作看,在时间上,最早无过于一九〇三年。在此以前,他虽然也写过一些诗文随笔,但还不能超轶旧时代文人著述的范围,而且数量也不多,所以一九〇三年作《说钼》等文才可算是他正式著述的起点。最可注意的是,他一出手,便几乎全都是科学方面的著译。如《说钼》就是详述一八九八年居里夫人发现"镭"的经过及镭的成分性质等等的一篇科学论文。里面说:

> 法国巴黎工艺化学学校教授古篱夫人(案今译为居里夫人),于授业时,为空气传导之装置,偶于别及不兰(奥人利产之复杂矿物)中,见有类似X线之放射线,闪闪然光甚烈。亟告其夫古篱,研究之末,知含有铋化合物,其放射性凡四千倍于铀盐。以夫人生于坡兰德故,即以坡罗尼恩名之。既发表于世,学者大感谢,法国学士会院复酬以四千法郎,古篱夫妇益奋励,日事研究,遂于别及不兰中,又得一新原质曰钼(Radium),符号为Ra。(集外集)

这时,距“镭”的发现不过五年,鲁迅便已熟知其说,研究有得,作文以介绍于国人。在中国,关于“镭”的介绍,恐怕要以他的这篇文章为最早。

在这一年,鲁迅又译了两部科学小说,即法国儒勒·凡尔纳(Jules Verne 一八二八——一九〇五)所作的《月界旅行》及《地底旅行》(全集本作美国培仑与英国威男,误)。前者以“中国教育普及社译印”的名义,于同年十月出版,后者署名之江索士,于《浙江潮》第十期(一九〇三年十二月)发表二回,后由南京启新书局印行。两书都是章回体,是当时最流行的小说作法。他之所以要采取这种小说体裁,是因为“胪陈科学,常人厌之,阅不终篇,辄欲睡去……惟假小说之能力,被优孟之衣冠,则虽析理谭玄,亦能浸淫脑筋,不生厌倦”(《月界旅行·辨言》)。完全是从便于传播科学知识着想。此外,又译过一部《北极探险记》,叙事用文言,对话用白话,托蒋观云介绍给商务印书馆,不料不但不收,编辑者还将他大骂一通,说是“译法荒谬”。后来寄来寄去,终于没有人要,连稿子也不知何往了。(《书简》复杨霁云)

就在这个时候,鲁迅还和江宁顾琅(石臣)合纂过一本《中国矿产志》。这是一部前所未知的鲁迅早年的科学著作,写于弘文学院时期,一九〇六年出版。全书分“导言”和“本言”两部分。导言述中国地质之构造,本言述各省矿产之分布;末附中国矿产一览表及地质时代一览表各一幅。例言里说:“言中国地质及矿产之书,尠见于世,……此所记载,悉钩稽群籍为之。……第事既创作,而当纂辑,又在课余,误谬知不可免。”这在当时的中国,的确要算是一种“创作”。因为是两人合纂,现在自然无从知道他们是怎样的分工,但从文字上看,许多地方很像鲁迅的笔调。如在述外国人说“支那多矿产,支那无矿业”之后,接着这样说:

> 虽然,矿业不将竟起耶?主人荏苒,暴客乃张,今日让与,明日特许:如孤儿之饴,任有恃者之褫夺,如嫠妇之产,

> 任强梁者之剖分;益以赂鬻馈遗,若恐不尽,将裘马以换恶酒之达者,迭出久矣!又何患无矿业?行将见斧凿丁丁然,震惊吾民族,窟穴渊渊然,蜂房吾土地,又何患无矿业?——虽然,及尔时,中国有矿业,中国无矿产矣!(原书第三页,标点笔者所加)

这是从当前情况悬揣未来"中国无矿产"之可虑的。倘若中国矿产真尽被"将裘马以换恶酒之达者"(?!)出卖而为"暴客"所攘夺开采,则那丁丁然的斧声与渊渊然的窟穴,真是怎样的令人触目惊心。在普通认为无需乎什么文采的科学著作里,作者却用了这么多譬喻和描写,尤其是那贯串在整段文字中的反面语气,令人不能不推测是出于鲁迅的手笔。

以后,在鲁迅自仙台辍学回东京后的第二年,即一九〇七年,他又写了《人之历史》和《科学史教篇》两文。《人之历史》是一篇关于人类演进的生物学的论文,自希腊的德黎(Thales)起,介绍了瑞典林那(K. von Linné)、法国寇伟(N. G. Cuvier)、兰麻克(Jean De Lamarck)、德国瞿提(W. Von Goethe)以至达尔文(Ch. Darwin)、赫格尔(E. Haeckel)等人的关于生物的起源及变化的各种学说。文中对这些学说的大要及其后先补正、逐渐进步的历程,都有很扼要的叙述。他是因为当时有些守旧的人,反对进化学说,"病侪人类于猕猴,辄沮遏以全力"。所以他要把这种"从猿到人"的理论介绍给读者。至于《科学史教篇》,则是一篇关于科学发达史的文字。他首先肯定科学的用途:"盖科学者,以其知识,历探自然见象之深微,久而得效,改革遂及于社会。"然后叙述从希腊罗马起,中经黑暗时代,以迄十八世纪末的科学发达的情况,各时代科学盛衰的原因,各科学家奋斗的成绩等等。两篇内容都牵涉甚广,就是在今天看来,我们也不能不惊佩他当年的记诵之博,理解之深。

从这一系列的著译，可见鲁迅当年对科学研究的努力，也可见他的每种著述，无不是从爱国主义思想出发。他在《月界旅行·辨言》里，说他之所以翻译这书，目的是在使读者“获一斑之知识，破遗传之迷信，改良思想，补助文明……导中国人群以进行”。其实不仅这一部书如此，其他各种著译，可说全都是在这个目标下进行的。再以《中国矿产志》为例，他就是懔于“支那无矿业”尤其是“中国无矿产”之惧而编纂的。书中不特详志各地“已知”的矿产，而且还注意是否已经开采和帝国主义的觊觎掠夺。在叙述德人聂诃芬(Richthofen)于一八七一年以后三年间，在我全国各地调查矿产的情形时，特引聂所作报告《支那》中的这一段：“支那大陆，广蕴煤炭，而山西尤多。然矿业盛衰，首视输运，惟扼胶州，则足制山西矿业之死命，故分割支那，以先得胶州为第一着。”而于其后加上一句：“今也其言验!”语短心长，令人怵然于帝国主义者的阴谋之可怕！在各地矿产下又特加注语，如延安府延川县煤油下注云：“美商垂涎甚久!”贵州思南府印江县银矿下注云：“狮毛山银矿送于法国亨利公司，限四十年，可惜!”等等。诚如马良(相伯)的序文所说，这是一部“用心至深，积虑至切，……有裨于祖国”的书。再看《科学史教篇》，他在末尾特别举出法国一七九二年大革命时代科学界的努力成绩，而引丁达尔(J. Tyndall)的话说，“法国尔时，实生二物，曰：科学与爱国。”则更明白地揭出了他这篇文章的主旨。

三 抄古书与科学兴趣

一九〇九年八月，鲁迅自日本归国，在杭州两级师范学堂任教，主讲生理学和化学。这是他在国内正式就业的开始，而一开始就是担任科学教育的工作。他编讲义，作实验，循循善诱，而且勇于打破传统学风，将新的知识传给学生。一次，他答应学生的要求，在生理学内加讲生殖系统,这在四十多年前的晚清时代,使得全校师生都为之感到惊讶,但他却坦然地去教了。他只对学生们提出一个条件,就是不许笑。“因为讲的人的态度是严肃的,如果有人笑,严肃的空气就破坏了。”他教授的情形很好,别班没有听到的学生,纷纷来问他索讨油印讲义。他的讲义写得简明扼要,还故意用了许多古字,如用“也”字表示女阴,用“了”字表示男阴,用“乎”字表示精子等等。(夏丏尊:《鲁迅翁杂忆》)这大概还是为了保持严肃,免得无知者拿去随便开玩笑的缘故。在课外,他又自己研究植物学,到西湖等处采集植物,亲自压制标本。同时,还作纪录。(现有《宣统元年在杭州两级师范采集植物纪录》一册,藏北京图书馆。)他写信给故乡的三弟建人,劝他也学学植物学,因为这学科很重要,也很有趣,特别是没有多大的设备也可以研究,材料又随地可得。次年夏天,他从杭州回绍兴,把采集的标本带回来,暑假中将未干燥的加以整理,已干燥的贴上台纸。到了九月,他担任绍兴府中学堂监学兼博物和生理学教员,还继续采集植物标本,常常做显微镜下的工作。(周建人:《鲁迅先生对于科学》)

此外,在这些时候,鲁迅还不断地抄了许多书。周作人在《关于鲁迅》一文里说:“归国后他就开始抄书,在这几年中(按应指一九〇九年至一九一七)不知共有若干种,只是记得的就有《穆天子传》,《南方草木状》,《北户录》,《桂海虞衡志》,程瑶田的《释虫小记》,郝懿行的《燕子春秋》,《蜂衙小记》与《记海错》,还有从《说郛》抄出的多种。”(《瓜豆集》)这些抄本,大半都保存下来,解放后庋藏在北京图书馆内,足证周文所记无误。这里,应当注意的是:鲁迅当年为什么要抄这些书呢?有些人只要一提到“抄古书”或“抄古碑”,就贸然以为这完全是逃避现实的消极的行为;这见解是不正确的。鲁迅抄录它们的意义,实际上是表现了他的科学研究和科学兴趣的继续;这和他以前抄《释草小记》、《地学浅释》一类的书以及历来研习的博物学等,都有相当联系,在时间和意义上,都是一直贯串下来的。和同一时候的研究植物，采集标本，也并非没有关系。要明白这一点，就必须具体地考察一下这些书的性质和内容。现在且就时代先后，各举一部来作说明。

《南方草木状》 传晋嵇含撰。据清人王谟的识语说，含字悦道，曾官广州刺史，这部书就是他任广州刺史时，“目睹南越交趾植物珍奇，中州之人，或昧厥状，故为诠叙成书。”全书分上中下三卷，计草、木、果、竹四类。

《北户录》 唐段公路撰。公路是唐代著名文人《酉阳杂俎》著者段成式之子。书凡三卷，据和他同时的陆希声在序文里说，他“以事南游五岭间，尝采其民风土俗，饮食衣制，歌谣哀乐，有异于中夏者，录而志之。至于草木果蔬虫鱼羽毛之类，有瑰形诡状者，亦莫不毕载。非徒止于所闻见而已，又能连类引证，与奇书异说相参验，真所谓博而且信者矣”。由此可知全书大概。

《桂海虞衡志》 宋范成大撰。书前有“淳熙二年（一一七五）长至日”所作自序，说他由广西徙镇四川，“道中无事，时念昔游（指帅广西时），因追记其登临之处，与风物土宜，凡方志所未载者，萃为一书；蛮陬绝徼，见闻可纪者，亦附著之，以备土训之图。”内分志岩洞、志金石、志香、志酒、志器、志禽、志兽、志虫鱼、志花、志果、志草木、杂志、志蛮等共十三门。

《记海错》 清郝懿行撰。内容是记山东登莱二州的水产，小引云：“海错者，《禹贡》图中物也，故书雅记，厥类实繁，古人言矣而不必见，今人见矣而不能言。余家近海，习于海久，所见海族，亦孔之多，游子思乡，兴言记之。所见不具录，录其资考证者，庶补《禹贡》疏之阙略焉。”一卷，凡四十八则。

看了上面简略的介绍，就可知道鲁迅抄录它们的原因何在了。原来这些都是记载风物土宜，和动物植物昆虫等等有关的书。它们自然不是科学著作，和近代自然科学相距甚远，所记欠精密和正确的地方很多;但多少也还可供古今参证,名实互验之用。它们不同于一般经学家小学家在书斋里考名物的结果,而是作者旅行观察或乡里见闻的记录,要算比较真切。至于还相当具有文章之美,也和鲁迅的文学兴趣相合,犹其余事。

在此时期,鲁迅还校辑了一部唐刘恂著的《岭表录异》。内容多半是记岭外虫鱼草木,三卷,末附补遗一卷,和自作札记一卷。这也是和抄录这些书籍同一性质的工作。(我觉得,摘录这些书的若干条,和鲁迅早年作的《莳花杂志》,以及后来《桃色的云》后的《记剧中人物的译名》和《小约翰》后的《动植物译名小记》等,对照一下,是很有意思的。鲁迅文字的精确自然绝非它们所可同日而语,这只是就一部分内容的性质和札记体式说。)

当然,在他归国以后的这几年间,由于国内政治黑暗,文化衰敝,还没有可使他实现从事文艺的志愿的条件。译书,写文章,办杂志,都不可能,然后他才有时间来从事抄录。但他不抄别类书籍而独选中上述几种,这决不会是偶然的。总之,假如我们从时间上追寻他的科学兴趣的继续,从空间上考察当时政治文化的环境,那就可以明白他抄录这些书籍,自有其一定的学术意义,而决不是轻轻用"消极"二字便可以抹煞的。

四　晚年的科学意见

接着,到了一九一九年,五四运动爆发,鲁迅便开始了他的新的生活和新的工作。在这前一年的一九一八年四月,鲁迅为《新青年》杂志开始写了他的第一篇小说《狂人日记》,又写了若干篇杂感,从此"一发而不可收",实现了他的素愿,以文艺参加变革社会的斗争,全部精力和时间用在文艺上去了。但是,他也还时时关心和注意科学。

从他开始写杂感的时候起,如一九一八年的一篇《随感录三十三》,就是专为攻击“鬼话”、提倡科学而作的文字。在这篇相当长的文章里,他不惮烦地列举了种种光怪陆离,莫名其妙的封建迷信的谬说,一一加以驳斥,最后斩钉截铁地说:

> 要救治这“几至国亡种灭”的中国,那种“孔圣人张天师传言由山东来”的方法,是全不对症的,只有这鬼话的对头的科学!——不是皮毛的真正科学!(《热风》)

这里的“真正科学”是指自然科学,在当时,它有同封建思想作斗争的革命作用。五四新文化运动的主要口号之一,就正是“拥护赛因斯”。

既然要提倡科学,就必须大量培植科学人材,普遍传播科学知识,所以他十分注意青年们的科学教养,他以为应该有一种通俗的科学杂志,以供青年们阅读。一九二五年三月和人通讯时,他便提出了这个意见:

> 单为在校的青年计,可看的书报实在太缺乏了,我觉得至少还该有一种通俗的科学杂志,要浅显而且有趣的。可惜中国现在的科学家不大做文章,有做的,也过于高深,于是就很枯燥。现在要 Brehm 的讲动物生活,Fabre 的讲昆虫故事似的有趣,并且插许多图画的……(《华盖集·通讯》)

他又谆谆告诫爱看文学书的少年儿童们,不可偏废科学。一九三六年给颜黎明的信里说:

> 先前的文学青年,往往厌恶数学,理化,史地,生物学,以为这些都无足重轻,后来变成连常识也没有,研究文学固然不明白,自己做起文章来也胡涂,所以我希望你们不要放

开科学，一味钻在文学里。(《鲁迅书简》)

这真是至理名言，应当为爱好文学的青少年们所随时记取。但是中国一般科学家所做的文章既那么高深、枯燥，可供青年们阅读的不多，所以鲁迅也常想自己来动手。上面提到的法布尔讲昆虫的书，即那有名的《昆虫记》，便是他常想找闲暇来翻译的。一九二四年在北京时，他便买了《昆虫记》的第一、二卷，以后在一九二七至一九三一年之间，又不断一直购买到第十卷；整套以外，还有别种版本的零星本子。这些都是日译本。(见《日记》)到了一九三六年病前和病后，又陆续买了英译本十二册，准备和周建人共同来译。(周建人：《鲁迅先生对于科学》)可惜不久他便逝世了。

他在致全力于文艺运动的百忙中，也是不废科学书籍的阅读的。有什么新的学说出来了，他决不会放过。十余年前在中国还算是很新很少介绍的帕扶洛夫的学说(按即巴甫洛夫和他的条件反射说)，他便曾经予以注意而随时谈到。病中也还看生理学的书，说近代生理学的内容已和他当学生时学习的改变得大不相同了。(见前揭周建人文)甚至连一些不大为人注意的译著，他也曾经看过，并为一一指正其谬误。如在一九三一年作的《几条"顺"的翻译》里，他举出：

《万有文库》里的周太玄先生的《生物学浅说》里，有这样的一句——

"最近如尼尔及厄尔两氏之对于麦……"

据我所知道，在瑞典有一个生物学名家 Nilsson-Ehle 是考验小麦的遗传的，但他是一个人而兼两姓，应该译作"尼尔生厄尔"才对。现在称为"两氏"，又加了"及"，顺是顺的，却很使我疑心是别的两位了。不过这是小问题，虽然，要讲生物学，连这些小节也不应该忽略……

又如他看了何定傑、张志耀两人合译的美国 Conklin 所作《遗传与环境》里面的这一段“他们先取出兔眼睛内髓质之晶体，注射于家禽，等到家禽眼中生成一种‘代晶质’，足以透视这种外来的蛋白质精以后，再取出家禽之血清，而注射于受孕之雌兔。……”以后，他说：

> 这一段文章，也好像是颇“顺”，可以懂得的。但仔细一想，却不免不懂起来了。一，“髓质之晶体”是什么？因为水晶体是没有髓质皮质之分的。二，“代晶质”又是什么？三，“透视外来的蛋白质”又是怎么一回事？我没有原文能对，实在苦恼得很，想来想去，才以为恐怕是应该改译为这样的——
>
> > “他们先取兔眼内的制成浆状（以便注射）的水晶体，注射于家禽，等到家禽感应了这外来的蛋白质（即浆状的水晶体）而生‘抗晶质’（即抵抗这浆状水晶体的物质）。然后再取其血清，而注射于怀孕之雌兔。……”（《二心集》）

这虽是为了翻译问题而举的例，但由此也可以一面看出他是怎样的随时留心科学著作；一面也可以看出他的科学知识的渊博，有时简直还超出于若干专门科学家以上。

这样异常渊博的科学知识，在他旁的一些文章里，也时时可以见到。如一九三五年作《名人和名言》里，他批评法布尔道：

> 他的著作还有两种缺点：一是嗤笑解剖学家，二是用人类道德于昆虫界。但倘无解剖，就不能有他那样精到的观察，因为观察的基础，也还是解剖学；农学者根据对于人类的利害，分昆虫为益虫和害虫，是有理可说的，但凭了当时

> 的人类的道德和法律，定昆虫为善虫或坏虫，却是多余了。有些严正的科学者，对于法布尔的有微词，实也并非无故。但倘若对这两点先加警戒，那么，他的大著作《昆虫记》十卷，读起来也还是一部很有趣，也很有益的书。(《且介亭杂文二集》)

像这样的评论，实在不只是表现了他对法布尔的深刻了解；如果没有对于自然科学的贯通融会的知识，那也是作不到这样的全面中肯的。

我们尤其应当注意：一九二七年以后，由于现实形势的发展，和鲁迅自己主观的努力，他已逐渐“救正”了他的“只信进化论的偏颇”(《三闲集·序言》)，达到了正确的认识。如前所述，他本来从没有把科学看成超政治的东西，这时更明明白白地说改革政治是发展科学的前提；没有这个前提，一切关于科学的议论都只是空谈。一九三〇年他为周建人辑译的《进化和退化》作引言，里面便这样说：“沙漠之逐渐南徙，营养之已难支持，都是中国人极重要，极切身的问题，倘不解决，所得的将是一个灭亡的结局。……然而自然科学的范围，所说就到这里为止，那给与的解答，也只是治水和造林。这是一看好像极简单，容易的事，其实却并不如此的。”于是，他说：“接着这自然科学所论的事实之后，更进一步地来加以解决的，则有社会科学在。”(《二心集》)他指出了反动政治所给与自然科学的局限，也否定了所谓“纯科学”观点，到了这里，他是完全认识了自然科学的本质了。

最后，我们还应该看看《鲁迅日记》后所附的书账。在这上面，大部头的书，除上述《昆虫记》以外，还有在一九三〇至一九三一年间陆续购买的《生物学讲座》，共十八函，计一二九册。一九三三年又买了前书的“增补”三册；次年又买“补正”、“补遗”各八册。此外，历年所购的科学书，较重要的有：

一九二八 《进化学说》《最新生理学》

一九三〇 《自然科学史》《辩证法与自然科学(上下)》《汉药写真集成》《天产钠化合物之研究》

一九三一 《虫类画谱》

一九三二 《园艺植物图谱》《植物之惊异》《动物之惊异》《昆虫之惊异》《显微镜下之惊异》《动物图鉴》

一九三三 《虫的社会生活》《临床医学与辩证法的唯物论》

一九三四 《牧野植物学全集》

一九三五 《牧野氏植物学随笔集》《牧野氏植物集说(上下)》《比较解剖学》《东亚植物》《野菜博录》

一九三六 《牧野氏植物分类研究(上下)》

由此可见他所涉猎的范围之广博。这些书籍的大部分都显示了他的一贯的研究兴趣和不断追求新知的精神。其中《自然科学史》、《辩证法与自然科学》等书最可注意。这里不再多说了。

一九五一年十月五日深夜,上海

(原载一九五一年十月十五日上海《文艺新地》第九期)

鲁迅与注音符号的制定工作[①]

《鲁迅日记》第二册一九一三年内，有如下记事三则：

> 二月“十五日……教育部简作读音统一会会员，下午有茗谈会，不赴。”
>
> 三月“十二日，晴。午后赴读音统一会，意在赞助以旧文为音符者，迨表决后，竟得多数。”
>
> 三月“十七日，昙。午后赴读音统一会，三时退。”

关于鲁迅先生任读音统一会会员一事，过去很少记载；为了丰富研究鲁迅的资料，现在拟就这一事实，略加说明。

一九一三年二月至五月间，北洋政府教育部召开读音统一会，其任务为审定字音、核定音素和制定字母。会员分由教育部延聘和由各省行政机关选派；鲁迅是教育部由部员中选聘的会员之一。

一九一三年二月十五日，正式开会，《鲁迅日记》二月十五日下所记“茗谈会”，即指这一天的开幕会议。开会之初，为了审定字音所用的记音的工具，会员间曾发生长时间的争执；到了最后制定字母的阶段，意见更加分歧，据黎锦熙《国语运动史纲》所述，当时关于字母的提案很多，约略可分为偏旁派、符号派、罗马字母派三派，人人都想做新仓颉，再加以地域之见和私人意气之争，相持不下。最后，“终于依据浙江会员马裕藻、朱希祖、许寿裳（都是章炳麟的学生——原注）、钱稻孙及部员周树人（即鲁迅——原注）等之提议，把审定字音时暂用之‘记音字母’正式通过，此于前三派都无所属，可称为‘简单汉字派’，而创其例者实章炳麟也。”（黎书五六面）

黎锦熙书中的这一段文字，是最早涉及鲁迅与读音统一会的关系的记载；但因为是在一本论述国语运动史的专门著作里随带一笔，不是以鲁迅为主的文章，所以很少有人注意。到了一九三六年十月二十四日，即鲁迅逝世后五日，钱玄同写了一篇《我对于周豫才君之追忆与略评》，其中有一段又重新说到此事：

> 二年二月，教育部开读音统一会，他（鲁迅）也是会员之一，会中为了注音符号的形式问题，众论纷纷，不能解决；先师（章太炎）门下任会员之豫才、逷先、季茀、马幼渔四君及舍侄钱稻孙君提议，采用先师在民元前四年所拟的一套标音的符号（以笔画极简之古字为之——原注），会中通过此案，把它斟酌损益，七年冬，由教育部正式颁行，就是现在推行的注音符号。（见《文化与教育》一〇六期，又《师大月刊》第三〇期）

由于这段记载的触发，黎锦熙又写了一篇《鲁迅与注音符号》；这是一篇比较详细的文章，其中最重要的是说：

> 他（鲁迅）于二月间初开会时，即主张采用章太炎先生所拟的标音符号，来作会场中假定的“记音字母”；于四月间将闭会时，又主张就把这套“记音字母”，正式通过为“注音

> 字母”。他不是会员,这都是让他的同门诸君任会员者和同事中之任会员者提议通过的,因为他自己不是会员,以友谊的关系,学术的立场,提出这种意见,所以转较有力。

下文又说:

> 初开会,为着假定的“记音字母”里头缺少了浊音,会场中曾打过几次架……及至最后的“采定字母”,则问题当然更大,因为当时会场之中,提出字母案者凡三派二十余家……于是鲁迅先生曰:“记音字母”既用了来注明多数表决的六千五百多字的国音而不感到什么不便,则把它正式通过,作为正式的采定的字母,有何不可?何必更端重议乎?当时此种主张翕然有当于人心,很轻松地通过了,于是现行的“注音符号”就正式产生出来了。(见《师大月刊》第三〇期)

据上所述,我们可以更进一步知道,当年读音统一会所通过的注音字母(一九三〇年四月以后改称注音符号),是鲁迅和马裕藻、许寿裳等人共同提出的;他实际还是最先主张和动议的人。——由《日记》三月十二日下所说赴读音统一会是为了“赞助以旧文为音符者”一语,也可以很明白地看出他对于此事的主张和态度。

鲁迅等的提议,是以章太炎所拟的一套标音符号为基础的。章太炎在所著《驳中国用万国新语说》一文里,曾经创制了纽文(即声母)三十六,韵文(即韵母)二十二,“皆取古文篆籀径省之形,以代旧谱”(见《国粹学报》第四十一、四十二期,后收入《太炎文录》别录卷二)。鲁迅一九〇八年在东京时,曾从章太炎听讲文字音韵之学,亲聆其教,故这时有此提议。不过当时经过了一番斟酌损益,在章谱中只采用了十五个,即声母ㄇㄈㄌㄋㄏㄕㄘㄙ,介母ㄧㄩ,韵母ㄛㄟㄠㄥㄢ。(ㄢ母章谱原列声母中，和"匣"母对照，此移作韵母。）这种斟酌损益的工作，据黎文说，鲁迅"也曾参与"。

钱玄同和黎锦熙两人的文章中，有一个不同之点，即钱说鲁迅是读音统一会的会员；而黎则根据油印本《会员录》全体会员八十名中并无周树人之名，所以说鲁迅不是会员，他的提议，"都是让他的同门诸君任会员者和同事中之任会员者提议通过的"。我再查许寿裳著《章炳麟》一书，在论述章太炎对语言文字学的贡献时，也提到注音符号的来源，其中有这样几句："……会员中，章门弟子如胡以鲁、周树人、朱希祖、马裕藻及寿裳等，联合提议用（章）先生之所规定，正大合理，遂得全会赞同。"（原书九六面）这又和钱玄同所说相同。在《鲁迅日记》未出版以前，对这两种歧异的说法，很难决定从违；现在根据《日记》，便可确定黎说错误。《会员录》仓促油印，是不足为据的。

注音符号，如其名称所示，作用只在"注音"，它并不能代替汉字。章太炎早年在制定他的标音符号时便曾经说过："切音之用，只在笺识字端，令本音画然可晓，非废本字而以切音代之。"鲁迅晚年在所著《门外文谈》中对注音符号也有这样一段批评：

> 民国初年，教育部要制字母，……结果总算几经斟酌，制成了一种东西，叫作"注音字母"。那时很有些人，以为可以替代汉字了，但实际上还是不行，因为它究竟不过简单的方块字，恰如日本的"假名"一样，夹上几个，或者注在汉字的旁边还可以，要它拜帅，能力就不够了。写起来会混杂，看起来要眼花。那时的会员们称它为"注音字母"是深知道它的能力范围的。（见《且介亭杂文》）

鲁迅当时自然深知注音符号的能力范围；他之所以主张采用这种符号，其用意只不过如他后来在《渡河与引路》中论世界语时所说：

"现在不过草创时代,正如未有汽船,便只好先坐独木小舟"(《集外集》)罢了。

一九五三年九月十二日夜,北京

(原载一九五三年十月重庆《西南文艺》第十期)

注 释:

① 此篇曾辑入一九五五年四月(上海)新文艺出版社第一版《鲁迅事迹考》中,题名为《鲁迅与读音统一会》。

鲁迅与三味书屋主人

读过鲁迅先生的《从百草园到三味书屋》一文的人，大抵都会对三味书屋的那位老塾师留下很深的印象。在这篇自传性的优美的散文中，鲁迅追叙了自己少年时代的书塾生活，并为那位书塾的主人描绘了一幅生动的肖像，令人不容易忘记。

三味书屋主人姓寿名怀鉴，字镜吾，会稽人。一八四九年（清道光二十九年）生，一八六九年（清同治八年）考取会稽县学生员，以后从未应过乡试。他一生过着清苦的教学生活，一九二九年以八十高龄逝世。他的书塾设在自己家里的三味书屋，和周氏老台门隔河相望。若从新台门前去，正如鲁迅文章所写，“出门向东，不上半里，走过一道石桥，便是我的先生的家了。”书房内部，中间挂着清代著名书法家梁山舟所写的“三味书屋”的匾额，两旁是一副木刻对联，上写：“至乐无声唯孝弟；太羹有味是诗书。”也出自梁山舟的手笔。这“三味”一词的取义是，“读经味如稻粱，读史味如肴馔，诸子百家，味如醯醢”（据寿洙邻著《我也谈谈鲁迅的故事》）。和对联的下联，含义相应。梁山舟为清乾嘉时人，足见三味书屋这名称在寿先生的上代便已经有了。

鲁迅自一八九二年起，往三味书屋从寿先生受学，次年秋后，因祖父下狱，离家避难，学业中断；一八九四年春夏间回家，仍返三味书屋，直到一八九六年或一八九七年。其间断而复续，首尾约五六年。这正是当他十二岁至十六七岁的时候。这期间，除了祖父入狱的变故以外，又逢父亲生病，鲁迅一面到三味书屋读书，一面"几乎是每天，出入于质铺和药店里"，生活是十分困顿的。但这几年在三味书屋读书、习字、描画的生活，却使鲁迅长久难忘，对寿先生也保持着亲切的印象。如《从百草园到三味书屋》这篇回忆文所写，鲁迅对他是怀着相当敬意的。若干年之后，他们师弟间也还有书简往来。《鲁迅日记》一九二三年一月二十九日下记云："上午得镜吾先生信。"同年二月九日下记云："寄镜吾先生信。"如果这些信件还在，那该是很有意义的。对于寿先生的家属如寿洙邻等，鲁迅也一直和他们保持着联系。

寿先生的为人，性情耿介，律己很严，是一个"极方正，质朴，博学的人"。但他没有道学架子，也不见他看《近思录》一类的东西。在学生们一片鼎沸的读书声中，他自己高声朗诵的却是"铁如意，指挥倜傥，一座皆惊；金叵罗，颠倒淋漓，千杯未醉"[①]这样的文章。他爱护学生，也关心一些遭遇艰难的学生的家属。有一次，为鲁迅的父亲诊病的医生开了一种奇特的"药引"，要用三年以上的陈仓米，一时无法找到，寿先生知道了，便想法弄到一两升，装在"钱搭"里亲自肩着送到鲁迅家来。从许多行事看，他似乎是一个与世无忤隐居授徒的学究；但他自以为生逢"乱世"，一生不应乡举，不渡钱塘江，不用外国货，其间也深藏着他对于清末世事的不满。他在代人撰写的一篇发起组织诗社的序文中，曾有这样的句子："今日者，四境虎眈，中原龙战，纵使才堪经世，莫假斧柯；心切济川，奚资舟楫。抱感慨悲歌之意，于风云缭绕之时；能不发思古之幽情，效长言而永叹！"这些文句流露了他对于时局的关心和有志难酬的忧愤。他的这一方面，值得我们注意。

寿先生的诗文，保存下来的很少。我们现在能够看到的仅有两篇文章。一篇就是前面所说的诗社序，一篇是为丁怿谙、金谷兰两人的酬唱集《松竹联吟》所写的题辞。因为不易得见，并且想通过作品去认识寿先生的为人，现将篇幅较短的这篇题辞引在这里：

> 昔杨越公与薛道衡倡和，力钧声同，德邻义比。彼若陈葛天氏之舞，此乃引穆天子之歌；彼若言太华三峰，此必曰浔阳九派。当时豪伯，敢拜下风。然而好爵情撄，忘形风邈；岂若吾畏友丁君怿谙与乡贤金君谷兰，既联胶漆，复剖浮华。一片性真，双筒往返。写数十载遭逢之感，具三百篇扬扢之才。悱恻缠绵，温柔敦厚。使其凤鸣天室，必能音播管弦；即今蠖伏家园，亦觉声穿金石。编成鳞集，聊现豹斑。节劲固有取于松，心虚乃特名以竹。将颁绣梓，爰集群题。仆久仰芳名，欣逢盛事。读孟韩之叠韵，自惭莫附云龙；瞻李杜之文章，曷胜愿依光焰。尾随诸老，竽吹弁言。虽蠡海莛钟，未扬万一；而班香宋艳，自足千秋。凡属名流，必不以鄙言为谀颂。镜湖寿怀鉴

《松竹联吟》铅印本出版于一九一一年，这篇题辞应即这年所作，已经是寿先生晚年的作品了。就文章论，实在不能说怎么好；但它和前述诗社序都是直接资料，较之出于他人口述的别种记载，更可看出作者的面目和他的文学趣味。他喜欢朗诵“铁如意，指挥倜傥……”那样的文章，和他自己笔下的这种文体，我看是很有关系的。

一九六一年九月

（原载一九六一年九月二十一日《人民日报》）

注　释：

① 这是清末刘翰所作《李克用置酒三垂岗赋》中的句子，见王先谦编《清嘉集初稿》卷五。

“木瓜之役”小记

鲁迅先生在一九一〇年十二月给许寿裳的一封信里，曾有这样几句：“木瓜之役，倏忽匝岁，别亦良久，甚以为怀。”这里所说的“木瓜之役”，是指怎样一回事呢？这是鲁迅最早参加的一次反对封建奴化教育的斗争，是他刚从日本回国，进入教育界以后不久的事；距现在已经有五十多年了。

一九〇九年六月，鲁迅自日本归国，在浙江两级师范学堂任教。这年冬天，原任监督（校长）沈钧儒辞职，由夏震武继任。这是一个以道学自命、极端顽固的人物。他一接任，浙师便发生了一场震动全省教育界的大风潮。当时亲历其事的该校教务长许寿裳先生说：“木瓜会的起因，是由于新校长夏震武初到，以道学自高，大摆架子，先要教务长许寿裳陪同谒圣，许答以本学期开始时业已拜过，不肯再拜，次则夏对教师们，仅仅派一工友持名片去一转，未曾亲到教员宿舍，教员们便立刻开会，严词责问，一哄而散，许即向夏校长（时沈先生亦在场）辞职。于是教员们主张一同进退，鲁迅持之尤力。夏致许函，指其非圣侮法，离经畔道，许则报之以饰貌欺人，大言诬实。”（一九四四年五月二十六日致笔者信）鲁迅和其他一些教员，对夏的所谓“廉耻教育”的主张已经不满，加上他对教员这样无礼，于是便相率罢教，全体向浙江提学使辞职，并搬出校舍，以示决绝。夏震武一面写信给浙江巡抚增韫，请求支持他的“教员反抗则辞教员，学生反抗则黜学生”的强硬手段；一面又指使随他来校的新教员和同乡学生，为他奔走，劝诱教员们复课。但没有收到什么效果，鲁迅等少数人的态度尤为坚决。因此对方给他们各起一个诨名，称鲁迅为“拚命三郎”，许寿裳为“白衣秀士”，想用旧社会中讼师常用的这种手段来打击他们。最后夏震武采用提前放假的办法，遣散学生，企图借此使各教员屈服；但因此引起杭州各校教员的反对，风潮有逐渐扩大之势，夏震武至此便只得去职，由提学使袁嘉穀暂代，鲁迅等胜利回校。因为夏震武顽固木强，教员们称他为“木瓜”；鲁迅信中所谓“木瓜之役”，就是指这次风潮。

从表面上看，这次风潮似乎是由夏震武对教员缺乏礼貌所引起，但骨子里却是一场具有政治意味的文化教育战线上的斗争。要明白这一点，我们须进一步了解事件发生的时代背景和夏震武的为人。当时正是反对清朝专制统治的革命思潮汹涌澎湃，革命运动在全国各地逐步深入的时候；而夏震武却是一个拥护清朝统治，一生以“尊经”、“忠君”为事的人物。他以浙江教育总会会长的身分兼任两级师范学堂监督，到校之初，在对学生所作的《训词》中，就提出所谓“廉耻教育”的主张来麻醉学生，并大骂革命党，说什么“思竭一得之愚，以为诸生助，则终无以易廉耻教育之说。……神州危矣，立宪哄于廷，革命哗于野，邪说滔天，正学扫地，髡首易服，将有普天为夷之惧”。在被迫辞职以后，他又发表一通所谓《告两浙父老》，为自己辩护，说他：“提倡廉耻，忌者实多，遂致搆陷百端，谤议四起，足甫履校，教员相率罢课。”接着更说：“不意某报以诋毁震武之故，而诬及先朝，且污蔑先朝宫闱，此则尊亲之义，臣子之职，肝脑可涂，汤火可蹈，先朝之受诬，必不可以不辨。夫教育以德育为重，德育以忠孝为先，率天下为臣子者而教以尊君亲上之大义，此教育总会之职也。”[①]连篇累牍，都是这样荒谬腐臭的话，充分说明他对清朝反动统治阶级，是怎样的竭忠尽智。他还在一篇题为《黄宗羲顾炎武》的文章里，模仿多尔衮的口吻，说清朝的天下，是“取之于李自成，非取之于明。”像这样效忠清朝，极端反动的人，当他来到浙江两级师范学堂的时候，怎么能容纳鲁迅等人；而鲁迅等新自日本归国，具有民主革命和科学思想的人，又怎能同他合作共事呢？所以，这次风潮的发生是不可避免的。它在对待清朝政权和封建文化思想的态度上，表现了一场新和旧、革命和反动的斗争。

这是鲁迅在著名的女师大风潮之前所经历的一次教育界的战斗，我们在研究他的生平时，也当给以应有的注意。

附带一说：当时的浙江提学使袁嘉穀，字艺圃，云南石屏人。光绪二十九年（一九〇三）清廷开经济特科，袁以一等第一名中式。宣统元年（一九〇九）任浙江提学使。他对这次风潮，措置颇为得宜。余杭孙树礼为他的《卧雪堂诗集》所作序中，说他在任时“锐意提倡，大如两浙师范学校，犯难而整理之；小如简易识字学塾，捐廉而推广之”，可见处理这次风潮是他的经历中很受人注意的事。

一九六一年十月

（原载一九六一年十月二十日《人民日报》）

注　释：

① 文中所引夏震武的文章，均见他著的《灵峰先生集》。

鲁迅所见的王金发

鲁迅先生在辛亥革命前后和王金发有过一些关系，后来在文章中几次说到这位积极参加过反清运动的人物。其中我们最容易想起的是《朝花夕拾》中的《范爱农》。这篇文章以范爱农为中心，接触到清末光复会的一些中坚分子，如徐锡麟、秋瑾、陈伯平、马宗汉等，而关于王金发的记述则尤为具体。此外，在《这个与那个·捧与挖》和《论"费厄泼赖"应该缓行》中，对王金发也有所论述。

像王金发这一类型的人，在辛亥革命时期，大概各省都可以看到。他们曾在一时一地参加反清活动，但声名一般都不会超越省界，而且往往很快被杀或被逐，不久就在人们的记忆中消失了。独有王金发，他的姓名和略历，至今还比较为人所知，有时还在文学书中出现。可以说这和鲁迅屡次在文章里提到他很有关系。

王金发是光复会的中坚分子、徐锡麟的重要助手之一。光复会为了发动武装起义，曾组织绍兴、嵊县、金华、武义……各地会党，建立光复军，推举会员二十八人统率，由徐锡麟任总领，秋瑾为协领，王金发、竺绍康、张恭等任分统。辛亥武昌起义，王金发由上海到杭州，参加民军起义，曾率众攻占军装局。杭州光复以后,绍兴也接着宣布独立,王金发便于这时率部来到绍兴,组织绍兴军政分府,自任都督。他抵绍时,鲁迅和范爱农曾同绍兴府中学的学生们两次前去迎接。他初到任,还算顾大局,听舆论,在一次会上表示,他到绍兴,是“来维持秩序,将来还要去北伐,并且遇事不愿独断,还要和大家商量”(见乔峰《鲁迅任绍兴师范学校校长的一年》)。就在这时,他聘鲁迅为山会初级师范学堂监督;还逮捕了杀害秋瑾的主谋,准备为她复仇,像是要有一番作为的样子。然而,王金发本是一个缺乏政治头脑和经验、粗豪赣质的“草莽英雄”,他除了反清,没有什么政治理想;除了手枪炸弹,不懂什么政策谋略。他初抵绍兴时,前清绍兴知府程赞清进见,在谈话中,知道程是投旗的汉人,便发怒说:“该杀!”但在旁的徐锡麒(徐锡麟之弟)为程开脱,说他“到任未久,颇知恤民”,于是王金发便不再过问。以后山阴、会稽两县合并,绅士们又推举程为县长。(见《近代史资料》第十八号陈燮枢《绍兴光复时见闻》)其实,“这姓程的是罪恶深重的官”,横暴凶残,杀戮至于十六岁的无辜的孩子(见前引乔峰文);而王金发却听信那些劣绅们的话,轻轻放过了他。对于查办秋瑾案的事,自然也搁置不提,甚至将那谋主释放了。反清的目的既已达到,他便志得意满,逐渐走上骄奢淫逸的道路。他这时已经是一位“猛人”。而如鲁迅所说,“一成为猛人,则不问其‘猛’之大小,我觉得他的身边便总有几个包围的人们,围得水泄不透”(《而已集·扣丝杂感》)。王金发正是这样。他受左右群小包围,许多重要工作都交给当时绍兴人称为“三黄”的黄介清、黄靖白及其父柏卿等人办理(黄柏卿即《范爱农》中提到的钱店掌柜),听任他们营私舞弊,为非作歹,而不过问。在这种情况下,鲁迅很快便辞去了山会初级师范学堂监督的职务,而绍兴人民自然也对革命大失所望,他们虽然认为这主要是“三黄”的罪恶,但对王金发也不能完全原恕。不久,王金发只得去职,绍兴军政分府也于一九一二年八月结束。此后王金发即闲居上海,二次革命时,曾参加攻打上海制造局,失败后被袁世凯通缉；一九一五年六月在杭州为光复会的叛徒、袁世凯的走狗浙江督军朱瑞所杀。

鲁迅和王金发接触的时间不多，他所见到的王金发，大抵仅限于王在绍兴军政分府都督任内的那一段时间。他在《范爱农》一文中，曾经指出王金发在绍兴任内被“三黄”等人所包围以及军政府人员敛财受贿的情形：“他进来以后，也就被许多闲汉和新进的革命党所包围，大做王都督。在衙门里的人物，穿布衣来的，不上十天也大概换上皮袍子了，天气还并不冷。”在《这个与那个》中，更举出王金发被那些绅士们“捧”昏了头脑，渐渐自己也“动手刮地皮”。另外，鲁迅在《论“费厄泼赖”应该缓行》一文中，也说到王金发，那是将他作为对反革命分子没有进行坚决的镇压，除恶不尽，自贻后患的例子而提出来的。文章说，辛亥革命时，革命党人“不打落水狗”，让它们爬上来，“于是它们爬上来了，伏到民国二年下半年，二次革命的时候，就突出来帮着袁世凯咬死了许多革命人”，接着便举王金发为例：“秋瑾女士，就是死于告密的，革命后暂时称为‘女侠’，现在是不大听见有人提起了。革命一起，她的故乡就到了一个都督——等于现在之所谓督军——也是她的同志：王金发。他捉住了杀害她的谋主，调集了告密的案卷，要为她报仇。然而终于将那谋主释放了，据说是因为已经成了民国，大家不应该再修旧怨罢。但等到二次革命失败后，王金发却被袁世凯的走狗枪决了，与有力的是他所释放的杀过秋瑾的谋主。”这里鲁迅是将王金发置于辛亥时期的“革命人”之列的；那时，在各地区都不乏像王金发这样类型的人，他的经历及其结局，具有广泛的社会意义，举他为例，可使后来者认清反动势力的狡诈凶残而提高自己的革命警惕。所以，鲁迅在《写在〈坟〉后面》中，特别指出这一篇“可供参考”，希望人们认真从中吸取教训。

在王金发死后，关于他的记载，有谢震的《莽男儿》[1]、岑梦楼的《王金发》等，前者记述他的生平，后者则是咒骂他的谤书。柳亚子和陈去病都写过哀悼他的诗。陈去病还写过一篇《王逸姚勇忱合传》,关于王金发部分,传云:王逸原名敬贤,字季高,乳名金发,嵊县独乌梓村人。曾冒仁和籍考取秀才。在参加光复会以前,他是浙东秘密会党"大同会"的首领(按陶成章著《浙案纪略》说"平阳党……其党魁曰竺绍康……其别支,主任者曰王金发。"大同会或即平阳党"别支"之名)。徐锡麟很器重他,"勉其游学以为国用,逸遂偕陈伯平、马子夷等赴日本,投大森体育会,习技击。"由这数语,可使我们推知鲁迅和王金发结识的时间。在《范爱农》一文中,鲁迅曾说到他和陈子英去横滨接新来留学的同乡,"大概一共有十多人",除范爱农外,还有"后来在安徽战死的陈伯平烈士,被害的马宗汉(按即马子夷)烈士",可见在这"十多人"中,就有王金发在内。这大概是鲁迅和王金发见面的开始。王回国后,"锡麟复为纳赀,得都司衔,留绍兴,为大通学校教师,而阴谋起事益力。……未几武汉兵起,四方云扰,逸遂出之海上,旋率所部为先锋队,乘车入杭垣,攻军装局克之。明旦事平,将还海上图北伐,而绍兴人有'三黄'者,利逸椎鲁,乏智谋,力挟之至绍兴,建军政分府于龙山之上,日夕怙恃其众,横征暴敛,以便其私,而逸不问也。且逸久穷困,一旦得志,颇骄奢,不耐居越,则时时微行之海上,而'三黄'者,益得上下其手,恣为奸利,乘衅蹈瑕,择肥而噬,举凡于其平日之所不快者,罔不立时报复,以倾其家,由是民弗能堪,争归咎逸,而逸不悟也。久之,有讽逸者,逸乃解职去。"(上引陈传见一九一七年七月《南社丛刻》第二十集)这一段写王金发到绍兴建立军政分府和他被"三黄"包围利用的种种情状,相当详尽,正可作上举鲁迅文章的注脚。

王金发还有一事应该谈谈,即关于他向袁世凯自首的问题。在陈去病写的那篇传文中说,讨袁之役失败以后,王金发的母亲很恐惧,"阴与杭人陆景略谋,向陆军部自首。"他知道这事以后,"大惊曰:如是,则吾不知死所矣!然逸素孝,见其母方病危,遂曲从之。"一九一五年一月，他从北京回上海，“悉邀其党人而誓之曰：余王逸生平行事皑皑，决不屑卖友以邀功也，愿诸君勿疑！”这段文字写得很模胡，并且把原因归于他的母亲，或许是一种掩饰之辞，未必可信。在陈小蝶著的《湖上散记》中，有一篇《姚勇忱》，也说到王金发向袁世凯自首的事：“辛亥政变，王金发以绿林之豪，为绍兴军政府，假官符以肆盗剽。……及收捕党人令下，金发乃逍遥至海上，拥多金矣，而热中不已；适有选人北上，金发厚赙之，求赂当道，除党籍。选人既北，顷还报曰：袁公谓缚公如缚虎，急则叛矣，不如舍之。金发大喜，乃谋归浙。”则又以为向袁自首乃出于王的主动。此事在当时的绍兴和杭州等地，曾经有过种种传闻。刘大白在《白屋联话》的《挽王金发联》中说：“有人说他底自首，是一种策略；又有人说他被袁世凯所收买，竟充当了袁世凯底侦探；还有一说，是说段祺瑞（当时的陆军总长）准他自首，是想利用他反对袁氏称帝的。总之，善善从长，咱们不愿刻求既死之躬，姑且认第一和第三两说是可采的，也是不妨；因为他毕竟是被袁世凯所杀的。”（见一九二九年十一月《当代诗文》创刊号）刘大白是绍兴人，陈小蝶是杭州人（天虚我生陈蝶仙之子），各据所闻，记述此事，都排除了由王的母亲发动的说法；刘的态度比较客观，但他也无从了解真实情况，只能用几句游移模胡的恕词作结。鲁迅在文章里完全没有提到此事，大概是因为材料缺乏、真相难明的缘故吧。

最近承徐斯年同志抄示北洋政府陆军部民国四年六月十一日呈请袁世凯处决王金发的呈文，其中首引朱瑞电文，罗列所谓王金发种种“内乱之罪”；然后是陆军部的意见：“查王金发系迭次通缉要犯，去年冬间曾托人向部员密陈，情愿克期拿获韩恢、詹大悲……诸逆，以赎前愆。……讵意延宕数月之久，迄未捕获一匪，反与乱党随时往来。……伏思该犯之投诚，并非善意，实欲借此联络运动，遇机起事。”最后是“请如该将军所拟”，将王金发杀害了。（原载《政府公报》第一千一百十五号）由这呈文可以看出，王金发确曾向北洋政府自首，但他没有为袁世凯效力，没有出卖过同志。他自言“决不卖友以邀功”，是可信的。不管是由他主动或迫于母命，自首总是王金发历史上的重大污点，这是原则问题，无可回护；但综观他一生的表现，他还应是一位参加过辛亥民主革命的鲁迅所说的“革命人”。正因为如此，他遇难后才会获得朋友们的纪念和表扬。柳亚子《题〈莽男儿〉说部为巢南作》诗云：

功罪何当付盖棺，纷纭谣诼总无端。
秦人倘识苻生枉，蜀老能为葛相宽。
败寇成王谁定论，恩牛怨李此旁观。
荒坟鬼哭鸺鹠叫，一卷丛残带泪看。

这大概可代表王金发的朋友们对他的评价和悼惜吧。

（原载一九八一年七月香港《文丛》第三期）

校　记：

［1］据林辰自用本，此处补入参考书目：“参郑逸梅《艺林散叶续编》二二〇〇条（P.230）”。

关于《中国小说史略》的《后记》和附识

《后　记》

鲁迅先生的《中国小说史略》的正文和序言，都是用文言写的，并且都加上了标点符号；但书后的那篇《后记》，却有一点不同，它虽然同样是用文言，但既不加新式标点，也不用旧式句读，看去好像旧版古书一样。

我以前偶然也想到这一点，但并没有将它当作什么问题。后来翻旧报，无意中在《京报副刊》上看到钱玄同一篇题为《余亦名"疑古"》的通信，其中有这样几句：

> 作文用白话或文言，作者本有绝对之自由，他人决无干涉之权力。去年上海某报谓鲁迅兄不当用文言文撰《中国小说史略》，于是迅兄将本拟用白话文撰作之"跋"，即改撰甚古雅之文言，且改称"后记"，又不施标点符号，此实对于此辈最严正之态度。（一九二五年三月十三日《京报副刊》）

这一段话，是我们所见关于这篇《后记》不加标点符号的原因的仅有的解释。我根据这段话去搜寻所谓“上海某报”，果然在《民国日报》副刊《觉悟》里，找到了相关的文章。一九二四年（钱文所指去年）二月八日《觉悟》通信栏里，有一篇祝青致编者邵力子的信，标题是《提倡白话文者也喜做旧体》，主要内容就是针对鲁迅《中国小说史略》的正文和序言而发。他曲折地讽刺《小说史略》的“本文和序全用文言”是为了“表示多能”，“可谓好奇之过”，并且已产生了“流弊”。他举例说：

> 最近一位女的朋友从南京回来，说伊们大学里的一位中国文学教授，平日惯会大骂白话及做白话文的人们，新近就在讲堂里大声地说，“我从前不知他们何以偏要做白话文，今才明白过来，他们原来文言不通。最近的证据就是鲁迅的《中国小说史》。鲁迅不是算会做白话的么？现在他的文言小说序，第一句就不通！”

据此他便断言：“可以证明用那么生硬的文言做序，是未见得有益的了。”信后附有邵力子的答语，他也说：“我底意见正和先生相同，我也总觉得鲁迅先生此种旧体的序文可以不作。”辞气是这样的强横，所以钱玄同说是“干涉”。

在这篇通信登出不久，接着在同月十七日的《觉悟》杂感栏里，又发表了汉胄（按即刘大白）的一篇《白话提倡者偶作文言的影响》，其中说，当时学校里的“国文教师，大约必须先将自己所有文言文的本领，向学生们卖弄一番，再对于文言文作竭力的攻击，才不致招聪明学生们底误会。”所谓“误会”，是疑心他们不会做文言文。“然而像鲁迅先生胡适先生们底会做文言文，早经通国皆知，似乎大可以不必卖弄了……不知近来他们何以忽然卖弄起来？”最后他说：“我们近来常常听得说，必须文言文学会了，才可以做白话文。……可见用卖弄文言文的本领的方法去推行白话文，有时结果反会阻碍白话文底推行。”钱玄同通信中所指的就是祝青和汉胄的这两篇东西。

《中国小说史略》是鲁迅在北京大学授课时编写的讲义，何以要用文言，他在序言中说得非常明白：“三年前，偶当讲述此史，自虑不善言谈，听者或多不憭，则疏其大要，写印以赋同人；又虑钞者之劳也，乃复缩为文言，省其举例，以成要略。”力求与正文一致，这篇序言当然也用文言。他写讲义的目的，是向学生传授关于中国小说史的知识，明明白白，和“推行白话文”毫不相干，更不是什么用文言文去“推行白话文”；然而，却无端招来了“好奇”、“卖弄”的讥嘲，还得到了“阻碍白话文底推行”的罪名！这些本来不值一驳，大概还考虑到《觉悟》是当时倡导新文化的重要副刊之一，邵力子和刘大白又都是赞成白话文的人，他们的这番言论只是一时的片面的误解，和那些从根本上反对白话文的人不同，所以鲁迅没有作正面答复，而只于同年三月写那篇《后记》时，仍用文言，并且不加标点符号，间接地作了无声的回答。至于举鲁迅为证，说什么“必须文言文学会了，才可以做白话文”一类的谬论，鲁迅后来在《写在〈坟〉后面》一文中，曾经予以驳斥，这里不再赘述了。

钱玄同在那几年之间，和鲁迅时相往还，他可能听鲁迅谈过对《觉悟》那两篇文章的意见，但说鲁迅“本拟用白话文撰作”跋文，却令人怀疑。试想，《小说史略》正文与序言皆用文言，如果书后却来一篇白话文的跋，那将是怎样的不伦不类，全书结构还有什么完整性可言呢！

附 识

由《中国小说史略》的《后记》，我又联想到一九二五年九月此书再版时，鲁迅先生在序言后所加的一段附识，其中有云："此书印行之后，屡承相知发其谬误，俾得改定；而钝拙及谭正璧两先生未尝一面，亦皆贻书匡正，高情雅意，尤感于心。"后因两人的意见，已分别采入书中，所以这段识语后来已经删去；一九五八年版《鲁迅全集》将它作为附注，置于序言之下，我们还可看到全文。① 其中所说的"钝拙"是什么人，他在给鲁迅的信里有什么"匡正"？过去很少人知道。前几年，我偶然看到寿洙邻的一篇《我也谈谈鲁迅的故事》（手稿）[1]，才知道钝拙原来就是鲁迅在三味书屋读书时的老师寿镜吾的次子寿洙邻。他在这篇文章中说：

> 鲁迅博览中外书籍，仍极虚心。他所作《中国小说史略》内，误以滦阳为即今河北省滦县地。我曾游滦阳，知为今热河承德县地，其西为滦平县，在滦河上游。纪晓岚《滦阳消夏录》，即扈跸在热河避暑山庄所作，非今滦县。因以钝拙的隐名，作书告之。鲁迅即行更正，并志谢于书端。

这里所谓"误以滦阳为即今河北省滦县地"，见新潮社初版《小说史略》第二十二篇叙纪昀事："乾隆五十四年，以编排秘籍至奉天……作稗说六卷，曰《滦阳消夏录》。……嘉庆三年夏复至奉天，又成《滦阳续录》六卷。"以后两处奉天（非河北）都更正为热河。寿洙邻（一八七三——一九六一）[2]名鹏飞，光绪二十九年优贡，清末曾任吉林农安县知县，以后又任热河都统府秘书，所以对热河的情况比较熟悉。他后来定居北京，直至解放后去世。现在我们在《鲁迅日记》中常可看到关于他的记载，如一九二五年十一月二十八日："寄赠洙邻《小说史略》一本。"一九二八年八月二十日："下午洙邻兄来，赠以《唐宋传奇集》一部。"同月二十二日："洙邻兄寄赠《红楼梦本事考证》（按应为辨证）一本。"在一九二五年五月九日也有"得钝拙信"的记载。他和鲁迅本来很熟,不知这封信何以要用隐名。他的著作,除《红楼梦本事辨证》(一九二七年六月商务版)以外,还有《方志通义》和《历代长城考》两书(均一九四一年自印线装本)。

谭正璧致鲁迅信在《鲁迅日记》中也有记载,一九二五年七月八日记云:"午得……谭正璧信。"鲁迅于七月十三日即寄回信,又于十月九日寄赠他《小说史略》一本。谭正璧信中告诉鲁迅,吴梅(瞿安)著《顾曲麈谈》中有施君美即施耐庵的说法,鲁迅当时因"不知《麈谈》又本何书,故未据补。"但后来还是在《小说史略》第十五篇中加了几句:"近吴梅著《顾曲麈谈》,云'《幽闺记》为施君美作。君美,名惠,即作《水浒传》之耐庵居士也。'案惠亦杭州人,然其为耐庵居士,则不知本于何书,故亦未可轻信矣。"记此数行,以备一说,而又指出其可疑之点,态度是很矜慎的。关于施惠,元钟嗣成《录鬼簿》中曾有记载,该书卷下"施惠"条云:"惠字君美,杭州人,居吴山城隍庙前,以坐贾为业。……诗酒之暇,惟以填词和曲为事。有《古今砌话》,亦成一集。"(曹楝亭刻本)清无名氏《传奇汇考标目》卷上著录《拜月亭》(《幽闺记》),其作者为"施惠,字君美,武林人"。《标目》过去仅有抄本流传,有一种经过后人增补的本子(一般称为别本),则谓《拜月亭》作者为"施耐庵,名惠,字君承,杭州人"。吴梅的根据,就在这里。但它并未提到《水浒传》,也没有说明施惠号耐庵的来历,字君承与君美亦有差异,是很难令人置信的。又近人蒋瑞藻《小说考证续编》卷三《元宵闹》条,引《怀香楼闲话》云:"《元宵闹》杂剧,无名氏撰,衍施君美《水浒传》卢俊义事,关目悉合。"这里虽是提到《水浒传》,但同样没有说明何所根据,《怀香楼闲话》亦不知谁作,所以也是"未可轻信"的。

一九六二年十月十五日

(原载一九六二年十月十九、二十日《天津晚报》)

注　释：

① 一九八一年版《全集》收录《集外集拾遗补编》。

校　记：

[1] 据林辰自用本，此页眉端补注："后发表于《乡友忆鲁迅》(绍兴鲁迅纪念馆 1986 年 5 月编印)。字句略有改动。"

[2] 初版本无寿洙邻生卒年，此系林辰自用本上补注。

鲁迅论唐代传奇作家沈亚之

鲁迅先生早年整理文史古籍，往往都几经易稿，然后成书。如《嵇康集》、《云谷杂记》以及《古小说钩沉》所收三十六种小说中的若干种，都不只留下一部稿本。他不惮烦地一次次亲自誊录、核校，精益求精，持久不懈，表现了学术研究上极可贵的谨严的学风。对于过去不大为人注意的唐代文学家沈亚之的诗文集，他也给我们留下了两种经过校勘或精抄的稿本。

沈亚之（约七八一——约八三二），字下贤，浙江吴兴人，生于长安。元和十年（八一五）登进士第。泾原节度使李汇（即《异梦录》中的“陇西公”）辟掌书记，从军泾州。长庆四年（八二四）迁福建都团练副使。太和三年（八二九），谏议大夫柏耆宣慰德州，亚之以殿中侍御使为判官。柏耆后贬循州司户参军，亚之也被谪为南康尉。太和五年（八三一）为郢州掾，大约一二年后即卒于郢州。他在文学上受韩愈的影响很深，自言“余尝得诸吏部昌黎公，游门下十有馀年”（《送韩北渚赴江西序》）。又与同属韩门的诗人李贺、贾岛为友，元和七年（八一二）沈落第还乡，李贺作《送沈亚之歌》、贾岛作《送沈秀才下第东归》诗，为他送行。他对李贺的诗曾作过这样的评述：“余故友李贺，善择南北朝乐府故词，其所赋亦多怨郁凄艳之巧，诚以盖古排今，使为词者莫得偶矣。”

(《叙诗送李胶秀才》)他与同时著名文人元稹(沈有《春词酬元微之》诗)、殷尧藩、张祜(均有《送沈亚之尉南康》诗)、南卓(有《题〔沈下贤〕刘薰兰表后》)等,都是文字之交,稍后杜牧、李商隐也都有拟沈下贤诗;这可见他在文章上的师友渊源和影响,以及他在当时文苑的声誉和地位。然而,两《唐书》都没有为他立传,他的集子在后世也流传不广;假如没有鲁迅的介绍,现在我们恐怕不大会注意到他的。

鲁迅一九一二年二三月间,在南京临时政府教育部任职,暇时常与许寿裳同访江南图书馆,在这里,他看到影抄明代谢氏小草斋抄本的《沈下贤文集》,从其中抄录了《湘中怨辞》、《异梦录》、《秦梦记》三篇传奇文,后来收入一九二七年九月编定的《唐宋传奇集》第四卷里。鲁迅"少喜披览古说",一九一二年二月来南京前,他辑录的《古小说钩沉》已基本完成,接着,"渐复录唐宋传奇之作,将欲汇为一编",这一工作,可以溯源到他在南京时抄录沈亚之的传奇文开始。十年以后,他在北京大学讲授中国小说史,对沈亚之及其作品作了精辟的中肯的论述:"亚之有文名,自谓'能创窈窕之思'(按:见沈作《为人撰乞巧文》),今集中有传奇文三篇(《沈下贤集》卷二、卷四,亦见《广记》二百八十二及二百九十八),皆以华艳之笔,叙恍忽之情,而好言仙鬼复死,尤与同时文人异趣。"下面便依次概括说明《湘中怨辞》等三篇的内容。后来在《唐宋传奇集》的《序例》中论唐代传奇发展情况时说:"自大历以至大中中,作者云蒸,郁术文苑,沈既济许尧佐擢秀于前,蒋防元稹振彩于后,而李公佐白行简陈鸿沈亚之辈,则其卓异也。"这里以沈亚之为这一阶段的代表作家之一。在卷末《稗边小缀》中又介绍了沈亚之的事略:"然《唐书》已不详亚之行事,仅于《文苑传序》一举其名。幸《沈下贤集》迄今尚存,并考宋计有功《唐诗纪事》,元辛文房《唐才子传》,犹能知其概略。亚之字下贤,吴兴人。元和十年,进士及第,历殿中侍御史内供奉。太和初,为德州行营使者柏耆判官。耆贬,亚之亦谪南康尉;终郢州掾。其集本九卷,今有十二卷,盖后人所加。"这里所说

《唐书》指《新唐书》,《文苑传序》应为《文艺传序》,序中说:“若韦应物、沈亚之、阎防等,其类尚多,皆班班有文在人间,史家逸其行事,故弗得而述云。”《旧唐书·文苑传》无此等语。“其集本九卷”,则是据《新唐书·艺文志》及《崇文总目》的著录而言的。《小缀》又说:“《沈下贤集》今有长沙叶氏观古堂刻本,及上海涵芬楼影印本。二十年前则甚希覯。余所见者为影抄小草斋本,既录其传奇三篇,又以丁氏八千卷楼抄本校改数字。”小草斋本为明谢肇淛(在杭)家藏本;清康熙中王士祯曾见到明万历时徐𤊹的抄本,此抄本乃“黄愈部(虞稷)得之周栎园户侍,户侍得之谢在杭方伯家”(《池北偶谈》卷十六),可见谢氏小草斋本是一个流传有绪的较早的本子。鲁迅在《小缀》里没有记明见到这个影抄本的具体时间和地点;许寿裳《亡友鲁迅印象记》第十章《入京和北上》里才对此作了重要的说明。

鲁迅不仅抄录了沈亚之的三篇传奇,还和许寿裳共同对《沈下贤文集》进行过一次校勘。我们看到一部《沈下贤文集》抄本,其中卷四和卷五的大部分,是鲁迅亲笔抄写的,许寿裳在《鲁迅的生活》一文中,说鲁迅在南京临时政府教育部时,“公余老是抄沈下贤的集子”,就是指此。其余各卷,是别人代抄的。在第一页宋无名氏序文的上方,有许寿裳手书“壬子三月以八千卷楼抄本校”一行。在这个抄本上,先由许寿裳据丁氏八千卷楼抄本初校,然后鲁迅又用叶氏观古堂刻本复校,校语写在书眉或行间。可惜许寿裳中途停止,由鲁迅继续用叶刻本,再加《唐文粹》,校完全书。这个抄本由鲁迅带到绍兴,后来由周作人寄至北京,《鲁迅日记》一九一三年三月三十日下记云:“收二弟所寄《小学答问》五册,《沈下贤集》抄本二册。”指的就是与许寿裳合校的这个抄本。

鲁迅校勘《沈下贤文集》一事,他自己没有在文章中说过,许寿裳也没有明确告诉过我们。这个稿本的发现,在鲁迅校勘的书目中,增加了新的一种,又使我们知道了一件前所未知的鲁迅史料。以后在编写鲁迅年谱或传记时，应考虑加上这样的一笔：一九一二年（壬子）三月，与许寿裳同校《沈下贤文集》。

一九一二年五月，鲁迅随教育部迁到北京。六月九日，即到京一月以后，他在琉璃厂购买了“善化童氏刻本《沈下贤集》一部二册”。这个刻本即《稗边小缀》中所说“长沙叶氏观古堂刻本”，清光绪二十一年（一八九五）据叶德辉藏旧抄本刻印，因书前有善化童光汉所作序言，故亦称童刻本。鲁迅在有了南京时的抄校本和童刻本以后，又于一九一四年春夏之间，陆续亲自抄了另一部《沈下贤文集》。查《鲁迅日记》，一九一四年四月六日记云：“夜坐无事，聊写《沈下贤文集》目录五纸。”七日记云：“夜写《沈下贤集》一卷。”以后断续抄写，至五月二十四日全部抄完。二十四日日记：“上午……写《沈下贤文集》第十一卷毕。……夜写《沈下贤文集》第十二卷并跋毕，全书成。”这个本子，没有校语，全部都是鲁迅亲笔抄写，字体遒劲，始终不懈，纸墨精良，清爽悦目；是唐人的文集，也是鲁迅的墨宝。这个抄本和南京时的那个校本，现在都珍藏在北京图书馆里。

《唐宋传奇集》所收唐代人作品，以李公佐为最多，共四篇；其次，即沈亚之，共三篇，要算较多的了。沈亚之的传奇，除这三篇以外，还有《冯燕传》、《郭常传》、《喜子传》等，而《冯燕传》尤有名。这是一篇写豪侠少年的故事，在唐时即流传甚广，司空图曾据以作《冯燕歌》（中有“为感词人沈下贤，长歌更与分明说”句），宋代曾布更将它衍为《水调大曲》，成为一种歌舞剧曲。但鲁迅没有选录。这是因为《唐宋传奇集》的体例只收单篇，不从专集采录。《湘中怨辞》等三篇，在《太平广记》中都注云“出《异闻集》”，不说出于沈集，所以收入；而《冯燕传》一篇，《广记》注“出沈亚之《冯燕传》”，似是从沈集中直接选录的，故鲁迅未收。这并非他没有注意到这一篇及其影响，而是限于体例的缘故。

鲁迅曾经在《稗边小缀》中指出，沈亚之“好作涩体”，他的文章务求险崛，戛戛独造，不同于唐宋一些作者的热俗浅易的古文，而其内容又常“与同时文人异趣”,如《秦梦记》写弄玉的丈夫萧史早死,弄玉也无疾而卒,便与历来相传的弄玉吹箫引凤,与萧史夫妻双双成仙而去的旧说不同,文末以“呜呼！弄玉既仙矣,恶又死乎?”作结,对神仙不死之说提出反问,余韵悠然,引人深思。鲁迅所谓“同时文人”是指一般文人,少数作家也不乏抱有同样意趣的,如沈亚之的朋友李贺在《官街鼓》一诗中就有这样的句子:“……磓碎千年日长白,孝武秦皇听不得。……几回天上葬神仙,漏声相将无断绝。”也说访仙药、求长生的秦皇汉武早已死去,天上也没有不死的神仙,揭穿了长生不死说的虚妄,与沈亚之表现了同样新颖的思想。在《异梦录》中,记唐人王炎梦至吴国,侍吴王,忽闻宫中出辇,鸣笳击鼓,原来是西施出葬;这也写的是“仙鬼复死”的故事。晚唐诗人韩偓《哭花》诗“若是有情争不哭,夜来风雨葬西施”,虽是用美人喻花,同时也是用典,使人想起这篇《异梦录》的影响。鲁迅特别提出沈亚之“好言仙鬼复死”,是很有意义的。另外,在《秦梦记》中,作者用自己的真姓名,扮演了“尚公主”的主人公的角色(所以《太平广记》将题目直改为《沈亚之》),这也是少见的。唐人传奇叙述艳情,往往都托名他人,不敢直说自己,而沈亚之这一篇,“乃自引归其身,不复隐讳”(参阅瞿佑《归田诗话》卷上《莺莺传》条),打破了世俗在男女关系上的一些忌讳,这也是他“与同时文人异趣”的地方。

《沈下贤文集》共十二卷,其中诗赋一卷,文十一卷。过去传闻有宋刻本,但很多著名藏书家都未见过。卷首宋无名氏元祐丙寅(一〇八六)十月所作的序言中,涵芬楼本有“顷得善本,再加校覆,皆得其正。惜其藏于箧笥,不得与好学之士共其玩绎,因命工刊镂,以广其传”等语,但在叶德辉刻本中,后二句却是“因欲命工刻镂,以广其传,惜乎志有待而未能也”,因此童光汉序言遂断为“元祐中实无刻本”。直到涵芬楼影印“明翻宋本”出版,才证明此书在北宋时确有刻本。不过宋本终于未见,只传下明代的翻刻本了。鲁迅据影抄小草斋本过录的本子，序言与涵芬楼影印本相同，是较接近于宋刻本的。

沈亚之的文章，在形式上自辟蹊径，务去陈言，在内容上又时有新意，不同凡俗：这大概就是鲁迅对他发生兴趣的原因吧。鲁迅喜欢李贺，也比较喜欢李商隐，而李贺是沈亚之的诗友，李商隐也有拟沈下贤诗，他们的诗文都具有晦涩新奇的特点；而鲁迅对这三人的作品都相当爱好，这其间仿佛存在着文学兴趣上的一定联系。不过，这是早年的事，到了后来，鲁迅对“李贺的诗做到别人看不懂”，对李商隐的“用典太多”，都表示过不满；对沈亚之，在文章里也不见再谈到他了。

一九八三年四月一日

（原载一九八四年《鲁迅研究》第二期）

“苏曼殊是鲁迅的朋友”补说

一九〇七年，鲁迅先生在日本东京筹办文艺杂志《新生》，参加者有许寿裳、周作人和袁文薮，也许还有一个陈师曾，此外便再也举不出什么人来了。近几年来，我们却从日本增田涉先生的著作中得知苏曼殊是《新生》的同人之一，他在所著《鲁迅的印象》一书中，专门立有《苏曼殊是鲁迅的朋友》一章，其中有云：

> 他（指鲁迅）说他的朋友中有一个古怪的人，有了钱就喝酒用光，没有钱就到寺里老老实实地过活，这期间有了钱，又跑出去把钱花光。与其说他是虚无主义者，倒应说是颓废派。又说，他到底是日本人还是中国人不很清楚，据说是混血儿。……我问道，他能说日本话吗？回答说，非常好，跟日本人说的一样。实际上，他是我们要在东京创办的《新生》杂志的同人之一。问那是谁？就是苏曼殊。……这时候，知道了他是鲁迅的朋友却不免有些惊讶。我问了种种关于苏曼殊的话，可是除了上述的浪漫不羁的生活，和章太炎的关系那一些之外，再问不出别的了。（据钟敬文译本，一九八〇年五月湖南人民出版社出版）

凡是稍稍了解苏曼殊的生平和作品的人，看了这段从来没有人说过的话，恐怕也将难免“有些惊讶”。这是可以相信的吗？从鲁迅和苏曼殊两人各自在生活态度和文学实践上截然不同的表现看来，这两人的名字是无论如何也不能联系在一起的。但是，仔细一想，这是从他们后来各不相同的情况着眼，是纵观两人的一生而得到的印象。而增田涉提供的资料，却只限于他们青年时代在东京的那一特定历史时期。我认为，在那具体的几年之间，鲁迅和苏曼殊相识，曼殊并成为《新生》的同人，这是完全可能的。

现在，我想为增田先生的这段记载作点补充说明。

我们先要探究：当一九〇七年鲁迅在东京筹办《新生》的时候，苏曼殊是不是也在东京？他和鲁迅、周作人是否相识？

鲁迅于一九〇二年四月抵日本东京，旋入弘文学院；苏曼殊亦于是年由横滨第一次来到东京，入早稻田大学高等预料。次年，鲁迅仍在弘文；曼殊转入成城学校，参加拒俄义勇队和军国民教育会，不久回上海。一九〇四年四月，鲁迅弘文学院结业，九月去仙台医学专门学校，一九〇六年三月退学，决定弃医从文，在东京开始文学活动。此三年中，曼殊在国内，又南游暹罗（今泰国）、锡兰（今斯里兰卡），仅一九〇六年夏赴日本省母，不久即归国。从一九〇二年到此时，两人见面的可能性是很小的。到了一九〇七年，鲁迅在东京从事文学工作，筹办文艺杂志《新生》；苏曼殊这年旧历元旦东渡，先与章太炎同住东京牛込区民报社，后又与刘申叔、何震夫妇同住小石川区天义报社，八月至上海，十一月初又往日本。一九〇八年，鲁迅在东京，夏间与许寿裳、钱玄同、龚未生、周作人等八人每星期日前往民报社听章太炎讲文字学，参加光复会；苏曼殊是年上半年在东京，为《民报》撰文，八月归上海，“十二月十一日东渡，与张卓身[1]、龚薇生、罗黑芷、沈兼士同寓东京小石川，榜其门曰智度寺”（柳亚子：《重订苏曼殊年表》）。这两年中，鲁迅寓居东京，苏曼殊亦以在东京的时间为多，两人才有可能结识。他们有一些共同的师友，如章太炎，鲁迅和他的关系不用说了；曼殊亦与章熟识，他所著的《梵文典》及何震所辑《曼殊画谱》，都有章写的序言，他的译诗也多得章的润色。又如陶焕卿和龚未生，是鲁迅的朋友，光复会的同志，而曼殊与此二人曾于一九〇六年在芜湖皖江中学同事，因学校发生风潮，他们相偕离校赴沪。（见曼殊当年八月致刘三书）一九〇七年徐锡麟事件发生后，陶、龚亡命日本，常来鲁迅和周作人同住的寓所晤谈。在这些时候，鲁迅在民报社，或在自己的寓所里，都有机会和苏曼殊会见。事实上，他们的确是相识的。周作人曾说："苏子谷在东京时曾见过面，朋友们中间常常谈起'老和尚'的事情。"（《鲁迅的青年时代·鲁迅与清末文坛》）又说："香山苏子谷集华英译诗曰《文学因缘》，以一册见遗。"并称苏所译师梨（雪莱）诗"甚达雅可赏"。（《艺文杂话》，载一九一四年二月《中华小说界》第一年第二期）周作人还有一篇《罗黑子手札跋》，也谈到苏曼殊，其文云：

> 光绪末年余寓居东京汤岛，龚君未生时来过访，辄谈老和尚及罗象陶事。曼殊曾随未生来，枯坐一刻而别，黑子时读书筑地立教大学，及戊申余入学则黑子已转学他校，终未相见。倏忽二十馀年，三君先后化去，今日披览冶公所藏黑子手札，不禁怃然有今昔之感。黑子努力革命，而终乃鸟尽弓藏以死，尤为可悲，宜冶公兼士念之不忘也。（《夜读抄·苦茶庵小文》）

周作人于一九〇六年秋赴日本后，即与鲁迅同住于东京本乡区汤岛的伏见馆，以后迁居本乡区东竹町的中越馆和本乡区西片町的"伍舍"，三年之中，两人均同住一处，曼殊来访时，鲁迅应亦在座。在回答增田涉的问话时，鲁迅说苏曼殊的日本话说得"非常好，跟日本人说的一样。"（又一九三二年五月致增田涉信中也说："曼殊和尚的日语非常好，我以为简直像日本人一样。"）如非亲自听过曼殊说日本话的不能有如此语气。柳亚子《重订苏曼殊年表》载一九〇八年曼殊曾与张卓身、龚薇生、罗黑芷、沈兼士同寓东京小石川区“智度寺”，而周作人的这篇跋文也提到了龚未生、罗黑子、沈兼士等人，这是很有意思的，合起来看，有助于我们对“曼殊曾随未生来”的背景的了解。

现在再来看看当时他们各自的文学活动，以及他们在文学上是否有合作的共同点？

如所周知，在一九〇七和一九〇八年及其前后数年间，鲁迅和苏曼殊已经分别在东京及国内发表过一些创作或翻译的文学作品。鲁迅曾编译历史小说《斯巴达之魂》（一九〇三），翻译法国嚣俄（雨果）的随笔《哀尘》（一九〇三）和美国路易斯·托伦的科学幻想小说《造人术》（一九〇五），撰写了《人之历史》、《科学史教篇》、《文化偏至论》、《摩罗诗力说》（以上均一九〇七年作）和《破恶声论》（一九〇八）等论文，又出版过《月界旅行》（一九〇三）、《地底旅行》（一九〇六）两种单行本及与周作人合译的《域外小说集》二册（一九〇九）。苏曼殊则译述了嚣俄的《惨社会》（一九〇三），翻译过拜伦的《星耶峰耶俱无生》、《去国行》、《哀希腊》等诗，并编译出版《文学因缘》（一九〇八）和《拜伦诗选》（一九〇九）两书。此外，他还在《民报》、《天义报》刊布所画《岳鄂王游池州翠微亭图》、《女娲像》等（一九〇七），并在上海《国民日日报》开始发表旧体诗（一九〇三）。当时两人在文艺上各有表现，想来是会相互引起注意的。在这里，我当然没有将鲁迅和苏曼殊相提并论的意思。但曼殊很早就不为传统的旧文学观念所囿，而能放眼世界，留心异域的文学，并动手来翻译，这是难能可贵的。在文学兴趣上，他们当时也有共同之处。青年时期的鲁迅非常喜欢拜伦，曾说读了拜伦的诗而使他“心神俱旺”，在《摩罗诗力说》中热情地着重介绍了拜伦的诗和生平；曼殊也是拜伦的崇拜者，“尝谓拜伦足以贯灵均太白”（一九一〇年致高天梅书），他衷心赞叹：“善哉！拜伦以诗人去国之忧，寄之吟咏；谋人家国，功成不居，虽与日月争光可也！”（《拜伦诗选自序》)"虽与日月争光可也",是西汉淮南王刘安称美屈原(灵均)的话,司马迁曾录入《史记·屈原贾生列传》中;曼殊引用来颂扬拜伦,可谓倾倒之至。他翻译的拜伦诗,鲁迅是看见过的。二十年后,鲁迅谈到拜伦诗时曾有这样一段回忆:

> 苏曼殊先生也译过几首,那时他还没有做诗"寄弹筝人",因此与Byron也还有缘。但译文古奥得很,也许曾经章太炎先生的润色的罢,所以真像古诗,可是流传倒并不广。后来收入他自印的绿面金签的《文学因缘》中,现在连这《文学因缘》也少见了。(《坟·杂忆》)

再如嚣俄,苏曼殊于一九〇三年译述《惨社会》,经陈由己(即陈独秀)润饰,连载于上海《国民日日报》,一九〇四年上海镜今书局出版单行本,改名《惨世界》。鲁迅也于一九〇三年翻译了嚣俄的随笔《哀尘》。据周作人说,鲁迅很早就爱读嚣俄的作品,他在追记鲁迅东京生活时说:"其时'冷血'的文章正很时新,他所译述的……一篇嚣俄(Victor Hugo)的侦探谈似的短篇小说,叫作什么尤皮的,写得很有意思,苏曼殊又同陈独秀在《国民日日新闻》上译登《惨世界》,于是一时嚣俄成为我们的爱读书,搜来些英日文译本来看。"(《瓜豆集·关于鲁迅之二》)又说:梁启超在日本办的"《新小说》上登过嚣俄的照片,就引起鲁迅的注意,搜集日译的中篇小说《怀旧》(讲非洲人起义的故事)来看,又给我买来美国出版的八大本英译雨果选集。"(《鲁迅与清末文坛》)这些都说明他们当时文学上的共同爱好,对富有积极浪漫主义精神的"叫喊复仇和反抗的"文学,具有相同的感应。

鲁迅自己说过,那时候,"在东京的留学生很有学法政理化以至警察工业的,但没有人治文学和美术;可是在冷淡的空气中,也幸而寻到几个同志了……"(《呐喊·自序》),苏曼殊应该就是这少数几个"治文学和美术"的"同志"之一。他治文学,擅绘事,通英、日文和梵文,在彼时的东京,在那“冷淡的空气中”,的确可算是特出的人物了。他与鲁迅、周作人既然相识,那么,当鲁迅等筹办《新生》的时候,自然可能邀他参加;即不然,在相遇时说一声,我们正筹办杂志,请给我们写稿吧。只要曼殊表示同意(我一时想不出他有理由拒绝),就可以算作同人了。“五四”以后的许多文学团体,都没有严密的组织章程,何况清末没有办成的《新生》。

综上所述,我认为增田涉的这段记载是可信的。

但到后来,不过数年,尤其是辛亥革命以后,苏曼殊思想感情上本来就相当浓烈的那种感伤颓废的因素积极发展,他一时曾有过的那一点求新上进的热情迅速衰退,沉溺于做《寄调筝人》那样的旧体诗,渐渐与拜伦无缘。这位与鲁迅处在同一时代(他只比鲁迅小三岁),而且在短期内有某些契合的文学家,最后在生活道路和文学道路上,都与鲁迅绝不相同,成为我们现在所见的这样一位狂放不羁的旧式才子型的文人。“道不同不相为谋”,他们很早就不再有丝毫关系了。所以鲁迅从来没有在文章里说过他们相识,口头上除了异国友人增田涉外,也没有对任何人说过。二十年后,当有人冒用鲁迅的名义在杭州孤山曼殊墓上题诗“吊老友曼殊”,说什么“待到它年随公去”,鲁迅便不得不声明“连我自己也梦里都没有想到过”(《三闲集·在上海的鲁迅启事》),明确地表示了对苏曼殊的态度。

一九八五年七月二十六日

(原载一九八六年《读书》第一期)

校　记:

[1] 据林辰自用本,此处补注:“张卓身,名传琨,浙江平湖人(见柳无忌《苏曼殊及其友人》)。”

关于《鲁迅诗集》

鲁迅先生的成就是多方面的，无论在创作、翻译或研究上，都显出了他的精湛与博大，较之只从事于某一方面的专家，他都有过之而无不及。即以旧诗一项而论，他的造诣之深，成就之高，也往往使得许多旧式文人赞佩叹服。这些诗章，他自己虽然并不珍惜，但在我们却觉得非常可贵，因为它们本身是难得的佳什，而且在这些吟咏里，更可帮助我们去理解鲁迅的真性情。所以把散见于《集外集》和《集外集拾遗》里的旧体诗集拢起来，再加上白话诗和译诗，辑成一册独立的诗的专集，那实在是很有意义的。

这样的专集，现在已经有一本了，那便是奚名编辑、桂林白虹书店发行的《鲁迅诗集》。

但是，当我把这本《鲁迅诗集》翻阅一过之后，不禁感到失望了。这书在体例上、注释上，以至作品的搜罗上，都很难令人满意，和我们理想中的鲁迅诗集，相去甚远。

第一，在编辑上，编者将全书分作旧诗、新诗、译诗三大部分，这原是无可訾议的，但对于旧诗的排列法，却大有问题。例如《自题小像》、《赠人》等七绝之后，紧接着五律《哀诗》三首；在《哀诗》三首之后，又一变而为《送 O. E. 君携兰归国》、《赠蓬子》、

《悼丁君》、《偶成》等四首七绝；再后，却又是《教授杂咏》三首五绝了。这样，自然并非按体排列；那么，一定是编年吧？却又不是。按照《集外集拾遗》目录所列年代，《送增田涉君归国》，作于一九三一年，《偶成》、《赠蓬子》、《一二八战后作》、《教授杂咏》、《所闻》、《答客诮》等作于一九三二年，《赠画师》、《赠邬其山》、《悼杨诠》作于一九三三年，《报载患脑炎戏作》、《秋夜有感》作于一九三四年，《亥年残秋偶作》作于一九三五年；但奚名君却将《送增田涉君归国》倒置于《赠画师》诸诗之后，又将《报载患脑炎戏作》倒置于《亥年残秋偶作》之后，至于《赠邬其山》，却更远远地被掉在《报载患脑炎戏作》以后去了。我们只须用《集外集》，《集外集拾遗》和这本诗集的目录一比，便可看出其颠倒错乱之甚。再就译诗一部分看，第一首《中国起了火》据原编者附注，原载一九三一年八月五日出版的《文学导报》第一期，足见翻译时期不会距一九三一年过远。《坦波林之歌》和《跳蚤》原载一九二八年十一月《奔流》第一卷第六期，《进兮》则系从前清光绪末年所译小说《地底旅行》第六回摘出。但编者却将《中国起了火》置于《坦波林之歌》和《跳蚤》之前，又将《进兮》放在《坦波林》二首以后。像这样，既非按体，又非编年，只不过是将许多诗胡乱凑在一处而已。我们真不明白这到底是什么意思！

第二，在注释上，除了一部分字和词的注释以外，编者还在一些诗的后面，附加上有关的文章，如在《哀诗》三首以后，附上《范爱农》全文，在《惯于长夜过春时》那首七律以后，附上《为了忘却的记念》的全文。此外，在《文化班头博士衔》之后，附上《王道诗话》，在《阔人已骑文化去》之后，附上《崇实》，《寂寞空城》之后，附上《学生和玉佛》，这自然是为了帮助读者的理解，用意本来不坏，但在许多诗的中间，忽然插入一篇长文（尤其是《范爱农》和《为了忘却的记念》两篇），就全书看，未免不大相称。因为在性质上，这是诗的专集，而非诗文合集。而且，倘若照此编法，那么，在《自题小像》之后，还应加上许寿裳的《怀亡友鲁迅》,《哀诗》三首之后,还应加上周作人的《关于范爱农》,在《阻郁达夫移家杭州》之后,也还应该加上郁达夫的《回忆鲁迅》了。这虽然并非鲁迅所自作,但不是一样的可以帮助读者的理解吗?要是真把这些文章加进去,试问那书将成为怎样的一个样子。假如我们认为确实不应该把它们全部羼入,那也就会明白把《范爱农》等文整篇的附录上去,是怎样的不必要和不适当了。而在另一方面,有许多应当加注的地方,反而又完全只是空白。如《教授杂咏》三首,本是针对着钱玄同赵景深等而作,但编者除了给无关宏旨的"马郎"二字加上注释以外,却没有一字说到这三首诗的事。难道这和《哀诗》等不同,尽人皆知,所以无须像那样的解说吗?本来,诗词原是最难诠释的,往往万语千言,结果只是白费。鲁迅的有些旧诗,若不知道本事,那么就更无从明白,这里,我们无妨举两个例子,《赠蓬子》云:

蓦地飞仙降碧空,云车双辆挈灵童;
可怜蓬子非天子,逃来逃去吸北风。

这到底应该怎样解释呢?我过去便不明了。最近问蓬子先生,才知道所谓"天子",是影射一位诗人的,在"一·二八"时,这位诗人的太太及其公子,最初原寄住在郁达夫家里,后来,有一天,郁先生忽然雇了两辆车子,将她们送到姚先生家里来了。诗的第一二句,便是指这件事情。那时在战争中,姚的生活也极不安,他自己的眷属都已送回故乡,但却不能不在困难中照拂那位朋友的太太和孩子。第三四句,便是写的这种景况。"天子"又暗与这位诗人的姓相关,用得十分切贴。

《送 O. E. 君携兰归国》云:

椒焚桂折佳人老，独托幽岩展素心。

岂惜芳馨遗远者，故乡如醉有荆榛。

这 O. E. 君到底是怎样的一个人呢？恐怕就很少有人能下注释。要是去年没有郭沫若先生的一篇《O. E. 索隐》，我恐怕一定还不会知道。郭先生说，O. E. 是一位日本商人小原荣次郎(Obara Eijiro)，他原来贩卖中国杂货，后来偶然从中国带了一点兰草回国，不料却大赚其钱，从此便栽培兰草，翻译中国兰花典籍，出版大型兰花杂志，主办兰花展览、座谈会，成了日本的兰花博士。鲁迅和他认识，大约是由内山完造介绍的。这首诗是一条长幅，二尺多长，半尺多宽，小原把它镶在玻璃匣里，每逢展览兰花时，便挂出来做广告，在杂志和书籍上，往往有这首诗的照片。郭先生以为，大约鲁迅是因为知道了这种情形，所以才将小原荣次郎缩成 O. E. 两字了。由这两个例子，便可以看出鲁迅的旧诗，有些实在不易解释，奚名君在许多诗的后面，不注一字，原也是可以理解的；但对于可能解释的作品，如《教授杂咏》等，实在是应该提要的加以注明。又如《送增田涉君归国》、《悼丁君》等的解释，都应该更详细一点。《自题小像》也应说明是赠许寿裳的。总之，奚名君对于这些诗，只是就他自己的眼光，或加注释，或付缺如，全没凭准。而有的附录太长，有的又不着一字，这种易卜生式的"全或无"主义，实在很难令人满意的。

第三，在搜集上，也不完备。据我所知，便有一首题名《他》的新诗被遗漏了。原诗如下：

一

"知了"不要叫了，

他在房中睡着；

"知了"叫了，刻刻心头记着。

太阳去了，"知了"住了——还没有见他，

待打门叫他,——锈铁链子系着。

二

秋风起了,

快吹开那家窗幕。

开了窗幕,会望见他的双靥。

窗幕开了,——一望全是粉墙,

白吹下许多枯叶。

三

大雪下了,扫出路寻他;

　这路连到山上,山上都是松柏,

　他是花一般,这里如何住得!

不如回去寻他,——阿! 回来还是我家。

这诗原载一九一九年四月《新青年》第六卷第四号。后来北社编的《新诗年选》(专载一九一九年的诗,北社为诗人康白情等所主持)和良友《中国新文学大系·诗集》(朱自清编选),都曾将此诗选入,并非不常见的作品。然而——奚名君却没有见到它!

据上所述,我们已可看出这本诗集是具备着一些什么缺点。但平心而论,编者编辑这本诗的动机,确是为了方便读者,虽说他的态度欠谨严,编排未得体,但和一般书贾的投机不同。加以在《编馀琐语》里,摘引了鲁迅《忆韦素园君》一文的最末数句,并声明"不敢以此沽名,以此获利",我想这大概是真诚的吧! 这本诗集,纵然有上述缺点,但总比市场上那些乱七八糟、东拼西凑而成的什么《鲁迅杂感集》、《鲁迅的盖棺论定》等等较好。正因为这样,所以,我才愿意在这儿对这本诗集说几句话。我的意思,以为在体例上,应该采用编年法,因为鲁迅先生自编的集子,大都是按年编辑而成的。对于诗中有些事实或人名地名的注释考证,一时虽不能做到完善的地步,但应该尽可能求其较为详尽正确。至于鲁迅自己或他人的文章，只能提要附注于后，不能长篇大文的全抄上去。全部作品，都应网罗，绝不可遗漏一首。只有这样，才可望弥补奚名君这集里所存在着的缺憾，而另编出一本较完美的《鲁迅诗集》来。

一九四二年六月二日，微雨之夜，写于巴县虎溪河

（原载一九四二年八月重庆《文坛》第一卷第七期）

略评《鲁迅旧诗笺注》

张向天同志的《鲁迅旧诗笺注》(广东人民出版社版)是近来比较受人注意的一本书。我在看了之后,觉得此书具有许多优点,对鲁迅旧诗读者有一定的参考价值;但因笺注鲁迅旧诗本不是一件容易的工作,本书也只是这个工作的一个开始,所以自难免还存在着一些缺点和错误。我在阅读时,曾有一些零零碎碎的意见,现在略加整理,写在下面,以与作者商榷。

看完本书之后,首先感到的最大的特色是,引证赡博,资料丰富。除鲁迅自己的日记、书信和杂文外,作者还参考了许寿裳、许广平两先生和周遐寿的著作,又从过去的报章杂志中搜集了一些有关重大历史事件的文献资料,来说明每一首诗的写作年代、社会背景,并进而探索其思想内容。对各诗的词句含义,典实出处,也择要作了一些注释。最后,又概括全诗大意,译为白话散文,以帮助青年读者了解。在这三部分中,我以为笺语部分,最具特色。我们随便翻阅一首,都可以看出作者的功力。例如《无题》:"血沃中原肥劲草,寒凝大地发春华。英雄多故谋夫病,泪洒崇陵噪暮鸦。"笺语先据《鲁迅日记》说明此诗作于一九三二年一月二十三日,系应日本高良富子夫人索书而作,并据日记和书信略叙鲁迅与高良夫人交游经过。接着便根据大量史料，历述当时国民党内部各派“英雄、谋夫”争权夺利的种种丑态，和此诗写作前数月，蒋介石以三十万兵力对中央革命根据地进行第三次“围剿”，以及广州、南京、太原各地大量枪杀学生等血腥罪行，用以说明“本诗就在这血浸大地的至可悲愤的局势下写成”。又如《自嘲》一首，先据《鲁迅日记》考订年月和作诗原委，次引《华盖集·题记》有关文字，解释“运交华盖欲何求，未敢翻身已碰头”二句，再引同书《〈阿Q正传〉的成因》一文中以牛为喻的一段和毛主席《在延安文艺座谈会上的讲话》说及此诗部分，来阐明“横眉冷对千夫指，俯首甘为孺子牛”一联的重大意义。他如在《题三义塔》的笺语中，根据《鲁迅日记》说明全部索诗题咏经过，又逐联详加解说；在《报载患脑炎戏作》的笺语中，引鲁迅先后致姚克和增田涉的信，说明谣言来历和上海文氓可鄙可恶的伎俩。这些都有助于读者对原诗的理解。各诗笺语所引有关二十余年前政治、军事、社会、文化各方面的资料，历时既久，搜求不易；就是鲁迅自己的著作和他人记载，较易入手，但如非平素留心，点滴积累下来，也不会作到如本书这样的完备程度。在注释上，也有一些新的创见。如关于《自题小像》一诗中“神矢”的注释，否定了许寿裳先生“借用罗马神话爱神故事”的说法，提出了一个新的解释，以为是出自拜伦的长诗《罗罗》(Lara)，并说“鲁迅先生于此就是以罗罗自况，欲挽救当时垂危的国运，抗不可避之定命，虽死无悔”。这说法是否确当，还不能遽下断语，但据鲁迅《摩罗诗力说》立论，至少可于许说之外，另备一说。至于用现代语翻译的“全诗大意”部分，虽然还不能说某几首就“足以(与)原作辉映”(见陈则光《评〈鲁迅旧诗笺注〉》，载《读书》一九五九年第二十期)，但某些译文，如《莲蓬人》、《惜花四律》、《二十二年元旦》、《题三义塔》等，大致还符合原诗主旨，可使读者从中得到启发。这本是费力而又不易作好的工作，作者的尝试是可贵的。此外，在作诗年代的考证和各诗次序的编排上，也有值得称道的地方。如《答客诮》一诗，根据鲁迅书赠日本坪井医士条幅所题“未年之冬戏作”字样，考定本诗作于一九三一年之冬或一九三二年一二月间，改正了过去一般定为一九三二年十二月所作之误。编次方面，如《赠日本歌人》、《无题》、《湘灵歌》三首，同见于一九三一年三月五日《日记》，一般均列《无题》于《赠日本歌人》之上，而作者则根据是日《日记》“午后为升屋、松藻、松元各书自作一幅”所记，按照书贻某人次第，改列《赠日本歌人》于前。又如《阻郁达夫移家杭州》、《无题》（烟水寻常事）二首，同见于一九三三年十二月三十日《日记》，一般均列《无题》于前，而作者则根据《日记》所记次第，重新排比。这虽然无关宏旨，但一依《日记》为准，便不致任意先后，毫无体例可言。这些，都是本书显著的优点。作者在笺注工作中所付出的辛勤劳动，是获得了相当丰富的成果的。

关于本书的优点，我大体同意颜默同志的意见（见《文艺报》一九五九年第二十二期：《读〈鲁迅旧诗笺注〉》），这里不再多说。现在，只想就鲁迅的某些旧诗，提出一点和这本笺注不同的意见。我觉得，作者对鲁迅旧诗的体会和解说，有些地方，还不够确切，不能令人信服。试举几个例子。如《吊卢骚》：“脱帽怀铅出，先生盖代穷。头颅行万里，失计造儿童。”作者在“脱帽”二句下注云：“‘脱帽怀铅出’描写小人的恶毒，手段的卑劣，一面打着招呼，嘘寒问暖，却乘人不备从怀中掏出刀枪来害人……这是对梁实秋的无情讽刺。”在“全诗大意”中，又这样翻译：“脱下帽子打招呼，却由怀里掏出铅刀，梁先生作战手段的卑劣，可谓冠绝当世；有人将你——卢骚的头，不远万里地挂到中国来示众，独惜你生前计议错误，何必又提倡什么教育主张为后世的孩子打算！”这可说非常牵强。按“怀铅”出《西京杂记》卷三：“扬子云好事，常怀铅提椠，……访殊方绝域四方之语。”“脱帽”则由晚清维新以后有所谓“卢骚帽”、“拿破仑帽”等等名称联想而来（当时小说中亦常见“卢骚帽”之名，参看《负曝闲谈》第十三回）。“脱帽怀铅出”二句，是写卢骚出亡异国，落拓穷困之状，绝不能解释为什么梁实秋的“作战手段”。末句“失计造儿童”当系指卢骚将自己所生子女弃置孤儿院为人攻击一事而言;梁实秋所奉为宗主的白璧德在所著《卢骚与浪漫主义》一书中攻击卢骚,亦举此事为例。梁实秋拾取白璧德牙慧,在所著《关于卢骚》一文中也说:“卢骚个人不道德的行为,已然成为一般浪漫文人行为之标类的代表。”鲁迅诗末二句应与前二句合看,才能领会其意义。自然,《吊卢骚》即所以讽梁实秋,但不能如注文解释为正面攻击,正因为是这样偏锋落笔,才显得讽刺的深刻。又如《送O.E. 君携兰归国》:“椒焚桂折佳人老,独托幽岩展素心。岂惜芳馨遗远者,故乡如醉有荆榛。”注释将“佳人”解释为,“本喻有德的君子,此处鲁迅先生自喻”,于是“独托幽岩”自然也是说鲁迅“独自寄住在幽岩之下”了。我看是不能这样解释的。全诗紧扣题目,句句说兰,所谓“佳人”,也就是指诗题中的兰,它和椒、桂都是芳香的草木;其中自然有鲁迅先生的寄托,但决不能将“佳人”直接解释为诗人自喻。作者根据他这样的理解,所以在“全诗大意”中,又将“岂惜芳馨遗远者”句译为:“我不惜拿了这些芳香的兰草,赠送远方的友人。”其实,小原荣次郎(Obara Eijiro)是往来于东京上海间的一个日本商人,他在东京开了一个商店,名京华堂,贩卖中国兰草和其他杂货;他从上海携以归国的兰草,并非鲁迅所赠遗。他是内山完造的朋友,因而也和鲁迅相识。笺语说:“京华堂为日本的一家书店,曾印行鲁迅的《鲁迅创作选集》,因此这书店的主人与鲁迅先生也颇有来往。”完全错了。郭沫若同志一九四一年曾写过一篇《O.E. 索隐》,对小原作过较详细的介绍,后来在《跨着东海》和《我是中国人》两篇回忆文中,也曾经略略触及此人(《沫若文集》卷八),均可参看。又如《赠日本歌人》:“春江好景依然在,远国征人此际行。莫向遥天望歌舞,西游演了是封神。”意思是说,当时中国在国民党反动统治下,鬼神出没,妖魔乱舞,漆黑一团,所以嘱“远国征人”莫再回望,演戏只是譬喻。而作者却在“西游演了”句下注云:“意思是:演完了《西游记》神鬼戏,又连着上演《封神榜》的迷信剧。当时上海在反动政府的严厉统治下,……各戏院盛演色情的盘丝洞、迷信落后的取经故事。本诗这一句就是讽刺这种落后反动的现象。”这里,直白地说成演完《西游》又演《封神》,已经只是表面的解释;而在“全诗大意”中,又将“莫向遥天望歌舞”译为:“美妙的歌舞,今后只有遥望海天去忆想,是再也欣赏不到了。”原诗明明说“莫向……”译文却偏从反面去了解,叹惋“再也欣赏不到”,并且还在歌舞之上凭空加上“美妙”二字,忘了末句“西游演了是封神”正是承上文“歌舞”而来。如果真是“美妙”,又何所用其“讽刺”呢?又如《赠画师》末二句:“愿乞画家新意匠,只研朱墨作春山。”作者在注释中说“春山”是“喻女人的秀眉,因以代表美丽的女人。……当时上海的各香烟公司多以画大美人儿为宣传,画家为了生活也多放弃了正当有意义的创作而随波逐流地专画美人图。鲁迅先生于此对于当时的陋风作了讽刺。”在“全诗大意”中又将这两句翻译为:“我但愿望月先生另出新意,只研朱红颜料画大美人儿吧!”这实在拉扯得太远。如果画家真是“只研朱红颜料画大美人儿”,那还有什么“新意匠”可言。我认为,这两句应和前两句“风生白下千林暗,雾塞苍天百卉殚”对照着看,千林暗淡、百卉凋残的景象,正好和花叶繁茂、红绿相映的春山形成两种截然不同的境界,前者满目萧条,后者生意盎然。诗人正因为厌弃前者,要求改变这种状况,所以才希望画家另运新意,画出一幅明艳宜人的“春山”来。这里面蕴藏着无限希望和理想。作者仅认为是对当时画坛“陋风”的讽刺,可说完全阉割了这首诗的意义。再如《无题》:“禹域多飞将,蜗庐剩逸民。夜邀潭底影,玄酒颂皇仁。”笺云:“按本诗作于一九三三年六月,为了抗议当时的反动政府空军在广西瑶族区肆虐,杀伤许多瑶族人民而作的。”下引鲁迅同年五月七日所作杂文《王化》,指斥当时广西省反动当局派飞机屠杀瑶民的暴行为证。这解释我认为还有商酌余地。在一九三三年四五月间,鲁迅杂文说及国民党空军暴行的,除《王化》

外，还有《中国人的生命圈》（四月十日）和《天上地下》（五月十六日）等篇。（均见《伪自由书》）在《中国人的生命圈》一文中说："'腹地'里也是飞机抛炸弹。据上海报，说是在剿灭'共匪'，他们被炸得一蹋胡涂。"在《天上地下》中引五月十日《申报》南昌专电，其中说国民党反动政府空军，"七日晨迄申，更番成队飞宜黄以西崇仁以南掷百二十磅弹两三百枚"。由此可见，当时并非除广西外，便无反动政府空军肆虐之事，本诗应为指斥国民党空军对革命根据地滥施轰炸而作。虽然也可以包括广西在内，但决不能囿于广西瑶族区一隅。作者在《二十二年元旦》一诗的笺语中，也曾引《天上地下》一文，而这一首却反引《王化》，勉强用这篇结尾的"逖听欢呼"数句去迁就"玄酒颂皇仁"一句；这样，"禹域"遂只限于广西一地，诗人所斥责的对象也缩小为广西地方当局，这不能不说有失原诗作意。又据《鲁迅日记》，这首诗是应黄萍荪索书而写的，黄萍荪是国民党反动派走卒，他当时一面在小报上诽谤鲁迅，一面又托郁达夫请鲁迅写字；鲁迅为他写了这样一首诗，不啻当面给他一顿严厉的呵斥。这一点在笺语中应补加说明。再如《赠邬其山》"廿年居上海，每日见中华"以下都是写内山完造长期居留中国所见旧中国军阀官僚的种种凶残卑劣的行为，首二句总起，后六句蝉联而下，一气到底；寥寥数语，把他们的丑恶面目概括无遗。而作者却将它分割开来，以为第二联"有病不求药，无聊才读书"是写小民百姓，只有"一阔脸就变"等后四句，才是写那一小撮反动统治者。他在笺语中这样说："诗中'有病不求药'二句，是讽刺中国人的麻木自欺。"并引鲁迅一九二五年所作《论睁了眼看》中的一段来作说明。在"全诗大意"中，也将这二句说成是"中国人的病丑"，后四句才是针对"那些大人物们"。其实，"有病不求药"的"病"，应该就是一九三二年一月所作《无题》中"英雄多故谋夫病"的"病"，那自然无须"求药"，在失意无聊之余，声言闭户读书，也正是他们常要的老手段。这同小民百姓有病无力求医和没有读书机会，决不能相提并论。鲁迅的笔锋只是指向那些“大人物”，他何至在同一首诗内将小民也拉扯在一道而加以讽刺？作者既引了和本诗毫不相干的《论睁了眼看》，又因其中曾论及“国民性”问题，于是便这样说：“平时鲁迅先生常到内山书店与内山完造座谈，话题多不离开人性问题，大概本诗所讽刺的就是他们平时常谈到的问题。”好像鲁迅晚年非常注意所谓“人性问题”似的，这和鲁迅思想发展的实际情况不符，从内山完造在鲁迅逝世以后所写的几篇回忆文里，也很难看到关于所谓“人性问题”的记载。把本诗主题说成是讽刺中国人的“人性”，这不能不说是一种误解。再如《无题》：“万家墨面没蒿莱，敢有歌吟动地哀。心事浩茫连广宇，于无声处听惊雷。”意思是，在当时国民党反动统治下，万井荒凉，老百姓有的形容枯槁，奄奄一息，有的转徙流离，死于蓬蒿，表面上寂无人声，更不用说动地的哀吟；但诗人的心和广大的世界相连相通，在无声中听到了惊雷似的怒吼。作者在笺语中却说本诗第一句，是写当时“中国人民都成了囚徒。至于侥幸暂时能够苟活的，也都只好辗转老死在山野草泽间”。自然，国民党统治下的中国的确无异一座大监狱，广大人民都成了囚徒；但笺语却将囚徒和暂时苟活的人分作两类平列并举，为了迁就古代墨刑，不惜破坏原句完整的意境。又将“敢有歌吟动地哀”一句属之诗人自己，在注释中一则曰：“我那里敢再唱伤心的悼歌，兴动大地的哀愁！”在“全诗大意”中再则曰：“我那敢再唱悼歌，感发大地，兴起动人的哀愁。”不知此句与末句“无声”遥遥相应，此句是“无声”的具体情状，“无声”即承此句而来。它和第一句同是指那些在苦难中的人民而言。凡此诸例，我认为都关系到对全诗的理解，不是一枝一节的问题。在个别词句上，有些解释，也很难令人同意。如《悼丁君》“瑶瑟凝尘清怨绝”句，作者分注二条，“瑶瑟凝尘”下注云：“谓瑟音幽怨使飞尘为之凝伫不动。”“清怨绝”下注云：“谓幽怨的清音，从此消止，颇有‘人琴俱亡’的哀伤意味。”在“全诗大意”中也如此翻译。其实，“瑶瑟凝尘”是说久无人弹而积尘，既无人弹则“清怨”之音自“绝”；若谓琴音可使“飞尘为之凝伫不动”，则“清怨”明明未“绝”。此与《赠人二首》中形容筝声“梁尘踊跃”完全不同。又如《报载患脑炎戏作》：“横眉岂夺蛾眉冶，不料仍违众女心。”“众女”应即指上句“蛾眉”，而注释却将“蛾眉”解释为“指当时文坛上妇妾式的文氓，善于造谣的败类。”又将“众女”另释为“此指当时造谣生事，害人肥己的国民党文化官。”将诗人指斥的对象分裂为二。此外还有些小地方，因为限于篇幅，就不再多谈了。

其次，在某些史实和资料的说明上，还存在着非常明显的错误。首先应该指出的，是作者在《为了忘却的记念》一诗的笺语中，说及李伟森同志的生平事略时，说他“曾参加广州‘四一五’大起义运动，事败走上海”。按“四一五”是国民党反动派继上海“四一二”大屠杀之后，在广州举行的反革命政变，作者竟称之为“大起义运动”，并说李伟森同志曾经参加；这和颜默同志所指出的，将“横眉冷对千夫指”的“千夫”解释为“千万人民”一样，都是较重大的错误。在同诗“城头变幻大王旗”句的注释和《无题》(大野多钩棘)的笺语中，又称当时党所领导的中央革命根据地为“江西中共的军事根据地”或“中共湘赣军事根据地”，这种提法，也不妥当。此外，《哀诗三首》注释，说范爱农“一九一一年与鲁迅先生在杭州师范学校共事，鲁迅先生任校长，范任监学”。这里所说的“杭州师范学校”，系山会初级师范学堂之误。鲁迅于一九〇九年曾在杭州浙江两级师范学堂任教，并非校长，其时校长为沈钧儒。又说“桃偶代表当时绍兴光复后出主浙江军政的武人王金发”。按王金发在辛亥绍兴光复之初，曾任绍兴军政分府都督，并没有“出主浙江军政”。《教授杂咏》笺语，说章衣萍“颇多色情的著作，有名的是他和他的夫人吴曙天合写的《情书一束》可为代表”。按《情书一束》是章衣萍的短篇小说集，并非他和吴曙天合著，更不是两人的“情书”。又说谢六逸“曾为书店编选《现代日本小说选》一书，工作极草率。故鲁迅先生有此诗讽刺之”。谢曾译有《现代日本小品文选》一册，大江书铺印行，但与鲁迅此诗无关。《无题》（一枝清采妥湘灵）笺语，述鲁迅一九三三年九月参加世界反对帝国主义战争委员会在上海召开的远东会议时说：“在九月他协助并支持了‘反世界大战反法西斯大会’在上海召开，后来在致萧三的信中报告这次的成绩说：‘结果并不算坏，各国代表回国后都有报告，使世界上更明了中国的实情。我加入的。’（萧三《人物与纪念》）”这里不但会议的名称不大正确，并且连收信人也记错了。从所引的信看，这是致萧军而不是致萧三的。（参看《鲁迅书简》七七六页）萧三同志在《纪念鲁迅逝世一周年》一文中，也并没有说是鲁迅给他的信（参看《人物与纪念》一九四页），作者仅见萧文引用，未查原函，致有此误。在各诗的编次上，也偶有不当之处，如《赠邬其山》作于“辛未初春”，有书前影印鲁迅墨迹可证，辛未为一九三一年，而作者将它列于一九三三年之末，显然为一时失考。

总起来看，本书在笺注上，一般都很详尽，资料也很丰富，对读者有所帮助和启发，作者几经修订，才取得现在这样的成就，虽有上述尚待商酌和少数错误之处，但总还是一本较好的书。如能多方面征询意见，加以考虑，再作必要修订，那将更有益于读者。我之所以拉拉杂杂，写了上面一些意见，用意就是提供作者修订时参考。我于旧诗完全是门外汉，对鲁迅的旧诗也缺乏研究，本文对《吊卢骚》等诗的体会，自然也难免有误；但这是一个学术问题，大家提出不同意见，相互讨论，有助于将来达到比较接近的认识，所以还是将它写出，希望能得到作者和读者的指正。

一九五九年十二月十三日

（原载一九六〇年《文学评论》第一期）

鲁迅著作需要疏证

鲁迅先生逝世已有整整十二年，在时间上，他之离我们而去，似乎日愈渺远；但在一般青年的精神上，他的感召力却随着岁月的加深而日愈加强。研读鲁迅作品，学习鲁迅精神，在广大的青年层里，简直成为一种普遍的热潮。然而，有些读者在阅读鲁迅作品时，因为不明白当时的情势和有关故实，以致往往不能了解文中的意义，正如鲁迅自己所说："我的文章，未有阅历的人实在不见得看得懂，而中国的读书人，又是不注意世事的居多，所以真是无法可想。"（许广平编《鲁迅书简》九七〇页）而且，在某一段时间里和鲁迅的文章有关的许多敌对的文章，虽说只经过短短的十数年，但现在大都已灰飞烟灭，无从看到，于是，只剩下鲁迅一面的文章，"无可对比，当时的抗战之作，就都好像无的放矢，独个人在向着空中发疯"（《"题未定"草（八）》）。这样，要真正能透澈理解鲁迅的著作，实在有着相当的困难；因此，对鲁迅的作品加以注释疏证，俾能更为一般读者所了解所接受，就成为研究和学习鲁迅工作中最基本最需要的一个项目了。

关于这项工作，过去已零零落落地有些人在着手，或从社会意义上加以阐述，或从人物史实上提供资料，都各别地有所贡献。如郭沫若的《庄子与鲁迅》，许寿裳的《关于〈弟兄〉》，何干之的《辛亥的女儿》(《离婚》)、《一出悲壮剧》(《伤逝》),孙伏园的《药》、《腊叶》,张天翼的《论〈阿Q正传〉》等等。但是,数量还很有限,而且大都仅限于创作小说。今后如何推广而及于杂文、学术论著以至翻译,实在还有待于大家的努力。

鲁迅也深知疏证对于了解他的著作的重要,所以,在《伪自由书》、《准风月谈》诸书中,他不但兼收了对手的文章,作为备考,并且还作一篇很长的《后记》,将许多人物和事件详细叙入。如张资平、曾今可等人的启事以及小报上的造谣新闻等等,都一一列入,使读者豁然于那些文章是在怎样的时代和环境中产生,因而加深了理解的程度。但在前期的著作,如《热风》、《华盖集》、《华盖集续编》、《而已集》、《三闲集》等书中,则全然没有。这是说杂文。至于学术著作,如《中国小说史略》、《古小说钩沈》等,也是一样,都需要一番诠释。这里,且就杂文散文方面,举几篇关于女师大事件的文章为例,以见这一工作的重要。

一九二五年,当鲁迅执教北京女子师范大学时,在学生反对校长杨荫榆的事件当中,曾和章士钊、陈西滢、杨荫榆等人,展开了激烈的战斗,这是鲁迅一生中最光辉最著名的战史之一。它的意义,并非仅仅限于一个个别的学校风潮,而是通过一个具体的学校事件,去打击那些使用着"钢刀"或"软刀"的军阀官僚,正人君子,反对当时的"读经复古"、"整顿学风"等等守旧落伍的思想和现象。要懂得这意义,自然得读《华盖集》、《华盖集续编》、《而已集》,以及《坟》、《野草》、《朝花夕拾》里的一部分文章。然而,倘不明白当时的时代社会背景,不熟悉某些人物的出处生平,不知道一些重要的文献掌故,那就连这些书里的一些文句,有时也无法看懂,更不要说明白这次战斗的意义了。例如在《朝花夕拾》里的《狗·猫·鼠》一篇里,有这样一段:

> 虫蛆也许是不干净的,但它们并没有自鸣清高;鸷禽猛

兽以较弱的动物为饵，不妨说是凶残的罢，但它们从来就没有竖过“公理”“正义”的旗子，使牺牲者直到被吃的时候为止，还是一味佩服赞叹它们。

又同书《无常》篇里，有这样一段：

他们——敝同乡“下等人”——的许多，活着，苦着，被流言，被反噬，因了积久的经验，知道阳间维持“公理”的只有一个会，而且这会的本身就是“遥遥茫茫”，于是乎势不得不发生对于阴间的神往。人是大抵自以为衔些冤抑的；活的“正人君子”们只能骗鸟，若问愚民，他就可以不假思索地回答你：公正的裁判是在阴间！

这里所提到的“流言”，“维持公理的一个会”，“正人君子”等到底是什么意思？而且在这两篇美妙的回忆文里，为什么会羼入这两段，它到底何所指呢？原来陈西滢在一篇关于女师大事件的《闲话》里说：“常常听说女师大的风潮有在北京教育界占最大势力的某籍某系的人，在暗中鼓动。”但他又不敢负责，只是躲躲闪闪地托之“流言”。而章士钊在非法解散女师大以后，即于石附马大街女师大原址，另设女子大学，以图欺罔世人。这所谓女子大学，在章因金佛郎案弃官以后，曾在撷英番菜馆宴请“北京教育界名流”及女大学生家长，赴宴者有陶昌善（章士钊的替身）、周鲠生、高一涵、陈西滢、李四光、皮宗石等人，他们在这饭局里产生了一个“教育界公理维持会”，并发出《致国立各校教职员联席会议函》，说女师大已解散，女大乃另成立，故石附马大街的校址不应归还，并主张对于“行同土匪，破坏女大的人们，应以道德上之否认加之”。这些参加宴会的人们，大抵原住东吉祥胡同，又多为北大教员，有一个时期，北大因反对章士钊而脱离教育部，他们曾经向代理校长蒋梦麟提出抗议，反对脱离。所以《大同晚报》便称他们为“东吉祥胡同派的正人君子”。鲁迅在这两篇散文里，将童年回忆和当前际遇巧妙地揉合在一起，顺便对那些君子们给予一击。虽是回忆文字，但不仅止于牵情过去，而与现在相通，极富现实意义。《朝花夕拾》中各篇，大体都可以如此看的。

此外，在《华盖集》的《“碰壁”之馀》里，有这样一段：

> 女师大事件在北京似乎竟颇算一个问题，……陈西滢先生在《闲话》之间评为“臭毛厕”，李仲揆先生的《在女师大观剧的经验》里则比作戏场。我很吃惊于同是人，而眼光竟有这么不同；但究竟同是人，所以意见也不无符合之点：都不将学校看作学校。这一点，也可以包括杨荫榆女士的“学校犹家庭”和段祺瑞执政的“先父兄之教”。

在《华盖集续编·学界的三魂》里，有这样一段：

> 去年，自从章士钊提了“整顿学风”的招牌，上了教育总长的大任之后，学界里就官气弥漫，顺我者“通”，逆我者“匪”，官腔官话的馀气，至今还没有完。但学界却也幸而因此分清了颜色；只是代表官魂的还不是章士钊，因为上头还有“减膳”执政在。

又《坟》里的《坚壁清野主义》里，有这样一段：

> 据说，教育当局因为公共娱乐场中常常发生有伤风化情事，所以令行各校，禁止女学生往游艺场和公园，……至于一到名儒，则家里的男女也不给容易见面，霍渭厓的《家

> 训》里，就有那非常麻烦的分隔男女的房子构造图。似乎有志于圣贤者，便是自己的家里也应该看作游艺场和公园；现在究竟是二十世纪，而且有“少负不羁之名，长习自由之说”的教育总长，实在宽大得远了。

这三段文章里所说的章士钊上头的“减膳执政”等等，究竟作何解释？有些读者恐怕不大明白吧。这里略加说明，并把各项有关资料一一分缀于后：

一、杨荫榆女士的“学校犹家庭”。一九二五年五月九日，杨荫榆开除女师大学生自治会职员六人（三一八惨案殉难的刘和珍女士即在其内），并发表《致全体学生公启》，内有：“须知学校犹家庭，为尊长者断无不爱家属之理；为幼稚者亦当体贴尊长之心”等语。后又发表《对于暴烈学生之感言》，有“与此曹子勃谿相向”句。按之《庄子》，“勃谿”是指妇姑相争而言，杨用此词，显然是以婆婆自居而视学生为媳妇，她的所谓“家庭”，便是由这“尊长”的姑与“幼稚”的妇组成的。

二、段祺瑞执政的“先父兄之教”。同年八月，女师大被解散，八月二十六日段祺瑞更发布《整顿学风令》：“迩来学风不靖，屡起变端，一部分不职之教职员，与旷课滋事之学生，交相结托，破坏学纪。……自后无论何校，不得再行借故滋事……倘有故酿风潮，蔑视政令……本执政敢先父兄之教，不博宽大之名，依法从事，决不姑贷！”所谓“整顿学风”不过是一个漂亮的美名，压抑学生群众对国事的关心，才是真实的目的，这原是一望而知的。

三、章士钊上头的“减膳执政”。一九二五年五月七日，北京学生在天安门开追悼孙中山先生及纪念国耻大会，为警厅及教育部禁止，并受军警及马队消防队的武力摧残，未能成会。学生往魏家胡同章氏住宅质问，又与警察冲突，因而发生捣毁门窗用具之事。事后，章士钊即向段祺瑞提出辞呈，呈文有云：“钊诚举措失当，众怒齐撄，一人之祸福安危，自不足计；万一钧座因而减膳，时局为之不宁，内伤燕廷知隗之明，外增七国诛错之号，钊有百身，亦何能赎？”一副向段祺瑞谄媚的丑相，活现纸上。肉麻无耻，达于极点！

四、“少负不羁之名”的教育总长。一九二五年八月，章士钊呈请解散女师大，呈文中有云：“士钊少负不羁之名，长习自由之说，名邦大学，负笈分驰，男女同班，亦尝亲与。……从未见有不受检制，竟体忘形，聚啸男生，蔑视长上，家族不知所出，浪士从而推波，伪托文明，肆为驰骋，谨愿者尽丧所守，狡黠者毫无忌惮，学纪大紊，礼教全荒，如吾国今日女学之可悲叹者也。”他自诩“不羁”“自由”，而就在这美丽的面孔下，恶毒地诬蔑女生“不受检制，竟体忘形”。其措词真如鲁迅《坟》中的《寡妇主义》一文所说，实在“臻媟黩之极致”了！

明白了上述一切，然后才可知段、章、陈、杨等人为何如人，女师大事件表现着什么意义，也才会知道鲁迅的文章在思想斗争上的重要与价值。我之所以特别举出它们，是因为它们是出现在鲁迅前期著作中，离现在已有二十多年，时间较远，许多资料，今天已不容易看见之故。我希望有人能对鲁迅的著作，一篇一册，就其所知，踏实地做一番疏证的工作。或者沿着时代的先后，将每一本书的有关史实和文献，辑成专书，作为全集的附册，也是一件值得做的事情。这可以使一般研究鲁迅的人，解除许多困难，获得很大裨益；从而使鲁迅精神得到更广大的继承和发扬，实在是毫无疑问的。

一九四七年十月十四日，重庆

（原载一九四七年十月二十五日重庆《大公晚报 · 半月文艺》，
又一九四八年十二月五日上海《文讯》第九卷第五期）

二十年的愿望

——参加《鲁迅全集》(十卷本)编注工作感言

一九五〇年十一月，在新中国成立仅仅一年之后，国家便设立专门机构来编校和注释鲁迅先生的著作；到今年十月鲁迅逝世二十周年纪念的时候，经过校勘并附有简要注释的《鲁迅全集》的新版本就将开始分卷出版了。

很久以来，我们便要求有一部搜集完备、校勘仔细、印刷精良的《鲁迅全集》，并希望在正文后加上注释，以使帮助读者充分理解鲁迅的著作。这是二十年来广大读者所共同具有的愿望。我怀着这个愿望也非一日，在鲁迅逝世十一周年的时候，曾经写过一篇短文《鲁迅著作需要疏证》，其中就希望能够早日看到鲁迅著作的注释本。但在国民党统治时期，这个愿望自然是绝不能实现的。在那些黑暗的年代里，反动派用尽一切力量删改和禁止鲁迅的著作，一般读者连阅读也要受到种种限制和阻碍，更哪里还谈得上什么校勘和注释？我们在一九三八年能够出版一部《鲁迅全集》已经是很不容易的了。

然而，鲁迅著作的注释，对我们说实在是十分需要的。要使鲁迅著作更容易为一般读者所接受，在最大程度上发挥它伟大的作用，首先要使大家能够看得懂。鲁迅生前对他自己的著作就曾经这样说过："我的文章，未有阅历的人实在不见得看得懂。"又说："拿我的那些书给不到二十岁的青年看，是不相宜的，要上三十岁，才很容易看懂。"（许广平编《鲁迅书简》九七〇、九八八页）这些话还是在一九三六年就当时的读者说的；在鲁迅逝世以后，时间一年年地过去，许多青年读者，对鲁迅所生活着的那个时代距离愈来愈远，在阅读时，自然要较之鲁迅所指的当时的青年更加感到困难，因而注释工作就日见得需要和迫切。这是我们每在阅读鲁迅著作时都要感觉到的。

而在新中国成立后一年之内，这个工作就立即开始了。当我最初知道这个消息的时候，是感到怎样的兴奋啊！但后来知道我有参加这一工作的机会时，欣慰之余，又感到十分惶惧。

注释鲁迅著作，是一件繁重而困难的工作。在鲁迅的全部著作中所含蕴着的他的广博的中外文学和科学历史的知识，以及他的丰富的社会经验，绝非一个普通的人所能完全理解。在进行这一工作时，必须通晓鲁迅的生平及其思想著作，严守马克思主义的科学方法和历史观点，运用丰富的文献资料，将鲁迅的思想发展过程及其时代环境，以及他在文章中所涉及的许多人物和事件、文句和典实等等，一一加以阐释和注明，这样才能对读者理解鲁迅著作有所帮助。我们固然不必如过去经史诗文的注释者那样，对于一字一词，往往都要博采群书，将所有有关资料都罗列在注文之中，只求详博，不加抉择；但对于和原文有关的一切资料，却必须尽量掌握，然后从纷纭中选取最主要最切近的加以采用，或综合而成为一行两行的注文。这中间，需要有选择、比较、考证的工夫。对于近人关于古书古人或某一学说的新的研究意见等等，即使注文中未必采用，但在工作过程中也是必须尽量加以注意的。

但是，古今书籍，浩如烟海，查考困难，有时需要参考的书又未必都能一一找到。即以现代人的著作来说，时间虽然较近，但困难却也很多。古书大抵现在还有书可查；而近数十年来的一些人的著作，却在很短的时间内就被淘汰。许多报纸杂志和有关文件，现在都已无法寻找。尤其是过去反动派所办的期刊和他们所写的一些所谓“文章”，现在都早已灰飞烟灭；而这些都是注释工作所必须参考的。鲁迅生前曾经赞美过古人集子里兼收他人的赠答和论难的编法，他以为“这样的集子最好，因为一面看作者的文章，一面又可以见他和别人的关系，他的作品，比之同咏者，高下如何，他为什么要说那些话。”倘使是战斗的作者，则在编集时最好将敌对的文章也一同收入，否则“到得后来，就只剩了一面的文章了，无可对比，当时的抗战之作，就都好像无的放矢，独个人在向着空中发疯”（《且介亭杂文二集·“题未定”草（八）》）。但是鲁迅除了后期的三数本杂文集之外，他并没有采取这样的编法，所以在进行注释工作时，对于鲁迅文章中所涉及的许多当时的人和事以及被他加上引号的一些文句和谈话，都必须参考大量的书报文件，一一加以注明，否则读者就很难充分理解鲁迅写那些文章时的社会环境和它们的战斗意义，有时甚至会产生相反的错误的认识。例如我前些时曾经看到一篇研究《奔月》的原稿，其中竟将女乙所说“有人说老爷（指羿）还是一个战士”当作正面的语气，说这是鲁迅对于“这英雄的战士”的“歌颂”，这就是没有看到高长虹在一九二六年所写的诽谤鲁迅的文章的缘故。可见关于这方面的注释对一般读者和研究者都是很必要的。但是在全国最大的北京图书馆也找不到《晨报副刊》和《京报副刊》的全份，则资料的难得可知。在古籍和外文书方面，有时也是如此。至于一些在当时就流传不广的宣言呈文之类的文件（例如章士钊非法呈请段祺瑞罢免鲁迅教育部佥事职务的呈文），那自然更难以搜求到了。

在这种情况下，如遇资料缺乏，便只好暂付阙疑，不逞臆说。有时又为了避免用注者的意见去影响读者的独立思考，所以有一部分看去应当加注的地方也没有注。此外如详略互见，后先参看，文字繁简，何者当注、何者不注等等，恐怕也很难尽合一般读者的需要。在校勘方面，我们是依据作者手稿或各篇最初发表时的报刊，改正了已往各种版本中一些排印上的错误。但有个别可疑字句，或因手稿没有保存下来或找不到原发表时的报刊，或因最初在报刊上发表时就是如此，无可比勘。还有单行本文字与期刊所载偶有不同，似为作者在结集时自己改订；或引用他人文章而字句略有出入，无从判断是引用时脱漏或删削，在这一类地方，都不敢擅加改动。但也许因此反而将原有少数错误保留了下来。如上种种，都是不容易妥善解决的问题。

但是，编注工作又不能因为这种种问题而往后拖延，也不能等到一切完美无疵之后才出版；读者的迫切需要和督促自然是一个原因，就工作本身说也不容再缓。倘再推延，则若干年后，熟悉鲁迅生前事迹的人渐少，文献的搜求也更不易，到那时候再来着手自然要更加困难了。

作为这个工作的参加者之一，《文艺报》编者在新版《全集》出版时，要我写一点个人的感想。但是，我仍然如最初参加工作时一样，心里充满了欣慰与惶惧交并的心情。数年以来，每一想到党和政府对鲁迅著作的重视和读者对编注工作的期望之殷切，便益感到自己责任的重大和能力的微薄。现在我只是希望，这个新版本的校勘注释部分，能够多少解决一些问题，保存部分资料，并为将来的增订工作提供一些查考的线索；以后再在现有基础上，纠谬订讹，补阙拾遗，使它逐渐完善，更能适合读者的需要。

一九五六年九月

（原载一九五六年《文艺报》第十九期）

写在新编《鲁迅全集》出版的时候

今年是鲁迅先生诞生一百周年，全国人民将以各种方式举行隆重纪念活动。最好的纪念，自然是继承鲁迅的战斗传统，发扬鲁迅的革命精神，努力创作表现新时代的优异文艺作品，建设社会主义精神文明；而这首先需要认真学习鲁迅给我们留下来的宝贵的遗著，因此，新编十六卷本《鲁迅全集》在鲁迅诞辰百年纪念前夕出版，实在是一件具有深远意义、必将载入我国文化史册的大事。

《鲁迅全集》过去曾出版过两种版本。第一次出版于一九三八年，内容包括鲁迅自己的著作、翻译和他所整理的部分古籍，共二十卷。第二次于一九五六年至一九五八年陆续出齐，专收鲁迅自己的著作，不收译文和古籍，共十卷。这个版本的特点是第一次附加了注释。从它出版以来，已经过去了二十多年，现在广大读者和研究者都希望有一个在编辑、校勘、注释方面更为完善的新的版本。这次新编《鲁迅全集》就是应此需要，并为纪念鲁迅诞生一百周年而出版的。

这个版本，收辑鲁迅的著作比较完备，除过去两种版本都有的创作和文学史专著以外，还收入了一九一二至一九三六年（一九二二年缺）的日记和迄今为止搜集到的全部书信。十卷本在编辑时，已征集到鲁迅书信一千一百六十五封，并已作了注释，但印出来的仅三百三十四封，这次新版将截至发稿时搜集到的书信一千四百五十六封悉数编入，是今天所能见到的最多的鲁迅书信。新版还收入了前所未有的三种新书，即新编的《集外集拾遗补编》、《古籍序跋集》和《译文序跋集》。这三个新品种，加上现存全部《日记》和《书信》，开拓了《鲁迅全集》的疆域，使它的内容更为丰富、充实，是这个新版本的一个最显著的特色。

《集外集拾遗补编》，是继《集外集》、《集外集拾遗》之后，搜集鲁迅曾经在报刊发表而未收入集子或从新发现的手稿录出的文章编辑而成，共一百一十二篇，附录四十四篇，合计一百五十六篇。其中五十篇为一九五八年以来陆续发现的佚文，重要的有《随感录》、《自言自语》、《庆祝沪宁克复的那一边》等，都是有关鲁迅创作和思想的重要文章；《〈大云寺弥勒重阁碑〉校记》、《会稽禹庙窆石考》、《〈徐法智墓志〉考》、《吕超墓出土吴郡郑蔓镜考》等，则是金石学方面的考证专著。这一部分文章，经考证鉴别，确认为鲁迅的佚文，是第一次收入集子。此外，还有少数几篇，因在研究者之间还有争议，不能确定为鲁迅作品，为慎重起见，这次都未收入。

《古籍序跋集》，收鲁迅为自己辑录或校勘的古典文史书籍所作的序言或后记，共三十四篇。鲁迅精于辑佚、校勘之学，他所整理的古籍，包括文学、历史、金石等领域，方面很广，每种大都撰写了序言或后记。本集中除收入《〈古小说钩沉〉序》、《谢承〈后汉书〉序》、《〈会稽郡故书杂集〉序》、《〈嵇康集〉序》、《唐宋传奇集》的《序例》和《稗边小缀》等文外，还收有近数年来新发现的《〈云谷杂记〉序》、《〈百喻经〉校后记》、《〈寰宇贞石图〉整理后记》、《虞喜〈志林〉序》、《〈范子计然〉序》、《任奕〈任子〉序》、《魏朗〈魏子〉序》等。这些序跋，文章渊雅，考证精详，许多见解，发前人所未发，具有很高的学术价值。

《译文序跋集》，收鲁迅自己翻译的外国文学作品和专著的序言、后记和附记等，共一百一十五篇。从最早的《〈月界旅行〉辨言》开始，包括《〈域外小说集〉序》、《〈苦闷的象征〉引言》、《〈小约翰〉引言》以及《〈现代新兴文学的诸问题〉小引》、《（卢氏）〈艺术论〉小序》、《〈文艺与批评〉译者附记》、《〈文艺政策〉后记》、《〈毁灭〉后记》等文。其中有些是有关鲁迅翻译介绍马克思主义文艺理论的重要文章。在二十年代末期，中国新兴无产阶级文学正受到来自敌对方面的各种攻击，革命文学阵营也有自己一系列亟待解决的理论问题。鲁迅这时以坚韧的努力，认真持久地翻译了大量的马克思主义文艺论著和苏联文学作品，为中国革命文学运动作出了重大的贡献。当《文艺政策》在《奔流》月刊连载时，他曾在该刊《编校后记（九）》中说，他翻译此书的目的，“不过是使大家看看各种议论，可以和中国的新的批评家的批评和主张相比较。”后来在单行本的《后记》中又说：“从这纪录中，可以看见在劳动阶级文学大本营的俄国的文学的理论和实际，于现在的中国，恐怕是不为无益的。”他在《“硬译”与“文学的阶级性”》一文中指出，当时某些左翼批评家对他的批评，“解剖刀既不中腠理，子弹所击之处，也不是致命伤。……我于是想，可供参考的这样的理论，是太少了，所以大家有些胡涂。”这样，他就不辞辛劳，毅然担负了介绍的重任。从本集所收一些序跋，还可看出他数十年中翻译外国优秀文学作品的旨趣和他的翻译主张。

鲁迅翻译方面的成果，一九五八年已编成《鲁迅译文集》十卷出版；他所整理的古籍，也拟辑为《鲁迅辑录古籍丛刊》单独印行，《全集》都未收入，因而他为这些译文和古籍写的序跋，《全集》的读者无从得见，而这些序跋又散在各书，有的附记仅一见于报刊，以后未印入相关的书中。因此，把这两方面的文章集中起来，分别编成专集，是十分必要的。这两个《序跋集》，加上《集外集拾遗补编》中一九五八年以来新发现的佚文，合计起来，比十卷本多出了近二百篇文章。

这次新版，在注释方面，可说很为详尽。鲁迅自己在一九三六年四月致王冶秋信中曾经说过："我的文章，未有阅历的人实在不见得看得懂，而中国的读书人，又是不注意世事的居多，所以真是无法可想。"现在离鲁迅说此话时，又已过去了四十多年，许多不了解当时"世事"的读者，要想"看懂"他的文章，更不容易，因此对注释的需要非常迫切。这一工作，一九五八年十卷本《全集》已经开始，它在毫无依傍的情况下，筚路蓝缕地草创了一条注释鲁迅著作的路子。这次新版，以十卷本的注释为基础，保留了它的准确翔实的部分，订正了它的一些缺点错误，更大量增补了许多新的注条。这些注释，坚持历史唯物主义原则，力求简明扼要，为鲁迅著作中涉及的古今中外的人物、史实、制度、名物、引文、语汇以及当时各种有关的政治社会文化现象，提供了大量的第一手的资料，对一些重要问题作了实事求是的分析和说明。全部注释达两万三千余条，约二百四十万字。

这次《全集》的注释，可分新注、补注、订正三类。新注有十卷本收入而没有加注的《中国小说史略》和《汉文学史纲要》两种。这两种文学史著作，专业性强，内容广博，尤其是《小说史略》，体大思精，征引宏富；为它们作注，要掌握丰富的资料，通过认真学习，然后才可能着笔。这次为这两部书加了八百多条注释，也是一次首创性的工作。十卷本所没有的《古籍序跋集》、《译文序跋集》和《集外集拾遗补编》中部分文章；十卷本未收的《日记》和新征集到的近三百封《书信》，也一律加了注释。两个《序跋集》，论述到中国古典文学和外国文学的许多作家和作品，第一次为之作注，也需要下很大功夫。至于《书信》，涉及许多人和事，有些往往是外人无从知晓的，年代久远，有的甚至连收信人也记忆模糊，说不清楚。《日记》中出现的人物，多至两千一百余人，声名无闻者很多，要注明他们的情况及其与鲁迅的关系，是十分困难的。经过注释者的反复研究，多方调查，为《书信》中的许多故实作了疏证，为《日记》中的一千九百余人加了注释。这些对读者都是很有帮助的。

这次新版增补的注条很多，大约较旧注增加了四倍。关于外国典实的，如《坟》中的《摩罗诗力说》论及裴多菲时说："裴象飞亦尝自言曰，吾琴一音，吾笔一下，不为利役也。居吾心者，爱有天神，使吾歌且吟。天神非他，即自由耳。"十卷本对此无注，这次新版查阅了《裴多菲全集》第五卷《日记抄》，补注出这段话见于一八四八年四月十九日的日记："我的七弦琴任何一个声音，我的鹅毛笔任何一个笔触，从来没有把它用来图利。我所写的，都是我的心灵要我写的，而心灵的主宰——就是自由之神！"《野草》中的《希望》，曾引裴多菲的"绝望之为虚妄，正与希望相同"一语，十卷本无注，新版据《裴多菲全集》注明："这句话出自裴多菲一八四七年七月十七日致友人弗里杰什·凯雷尼的信。"关于中国典实的，如《朝花夕拾》中《从百草园到三味书屋》一文，写塾师朗诵的"铁如意指挥倜傥，一座皆惊；金叵罗颠倒淋漓，千杯未醉"，历来不知是何人的文章，旧版未注，这次新版才注明是清末常州刘翰所作《李克用置酒三垂岗赋》中的句子，见王先谦编《清嘉集初稿》卷五。又如《准风月谈》中《四库全书珍本》和《且介亭杂文》中《病后杂谈之馀》两文，都说清代考据家有"明人好刻古书而古书亡"的慨叹，旧版两处都未加注，新版注明："清陆心源《仪顾堂题跋》卷一《六经雅言图辨跋》中，对明人妄改乱刻古书，说过这样的话：'明人书帕本，大抵如是，所谓刻书而书亡者也。'"对于与鲁迅文章密切相关的当时人的言论和反动文人诬蔑鲁迅的文字，十卷本没有注出的，新版也补注了不少。《准风月谈》中《"中国文坛的悲观"》一文，标题上加引号，显然是摘用别人的文句，文章一开头便说："文雅书生中也真有特别善于下泪的人物，说是因为近来中国文坛的混乱，好像军阀割据，便不禁'呜呼'起来了，但尤其痛心诬陷。"旧版无注，新版补注说：一九三三年八月九日《大晚报·火炬》载署名小仲的《中国文坛的悲观》一文，其中有"中国近几年来的文坛，处处都呈现着混乱，处处都是政治军阀割据式的小缩影"，"文雅的书生，都变成狰狞面目的凶手”,“把不相干的帽子硬套在你的头上……直冤屈到你死!”“呜呼!中国的文坛!”等句。这样一注,鲁迅本文标题的由来和开头一段所概括的内容,就完全明白了。鲁迅一生为中国的光明奋战,因此不断遭受黑暗势力的诬陷、攻击,以至诅咒,如说他“生脑膜炎”之类。鲁迅在《且介亭杂文二集·“题未定”草(五)》里曾谈到关于他的这个“恶消息”,旧注只举鲁迅一九三四年三月十六日日记“闻天津《大公报》记我患脑炎”一语,空泛无物,说明不了什么问题。新版则详尽地注明:“一九三四年二月二十五日伪满《盛京时报》第三版载《鲁迅停笔十年,脑病甚剧亦不能写稿》消息一则:‘上海函云,左翼作家鲁迅近染脑病,亦不能执笔写作,据医生诊称,系脑膜炎之现象,苟不速治,将生危险,并劝氏今后停笔不作任何文章,非休养十年,不能痊愈云。’同年三月十日天津《大公报》据以转载。”这条注释,追查到“消息”的根源是伪满《盛京时报》,而天津《大公报》迅速予以转载;又提供了“消息”全文,可谓非常详实。鲁迅一九三四年三月二十四日致姚克函,说他已知谣言“出于奉天之《盛京时报》,而所根据则为‘上海函’。”伪满《盛京时报》,当时关内很难看到,现在又过去了四十多年,找到这条材料,实在是很不容易的。

这次新版还订正了十卷本注释中的某些错误。如在《摩罗诗力说》中,鲁迅曾说到普希金的两首诗《给俄罗斯之谗谤者》和《波罗金诺纪念日》:“千八百三十一年波兰抗俄,西欧诸国右波兰,于俄多所憎恶。普式庚乃作《俄国之谗谤者》及《波罗及诺之一周年》二篇,以自明爱国。丹麦评骘家勃兰兑思(G. Brandes)于是有微辞,谓惟武力之恃而狼藉人之自由,虽云爱国,顾为兽爱。”旧注根据一九五五年版俄文《普希金选集》的注释,认为鲁迅“关于普希金这两篇诗的叙述和评论是有错误的”。其实,俄文本的注释,极力掩饰一八三一年俄军侵占华沙,镇压波兰人民起义的暴行,是完全站在沙皇俄国的侵略立场说话的。鲁迅的文章说明了这两首诗的历史背景和作意,其叙述和评论并无什么错误。新注纠正了旧注之失，指明两诗都写于一八三一年，“当时沙皇俄国向外扩张，到处镇压革命，引起被侵略国家人民的反抗。普希金这两首诗都有为沙皇侵略行为辩护的倾向”。这样，既不违背历史，也才能与鲁迅正文的意思吻合，起到注释应有的作用。

尤其值得一谈的是，对历来争论不决的一些重大问题，如关于“革命文学”论争、对“左联”的评价以及“两个口号”论争等，新版注释都本着尊重历史、实事求是的原则，对旧注作了比较符合实际的修订。如关于“两个口号”论争，旧注说：在中国共产党决定了建立抗日民族统一战线之后，“在文艺界，宣传和结成广泛的抗日民族统一战线，也成为那时最中心的问题；当时在中国共产党领导下的革命文学界，于一九三六年春间即自动解散‘左联’，筹备成立‘文艺家协会’，对于文学创作问题则有关于‘国防文学’和‘民族革命战争的大众文学’两个口号的论争”。这条注释对于“左联”的解散和“两个口号”论争的兴起，都说得很笼统模糊，没有接触到问题的实质；新注则补充了一九三五年年底解散“左联”的具体缘由：当时上海左翼文化运动的党内领导者“受中国共产党驻共产国际代表团一些人委托萧三写信建议的影响，认识到左翼作家联盟工作中确实存在着‘左’的关门主义和宗派主义的倾向，认为‘左联’这个组织已不能适应新的形势，在这年年底决定‘左联’自行解散，并筹备成立以抗日救亡为宗旨的‘文艺家协会’”。这除了说明形势发展的需要之外，还指出“左联”工作中存在的两个错误倾向，比较全面地解释了“左联”自行解散的原因。注文接着说：“其后周扬等提出‘国防文学’的口号，……但在‘国防文学’口号的宣传中，有的作者片面强调必须以‘国防文学’作为共同的创作口号；有的作者忽视了无产阶级在统一战线中的领导作用。鲁迅注意到这些情况，提出了‘民族革命战争的大众文学’的口号，作为对于左翼作家的要求和对于其他作家的希望。革命文艺界围绕这两个口号的问题进行了尖锐的斗争”。这样就说明了“两个口号”先后提出及其论争的客观原因和基本事实，对照之下，旧注仅有的“对于文学创作问题则有‘国防文学’和‘民族革命战争的大众文学’两个口号的论争”这样简单的一句，就等于是一句空话了。

以上从新注、补注、订正三个方面，简略介绍了新版《鲁迅全集》的注释。总起来说，这次对十卷本注释进行了一番检查和总结，增补了大量的注条，在质量上，也较旧版有所突破和提高。这就构成了这一版《全集》的又一个显著的特色。

新版《鲁迅全集》这样一项伟大工程的完成，是出版社同有关单位和学校的许多同志亲密合作、共同努力的结果。但由于时间紧迫及其他原因，无论在编辑、校勘、注释等方面，还会存在着一些问题。如关于佚文的处理，采取慎重态度，不收有争议的文章原是对的，但是否会因过分拘泥而致有遗珠之憾？又因各卷是先后陆续发稿，在一些技术问题上也难免有前后不相照应的地方。尤其是注释，虽然较十卷本已有提高，但距读者的要求还很远。鲁迅自己这样说过：“古书不是很有些曾经后人加过注解的么？那都是坐在自己的书斋里，查群籍，翻类书，穷年累月，这才脱稿的，然而仍然有‘未详’，有错误。现在的青年当然是无力指摘它了，但作证的却有别人的什么‘补正’在；而且补而又补，正而又正者，也时或有之。”（《花边文学·考场三丑》）新版《全集》的注释，有“未详”，无疑也有错误。我作为新旧两种版本的注释工作的参加者，在新编十六卷本出版的时候，自然感到非常高兴，但也难免于惶恐之情。我和许多同志一样，衷心希望在不久的将来，能够看到一部经过“补正”的更完善的《鲁迅全集》，使中国文化史上这一份最宝贵的遗产永放光芒，照耀百世！

一九八一年八月二十九日

（原载一九八一年九月二十三日《人民日报》）

后　记

近数年来，承几位朋友的好意，劝我将历年所写关于鲁迅的文章编选一个集子。这对我自然是一种鼓励，但我一直踌躇不决；到了今年春天，得王永昌同志相助，才开始着手收集、抄录，最近勉强编成这个集子。全书共二十五篇，其中解放前所作者六篇，最早一篇写于一九四〇年，最晚一篇为一九八五年近作；全书分三组，大体上都按各篇写作时间先后排列。

这个集子收有几篇关于鲁迅的古籍整理工作的文章，其中谈《古小说钩沈》的较多，这是因为此书在鲁迅生前并未最后定稿，还遗留下一些问题。诸如辑录年代、编辑体例、各书作者等，都有待考定和补充。关于全书所收三十六种古小说的作者，过去曾有学人（如台静农、赵景深等先生）作过一些考索，各有所得，但缺略尚多。至于体例上存在的问题，则自此书收入一九三八年版《鲁迅全集》问世以来，学术界似还无人予以注意。我在五十年代初期，陆续收集资料，查补出一些作者的生平事略和写作背景，可惜仍有数种无法查明。体例方面，我根据鲁迅自述及其他资料，试图按照鲁迅原意恢复该书面貌，提出了重新编排的意见。另有几篇，是谈新发现的鲁迅集外佚文和他辑录或校勘的古籍的。鲁迅早年辑录过谢沈《后汉书》、《文士传》和《云谷杂记》等书，在《鲁迅日记》中曾有记载，但在他后来的文章中却失去踪影，许寿裳、周作人的回忆文中也都没有提到。我们原以为早已散失了。想不到经历了六十年人世沧桑之后，这些辑本还依然完整无恙；更令人惊喜的是，同时还发现了前所未知的鲁迅为它们所写的几篇序跋。这些发现，丰富了新编《鲁迅全集》中《古籍序跋集》的内容，并使我们更加了解鲁迅在清末民初所从事的学术研究工作。这里收录的《鲁迅〈云谷杂记〉辑本及所作序跋二篇的发现》一文，写于一九七三年，那正是所谓“文化大革命”期间，万象萧森，百卉凋零，中国虽大，但竟没有一个可以登载这类文章的刊物，只好深藏箧底，直到一九七七年才有机会发表出来。对于《文士传》等几种，也作了简单的介绍。这些文章都很浅陋；所幸鲁迅辑校的这几种古籍，可望近期影印出版，我希望有兴趣的读者能直接阅读原书。

《鲁迅与韩愈》一文发表以后，曾寄请郭沫若先生指教，他在给我的复信中说：“余之比拟仅侧重其文体千槌百炼之一点，非有意对鲁迅贬价。有人曾因此骂余为‘猫式恭维’者，余亦并不以此介意也。鹪鸟巢林，不过一枝，鼹鼠饮河，不过满腹，余对鲁迅之认识，并不深广，特一枝之巢，满腹之饮，想鲁迅如在，亦当不致以此为侮耳。”（一九四一年十一月二十三日函）郭先生当然不是“有意对鲁迅贬价”，这看他的全文可知，我不过对他文章开头的这一段提出不同意见而已。这是一篇论难文章，并非正面的韩愈研究，我后来对唐代古文运动等已另有看法，但本文不作改动。我写这篇文章时，已经看过《七月》杂志上发表的《毛泽东论鲁迅》，我赞同这篇讲话对鲁迅的评价，因而我文章的最末一句说：“他是现代中国的圣人！”这在当时自然不便明言，不料在杂志发表出来时，“圣人”却被改成了“完人”。为了存真，现在就趁结集的机会改回。

《鲁迅在女师大风潮中》，初稿写于一九四一年夏，次年寒假中修改一次，但一直没有发表。现在取出重看一遍，眼前不觉浮现出当年在菜油灯下执笔沉思的情景。那时书报极端缺乏，有些重要资料都没有看到，如鲁迅与马裕藻等六人联名发表的《对于北京女子师范大学风潮宣言》，我是早知道的，但当时找不到《京报》，无从将这样重要的文件引在我的文章里。此外还有几处也存在着同样的情况。这次收入本书，在文字上略有修订，又新加了几条边注，以介绍后来所见到的资料，正文中一律不再补入。

我在《辟史天行关于鲁迅的几篇文章》里，对史天行所谓《三味书屋笔札》述童二树《采莲曲》一则，即唐编《鲁迅全集补遗》中题为《百草书屋札记》的一则，提出疑问。后来唐弢同志证实了这不是鲁迅的文章，已于《补遗》第五版时抽去。史天行所谓《百草书屋杂著》中关于海涅的一则，即《补遗》题为《艺文杂话》的，后来也查明了原出一九一四年二月《中华小说界》第一年第二期所载周作人著《艺文杂话》。这篇《杂话》共十二则，史天行从其中抄出第九则，将原文"伯兄尝译其若干什"改为"余尝译其若干什"，假造一个题目，就这样篡改为鲁迅的作品了。实际上只有两首诗是鲁迅翻译的，诗前的引语为周作人所加，不能将这一则笔记当作鲁迅的佚文。又史天行所谓《百草书屋杂著》中谈希腊女诗人萨福的一则，现也查明即周作人《艺文杂话》的第五则，史从《中华小说界》抄来，冒充鲁迅早年的作品。在此以后，一九四八年七月中原出版社出版的《文艺丛刊》第六集《残夜》上，还发表了史天行投寄的一篇《大众本〈毁灭〉序》，据称是鲁迅为卓治的改编本写的。按这篇"序"，即鲁迅在翻译《毁灭》第二部第一至第三章时所写的《附记》，曾随同这三章译文，发表于一九三〇年四月《萌芽》月刊第一卷第四期。《毁灭》出单行本时，没有收入，这就给史天行以可乘之机。他擅自删改《附记》的开头和结尾，使其略像"序"的语气，又将鲁迅文末原注"一九三〇年二月八日，L"胡改为"一九三一，七，九，鲁迅序于沪上之且介亭"。就这样，史天行长期地不断伪造鲁迅文章和其他谎言，再三再四，毫无顾忌，好像他真以为永远不会被人揭穿。由于他的捣鬼，使我们浪费了不少笔墨，有时想来真不值得。但为了扫除他在鲁迅著作初学者的眼前所散布的迷雾，给予彻底揭露，也不是完全徒劳的。

我原来从事教育工作，在大中学任教多年，但在解放后不久，即转入出版界，参加鲁迅著作的注释工作，而且从《鲁迅全集》十卷本到十六卷本，持续了将近三十年的时间。"《尔雅》注虫鱼，定非磊落人"，从来就有不少人对注释工作不屑一顾，而我却在这一工作中消磨了如许岁月！今已垂垂老矣，我难忘那一段生活和与我共过事的朋友们。我前后写过三篇有关鲁迅著作注释的文章，现在就让它们保留在这个集子的末尾吧。

编集既竣，自然要取个书名。我不愿自居"研究"一类的美名，又想不出一个概括的名称，实在为难。偶然想到现在用的这个，也不十分合意；不过"述而不作"，倒比较合乎这个集子的实际，就这样定下来了。

林　辰

一九八五年十月四日

林辰文集

贰

秋肃集　鲁迅述林

林辰　著　王世家　编校

主　　管：山东出版集团
出 版 者：山东教育出版社
（济南市纬一路 321 号　邮编：250001）
电　　话：(0531)82092663　传真：(0531)82092661
网　　址：http://www.sjs.com.cn
发 行 者：山东教育出版社
印　　刷：山东临沂新华印刷集团有限公司
版　　次：2010 年 6 月第 1 版第 1 次印刷
规　　格：710mm×1000mm　16 开本
印　　张：20.75 印张
插　　页：3 页
字　　数：262 千字
书　　号：ISBN 978－7－5328－6247－4
定　　价：43.00 元

（如有印装质量问题，请与印刷单位联系调换）
（电话：0539—2925659）